SAS

ESCALE A GIBRALTAR

DU MÊME AUTEUR
CHEZ LE MÊME ÉDITEUR

N° 1 S.A.S. A ISTANBUL
N° 2 S.A.S. CONTRE C.I.A.
N° 3 S.A.S. OPÉRATION APOCALYPSE
N° 4 SAMBA POUR S.A.S.
N° 5 S.A.S. RENDEZ-VOUS A SAN FRANCISCO
N° 6 S.A.S. DOSSIER KENNEDY
N° 7 S.A.S. BROIE DU NOIR
N° 8 S.A.S. AUX CARAÏBES
N° 9 S.A.S. A L'OUEST DE JÉRUSALEM
N° 10 S.A.S. L'OR DE LA RIVIÈRE KWAÏ
N° 11 S.A.S. MAGIE NOIRE A NEW YORK
N° 12 S.A.S. LES TROIS VEUVES DE HONG KONG
N° 13 S.A.S. L'ABOMINABLE SIRÈNE
N° 14 S.A.S. LES PENDUS DE BAGDAD
N° 15 S.A.S. LA PANTHÈRE D'HOLLYWOOD
N° 16 S.A.S. ESCALE A PAGO-PAGO
N° 17 S.A.S. AMOK A BALI
N° 18 S.A.S. QUE VIVA GUEVARA
N° 19 S.A.S. CYCLONE A L'ONU
N° 20 S.A.S. MISSION A SAIGON
N° 21 S.A.S. LE BAL DE LA COMTESSE ADLER
N° 22 S.A.S. LES PARIAS DE CEYLAN
N° 23 S.A.S. MASSACRE A AMMAN
N° 24 S.A.S. REQUIEM POUR TONTONS MACOUTES
N° 25 S.A.S. L'HOMME DE KABUL
N° 26 S.A.S. MORT A BEYROUTH
N° 27 S.A.S. SAFARI A LA PAZ
N° 28 S.A.S. L'HÉROÏNE DE VIENTIANE
N° 29 S.A.S. BERLIN CHECK POINT CHARLIE
N° 30 S.A.S. MOURIR POUR ZANZIBAR
N° 31 S.A.S. L'ANGE DE MONTEVIDEO
N° 32 S.A.S. MURDER INC. LAS VEGAS
N° 33 S.A.S. RENDEZ-VOUS A BORIS GLEB
N° 34 S.A.S. KILL HENRY KISSINGER!
N° 35 S.A.S. ROULETTE CAMBODGIENNE
N° 36 S.A.S. FURIE A BELFAST
N° 37 S.A.S. GUÊPIER EN ANGOLA
N° 38 S.A.S. LES OTAGES DE TOKYO
N° 39 S.A.S. L'ORDRE RÈGNE A SANTIAGO
N° 40 S.A.S. LES SORCIERS DU TAGE
N° 41 S.A.S. EMBARGO
N° 42 S.A.S. LE DISPARU DE SINGAPOUR
N° 43 S.A.S. COMPTE A REBOURS EN RHODÉSIE
N° 44 S.A.S. MEURTRE A ATHÈNES
N° 45 S.A.S. LE TRÉSOR DU NÉGUS
N° 46 S.A.S. PROTECTION POUR TEDDY BEAR
N° 47 S.A.S. MISSION IMPOSSIBLE EN SOMALIE
N° 48 S.A.S. MARATHON A SPANISH HARLEM
N° 49 S.A.S. NAUFRAGE AUX SEYCHELLES

Nº 50 S.A.S. LE PRINTEMPS DE VARSOVIE
Nº 51 S.A.S. LE GARDIEN D'ISRAËL
Nº 52 S.A.S. PANIQUE AU ZAÏRE
Nº 53 S.A.S. CROISADE A MANAGUA
Nº 54 S.A.S. VOIR MALTE ET MOURIR
Nº 55 S.A.S. SHANGHAÏ EXPRESS
Nº 56 S.A.S. OPÉRATION MATADOR
Nº 57 S.A.S. DUEL A BARRANQUILLA
Nº 58 S.A.S. PIÈGE A BUDAPEST
Nº 59 S.A.S. CARNAGE A ABU DHABI
Nº 60 S.A.S. TERREUR AU SAN SALVADOR
Nº 61 S.A.S. LE COMPLOT DU CAIRE
Nº 62 S.A.S. VENGEANCE ROMAINE
Nº 63 S.A.S. DES ARMES POUR KHARTOUM
Nº 64 S.A.S. TORNADE SUR MANILLE
Nº 65 S.A.S. LE FUGITIF DE HAMBOURG
Nº 66 S.A.S. OBJECTIF REAGAN
Nº 67 S.A.S. ROUGE GRENADE
Nº 68 S.A.S. COMMANDO SUR TUNIS
Nº 69 S.A.S. LE TUEUR DE MIAMI
Nº 70 S.A.S. LA FILIÈRE BULGARE
Nº 71 S.A.S. AVENTURE AU SURINAM
Nº 72 S.A.S. EMBUSCADE A LA KHYBER PASS
Nº 73 S.A.S. LE VOL 007 NE RÉPOND PLUS
Nº 74 S.A.S. LES FOUS DE BAALBEK
Nº 75 S.A.S. LES ENRAGÉS D'AMSTERDAM
Nº 76 S.A.S. PUTSCH A OUAGADOUGOU
Nº 77 S.A.S. LA BLONDE DE PRÉTORIA
Nº 78 S.A.S. LA VEUVE DE L'AYATOLLAH
Nº 79 S.A.S. CHASSE A L'HOMME AU PÉROU
Nº 80 S.A.S. L'AFFAIRE KIRSANOV
Nº 81 S.A.S. MORT A GANDHI
Nº 82 S.A.S. DANSE MACABRE A BELGRADE
Nº 83 S.A.S. COUP D'ÉTAT AU YEMEN
Nº 84 S.A.S. LE PLAN NASSER
Nº 85 S.A.S. EMBROUILLES A PANAMA
Nº 86 S.A.S. LA MADONE DE STOCKHOLM
Nº 87 S.A.S. L'OTAGE D'OMAN
L'IRRÉSISTIBLE ASCENSION DE MOHAMMAD REZA, SHAH D'IRAN
LA CHINE S'ÉVEILLE
LA CUISINE APHRODISIAQUE DE S.A.S.

AUX PRESSES DE LA CITÉ

PAPILLON ÉPINGLÉ
LES DOSSIERS SECRETS DE LA BRIGADE MONDAINE
LES DOSSIERS ROSES DE LA BRIGADE MONDAINE

AUX ÉDITIONS DU ROCHER

LA MORT AUX CHATS
LES SOUCIS DE SI-SIOU

GÉRARD DE VILLIERS

SAS

ESCALE A GIBRALTAR

PLON

Photo de la couverture : Jérôme DA CUNHA
Arme prêtée par l'armurerie Jeannot

ISBN : 2-259-01805-X
ISSN : 0295-7604

CHAPITRE PREMIER

Dennis Wells sortit si rapidement du parking de l'*Ocean Park Hotel* qu'il manqua se faire emboutir par un énorme semi-remorque qui l'évita de justesse. Son conducteur le gratifia d'un ululement de sirène furibond, avant de se perdre dans la circulation de Jersey City. La Volkswagen déglinguée à la peinture jaune écaillée de Wells se mit à vibrer sous l'effort que son propriétaire lui demanda dès qu'ils eurent atteint le freeway. Jusqu'à l'entrée du Path, le tunnel creusé sous l'Hudson qui rejoint Manhattan, il laissa son pied écrasé sur l'accélérateur. Les modestes performances de sa Volkswagen 71 ne lui permirent pourtant pas de laisser la file de droite où il se traînait au milieu des camions.

La tête emplie du bourdonnement du moteur, il essuya l'une après l'autre ses mains moites de transpiration sur son jean. Avec sa tête ronde, ses cheveux légèrement crépus et son regard naïf, Dennis Wells n'éveillait guère l'attention. Des milliers de jeunes de son âge quittaient tous les matins Harlem ou le Bronx pour aller travailler chez les Blancs.

Depuis six mois, il faisait le ménage à l'hôtel *Ocean Park*. Le soin qu'il apportait à sa tâche l'avait distingué pour le nettoyage du dernier étage, là où demeurait le propriétaire de l'hôtel, Donald Mills, un homme jeune, brun et efflanqué qui brassait des affaires mystérieuses à partir de son penthouse, et se montrait un maniaque de la propreté. Ce qui avait permis à Dennis Wells, quelques heures plus tôt, d'apprendre une information qui l'avait fait grimper au sommet de l'excitation. Après des semaines de surveillance fastidieuse et sans résultat, il touchait enfin le jack-pot.

Il quitta le freeway pour s'engouffrer dans le Path où il dut ralentir brutalement, se traînant à dix à l'heure dans le tunnel enfumé par les vapeurs d'échappement. Angoissant. Il consulta sa montre. Presque six heures ! Tous les jours à six heures trente, il avait un rendez-vous de principe avec son « traitant », reconduit automatiquement s'il ne s'y présentait pas.

Son cœur cognait contre ses côtes sous son T-shirt sale et une de ses paupières battait nerveusement. Tant qu'il n'avait rien appris, son second job clandestin lui avait semblé facile. Maintenant qu'il se préparait à franchir un pas, hyper-dangereux, il avait presque envie de faire demi-tour. Tout en sachant qu'il irait jusqu'au bout... Pour se donner du courage, il repensa à la conversation qu'il avait surprise au dernier étage de l'*Ocean Park*.

De la dynamite.

Cela le mena jusqu'à la sortie du Path. Il émergea à côté des gigantesques tours jumelles du World Trade Center, et zigzagua dans le bas de Manhattan pour rattraper la Onzième avenue, en sens unique vers le haut de la ville. Il remonta une vingtaine de blocs et aurait continué sans problème, si son attention n'avait pas été brusquement attirée par un concert de klaxons derrière lui, à l'intersection de la 32e rue et de la Onzième avenue. Il jeta un coup d'œil dans son rétroviseur et aperçut une Buick blanche qui venait de brûler le feu passé au rouge sur l'avenue, et se faufilait péniblement à travers les véhicules émergeant de la transversale.

Spectacle courant à New York.

Dennis Wells ramena son regard sur ce qu'il y avait devant lui.

Dix blocs plus loin, il dut regarder dans son rétroviseur avant de déboîter et son pouls s'accéléra : la voiture blanche le suivait à quelques mètres ! Il distingua vaguement deux hommes à travers le pare-brise bleuté. Cette voiture ressemblait à celle d'un adjoint de son patron ! Mais il y avait des centaines de Buick blanches dans New York... Pour se rassurer complètement, Dennis Wells tourna brusquement dans la 42e rue, à double sens. Il reprit la Dixième avenue, en sens unique vers Downtown et regagna la Onzième avenue par la 41e rue...

Il se retourna, la voiture blanche avait disparu. Rassuré, il accéléra pour tenter d'attraper tous les feux. Il était déjà six heures trente.

Deux blocs plus loin, son cœur lui sauta dans la gorge : la Buick blanche était de nouveau à ses basques, surgie de nulle part, à un bloc d'écart ! Il ralentit et aussitôt, elle déboîta pour se dissimuler derrière un camion. Dennis Wells écrasa l'accélérateur, le cerveau ravagé par la panique, au bord de la diarrhée. Quelle erreur avait-il commise ? Comment l'avaient-ils repéré ? Maintenant, il était presque certain que cette Buick était celle qui se trouvait souvent dans le parking de l'*Ocean Park Hotel,* à la disposition d'un certain Tony Pool.

S'il ne se trompait pas, ça ne pouvait être un hasard...

La mort dans l'âme, il passa sans ralentir devant le *Casa Nostra* où il avait rendez-vous, un bar italien au plancher recouvert de sciure de bois, qui ne payait pas de mine. Ne sachant plus que faire.

La meilleure solution semblait être de rentrer chez lui, dans la 125e rue, et, de retourner le lendemain prendre son travail, comme si de rien n'était. Peut-être s'agissait-il juste d'une surveillance de routine.

Donald Mills, le patron de l'*Ocean Park Hotel,* était d'une méfiance presque pathologique... Cependant, Dennis Wells hésitait. Il habitait seul. Si ses suiveurs venaient chez lui et lui voulaient du mal, il était sans défense. A Harlem, les voisins ne se dérangeaient jamais pour porter secours.

Il frotta nerveusement sa moustache. Dans la rue, la foule le protégeait. Il se dit qu'il fallait quand même prévenir ceux qui l'employaient et leur communiquer l'information qu'il détenait. Il avait appris par cœur un numéro de secours où un répondeur fonctionnait vingt-quatre heures sur vingt-quatre. Domptant sa panique, il tourna dans la 62ᵉ rue à droite, le long de Central Park South. Il y avait une cabine téléphonique juste au coin de la Septième avenue. Il obliqua vers le trottoir et jeta un nouveau coup d'œil dans son rétroviseur. Pas de Buick blanche. Il stoppa, jaillit de la Volkswagen, entra dans la cabine et composa le numéro secret qu'il connaissait par cœur.

— *Shit ! Shit ! Shit !*

Dennis Wells donna un violent coup de pied dans la paroi métallique. Cela sonnait occupé. Il refit le numéro et cette fois, obtint le répondeur. Au même moment, il vit la Buick blanche approcher et se garer derrière sa Volkswagen. Un homme en émergea avec souplesse et la bouche de Dennis Wells s'assécha d'un coup.

C'était bien Tony Pool, superbe garçon d'un mètre quatre-vingt-dix, sosie de Clint Eastwood, le tueur favori de Donald Mills.

Comme d'habitude, il était très élégant avec chemise de soie vert d'eau, pantalon beige et chaussures vernies. Le poignet orné d'une Rolex qui devait peser deux kilos d'or, sans compter les diamants. Il se dirigeait droit vers la cabine... Dennis Wells, le cerveau vidé par la peur, dit à toute vitesse quelques mots dans le récepteur, avant de raccrocher précipitamment. Tony Pool ne pouvait pas savoir s'il avait parlé ou non. Il se retourna au moment où la porte de la cabine coulissait brutalement. Tony Pool bloquait totalement l'ouverture étroite de sa carrure athlétique. Dennis Wells s'arracha un sourire à peu près décent et croassa :

— Ça alors, Mister Tony! Qu'est-ce que vous faites là ?

Les beaux traits bronzés de Tony Pool demeurèrent de marbre.

— Et toi ? fit-il.

Dennis Wells ricana bêtement.

— Ben, vous voyez, je téléphonais.

— A qui ?

La question était partie comme la détente d'un cobra. Le regard du jeune Noir vacilla. Il avala sa salive et bredouilla :

— A... à une copine.

Tony Pool secoua la tête et posa sur son épaule une de ses grandes mains aux articulations énormes, hypertrophiées. Ses doigts s'enfoncèrent dans les muscles, comme une pince d'acier et il dit en parlant très fort, pour couvrir le bruit de la circulation :

— Dennis, je crois que tu es un foutu menteur! Viens.

Il arracha le Noir de la cabine, avec un sourire amical et mécanique afin de ne pas alerter les passants. Le regard anxieux de Dennis Wells parcourut le trottoir de Central Park South plein de New-Yorkais pressés, puis en face les fiacres à l'arrêt où se vautraient des cochers somnolents. Pas un policier en vue.

— Qu'est-ce que vous voulez dire ? protesta-t-il d'une voix de fausset.

Il n'osait pas trop résister, jouant de l'innocence et, inexorablement, les doigts crochés dans sa clavicule l'entraînaient vers la Buick blanche.

— Je vais te l'expliquer, annonça Tony Pool.

Paniqué par le ton de sa voix, Dennis Wells tenta cette fois de se débattre ; un passant s'arrêta une seconde, mais déjà Tony Pool le projetait à l'intérieur de la Buick et montait à côté de lui. Le chauffeur démarra aussitôt. Dennis Wells s'ébroua, cherchant à surmonter sa panique. Rien de concret ne l'accusait. Il devait se défendre.

— Mister Tony, dit-il d'une voix plaintive, en massant son épaule endolorie, où vous m'emmenez ? Pourquoi vous faites ça ? J'ai rien fauché, je vous le jure.

Un jour, Tony Pool avait battu à mort un employé de l'*Ocean Park Hotel* qui avait volé deux bouteilles de Moët et Chandon dans le bureau de Donald Mills.

Tony Pool ne répondit pas et la Buick blanche s'engagea dans la voie zigzaguant dans Central Park. Aussitôt, Tony Pool écrasa son énorme poing sur la bouche du Noir, lui faisant éclater la lèvre supérieure.

— *You're a fucking spy for the fucking DEA* (1), gronda-t-il.

Dennis Wells crut que ses sphincters allaient céder. La terreur l'empêcha de protester, mais il esquissa le geste d'ouvrir la portière. Aussitôt, un sec bruit métallique résonna sinistrement dans ses oreilles : le chauffeur surveillant l'arrière dans le rétroviseur venait de verrouiller les portières.

***

La Buick blanche s'engouffra dans le parking souterrain de l'*Ocean Park Hotel* et stoppa à côté de l'ascenseur. Tony Pool arracha le Noir de la voiture et le poussa jusqu'à l'ascenseur.

Dans la cabine, il prit une clef à sa ceinture et

(1) Tu es un putain d'espion pour la putain de DEA. (DEA : Drug Enforcement Administration).

l'enfonça dans la serrure commandant l'ouverture de la porte au dernier étage. Dennis Wells sentit ses jambes se dérober sous lui... Ils débouchèrent dans le couloir tapissé d'une épaisse moquette grenat. Tony Pool frappa à une porte en palissandre portant une plaque en cuivre : *Donald Mills — General Manager.*

Une voix cria d'entrer et il poussa son prisonnier à l'intérieur de la pièce.

Donald Mills était vautré dans un fauteuil de cuir inclinable, ses pieds chaussés de Santiags en lézard violet appuyés sur le bureau, la chemise de voile blanc ouverte très bas sur l'estomac, dénudant sa poitrine osseuse. Il était assez beau, avec une masse de cheveux noirs partant dans tous les sens. Une grande cicatrice zigzaguait sur son front, souvenir d'une chute de moto.

— Il était en train de téléphoner, annonça Tony Pool. Il a pas voulu dire à qui.

Dennis Wells était paralysé de terreur. Donald Mills sauta sur ses pieds et vint tourner autour de lui, comme un labrador autour d'un gibier mort. Ses yeux noirs n'avaient aucune expression.

— Alors, petit, demanda-t-il d'un bon bonhomme, tu nous surveilles ?

Dennis Wells s'étonna de trouver le courage de répondre.

— C'est pas vrai, protesta-t-il d'une voix plaintive, je fais juste mon boulot, Mister Mills.

Donald Mills attrapa brutalement ses cheveux crépus, approchant son visage du sien.

— Petite salope ! Diana t'a vu.

— C'est pas possible ! J'ai rien fait de semblable !

La voix du jeune Noir croassait, partant dans l'aigu.

Donald Mills se pencha vers le bureau et appuya sur une touche d'interphone.

— Diana, viens, j'ai besoin de toi.

Quelques instants plus tard, une femme pénétra

dans le bureau. Sortie tout droit d'un film d'épouvante. Ses cheveux très noirs tirés en chignon durcissaient encore un profil d'oiseau de proie, éclairé par des yeux vert jaune, comme ceux des crocodiles, soulignés de lourds traits noirs. Du tailleur noir serré à la taille révélant un corps épanoui émergeaient de longues jambes gainées de bas noirs à couture, terminées par des escarpins de quinze centimètres... Ses doigts disparaissaient sous les bagues et de lourds bracelets d'or s'entrechoquaient à ses poignets.

Elle suait le vice comme d'autres respirent la bonté. Dennis ne put soutenir le regard de ses yeux jaunâtres et détourna la tête. Sa présence augmentait sa terreur. Diana Mangan était la maîtresse de Donald Mills, une des rares femmes à contrebalancer ses penchants homosexuels, et encore plus cruelle que lui...

— Dis-nous ce que tu as vu, lui demanda Donald Mills.

— Ce *creep* (1) avait posé son aspirateur pour écouter ta discussion avec Dutchy, l'oreille collée à la porte de ton bureau. Il ne s'est pas aperçu que je l'avais repéré.

Donald Mills hocha la tête et passa ses doigts fins dans la masse noire de ses cheveux.

— Tu vois, Dennis, dit-il d'une voix douce, il vaut mieux que tu nous dises la vérité. On pourra sûrement s'arranger. Il y a longtemps que tu travailles pour la DEA ?

La gorge trop serrée pour répondre, Dennis secoua la tête négativement.

Tony Pool s'interposa.

— Laissez-moi m'occuper de lui.

Donald Mills sursauta.

— Ah non, pas ici ! Tu vas faire des saletés partout...

(1) Cloporte.

— Il n'y a qu'à l'emmener dans la salle de billard, suggéra Diana Mangan.

— Sûr ! approuva Tony Pool.

Qui avait hâte de se rendre utile. Empoignant Dennis par le bras, il l'entraîna. Tout l'étage était interdit au personnel et ils ne risquaient pas d'être dérangés. Au bout du couloir il y avait une vaste pièce qui servait de salle de jeu et de débarras. Un grand billard en occupait le centre. Au fond, se trouvait une gigantesque machine à glace débitant des glaçons acheminés aux cuisines par une gaine réfrigérée, haute comme une armoire normande. Elle tremblait et grondait toute la journée, nourrie par d'énormes barres de glace d'un mètre de long. Tony Pool poussa son prisonnier dans un petit cagibi malodorant où il interrogeait parfois les dealers malhonnêtes. Son unique meuble était un ancien fauteuil de dentiste, auquel on avait soudé des bracelets d'acier permettant d'immobiliser les poignets et les chevilles du patient. Tony Pool força le Noir à s'y asseoir, verrouilla ses poignets et ses chevilles et se redressa.

— Ne t'impatiente pas, lança-t-il jovialement. Je vais chercher mes outils !

Dennis Wells le suivit des yeux, gris de peur.

*
**

Tony Pool roula soigneusement les manches de sa chemise de soie verte et ôta sa Rolex en or qu'il posa sur le billard. Il souleva alors le couvercle de la valise métallique qu'il avait ramenée. Découvrant une perceuse avec plusieurs mèches. L'observant par la porte ouverte du cagibi, Dennis Wells sentit son corps se couvrir de sueur. Il ne pouvait quitter des yeux l'outil que Tony Pool venait de brancher. Celui-ci lui adressa un clin d'œil.

— Tu sais comment on m'appelle ?

Dennis Wells avala sa salive sans répondre. Tony Pool vissa une mèche de moyenne grosseur et mit l'engin en route. Un ronflement aigu s'éleva dans la pièce. Tony l'arrêta aussitôt et lança à l'homme attaché sur le fauteuil la réponse à sa question :

— Black & Decker ! C'est marrant, non...

Les yeux agrandis d'horreur, Dennis le regarda s'approcher de lui, comme un bon ouvrier s'apprêtant à bricoler.

— Tony ! fit-il. Vous n'allez pas... qu'est-ce que ? Hé, non...

Les mots se bousculaient dans sa bouche, il se recroquevillait sur le fauteuil. Tony Pool, de sa main gauche, ouvrit un transistor à fond, noyant le cagibi sous un flot de rock n'roll ; Dennis Wells n'entendit même pas la perceuse se remettre en route. Tony Pool se pencha en avant, la tenant à deux mains. D'un geste sûr et précis, il enfonça la mèche dans le genou droit de Dennis Wells.

Le hurlement du Noir couvrit la musique, s'étranglant, tandis que la mèche d'acier pénétrait dans le cartilage du ménisque, le transperçant de part en part pour ressortir de l'autre côté et s'arrêter en grinçant sur le bord métallique du fauteuil.

Paisiblement, Tony Pool retira la perceuse au milieu d'un flot de sang et leva les yeux sur sa victime. Dennis Wells eut un sursaut, vomit et perdit connaissance. Tony Pool se déplaça un peu et appuya la mèche sur l'autre genou.

*
**

Donald Mills leva la tête et cria « entrez ».

Tony Pool avait une drôle de lueur dans le regard, les mains et les avant-bras maculés de taches de sang. Il s'excusa d'un sourire servile.

— C'est fait, patron ! Mais il m'a vraiment emmerdé. Je commençais en avoir marre de faire des trous.

Mills eut une grimace dégoûtée. Par moment, le sadisme de Tony Pool lui répugnait. Mais il fallait des Tony Pool dans une organisation comme la sienne.

— Alors ?

— Il travaille bien pour la DEA.

Donald Mills s'y attendait, mais éprouva quand même une angoisse brutale. La DEA s'intéressait à lui depuis longtemps, bien sûr, mais ils n'étaient jamais venus si près.

— En quoi consistait son boulot ?

— Savoir tout ce que vous faites, vos opérations, les gens que vous voyez. Ça fait trois mois que ce fumier vous espionne.

— Qu'est-ce qu'il a appris ?

— Presque rien, affirma Tony Pool, rassurant. Vous êtes vachement prudent.

Mills n'était pas là pour se faire complimenter. Un peu agacé, il demanda :

— Et aujourd'hui ? Quand il écoutait ?

— Il dit qu'il n'a pas compris grand-chose. Il a entendu que vous parliez de Rotterdam et d'un gros chargement de numéro 4.

— Il a eu le temps de nous balancer ?

Tony Pool hésita :

— Je ne crois pas. Il m'a dit que le numéro était occupé.

— Tu le crois ?

— Oui. Il est salement secoué. Il aurait fait n'importe quoi pour que j'arrête. C'est au coude qu'il a craqué.

Donald Mills ne voulait pas entendre ce genre de détails. Il réfléchissait déjà à la parade, car il y avait un risque que Dennis Wells mente encore. Depuis longtemps, il avait craint une affaire comme ça. Et cela tombait sur une de ses opérations les plus juteuses et les plus compliquées aussi.

— Bien, Tony ! fit-il. Tu as fait du beau boulot.

Il se leva pour aller ouvrir l'énorme coffre qui occupait tout un panneau de son bureau. Ses étagères étaient remplies de sacs de papier brun contenant des billets de cent dollars. Donald Mills en prit un, et, sans compter les billets, le tendit à Tony Pool.

— Tiens, tu pourras changer ta Buick.

Les voitures, c'était le péché mignon de Tony Pool. Il prit le sac, mais ne s'en alla pas.

— Qu'est-ce qu'on en fait ?

— Il est vivant ?

Tony Pool eut un sourire cruel.

— Ouais, mais ça peut s'arranger.

Donald Mills enfouit ses mains dans son épaisse chevelure comme chaque fois qu'il réfléchissait. Impossible de laisser Dennis Wells témoigner contre eux. Le tuer était facile, mais il fallait se débarrasser du cadavre. Si la DEA était sur leur dos, les agents fédéraux risquaient de surveiller l'hôtel. ... Et il était impossible de garder indéfiniment un cadavre dans son appartement... Il se gratta la tête.

— Tu as une idée ? Pour le corps.

— La machine à glace..., suggéra Tony.

Donald Mills lui jeta un regard effaré.

— *Holy cow !* Tu vas la faire exploser !

Tony Pool remarqua, une lueur amusée dans le regard :

— Ce con-là est pas plus dur que des barres de glace ! J'ai vu l'intérieur, une fois, c'est un vrai hachoir. Et puis, ça éviterait de le sortir en entier.

Donald Mills l'arrêta de nouveau :

— OK, OK, tu te démerdes, mais la fous pas en panne, on en a besoin.

*
**

Tony Pool contempla d'un air méprisant Dennis Wells affalé dans le fauteuil au-dessus d'une mare de sang. Les trous de ses genoux et de son coude continuaient à saigner et la douleur l'avait plongé dans une torpeur comateuse. A côté, dans la salle de billard, la machine à glace vibrait doucement surmontée d'une sorte d'entonnoir rectangulaire où on enfournait les barres de glace.

Posant le sac de billets sur le billard, à côté de sa Rolex, il alla chercher un escabeau qu'il plaça à côté de la machine. Il détacha alors Dennis Wells qui ne reprit même pas connaissance. A grand-peine, malgré sa force herculéenne, il le hissa le long de l'escabeau, lui appuyant le cou sur l'arête de l'entonnoir. D'un ultime effort, il le souleva encore un peu et fit basculer le corps dans l'ouverture. La tête crépue de Dennis Wells disparut, puis une épaule, et le reste demeura à l'extérieur, secoué par les trépidations de la machine. Son ronflement se fit plus aigu, strident et elle se mit à vibrer d'une façon alarmante. Les lames à découper la glace mordaient dans les chairs. Il n'y aurait plus qu'à en recueillir les morceaux dans le bac situé à l'arrière et à s'en débarrasser discrètement... Soudain la machine sembla s'emballer, il y eut un inquiétant bruit d'engrenages martyrisés et tout s'arrêta.

Dennis Wells avait vaincu la machine à glace à titre posthume.

Tony Pool éclata, ivre de rage :

— *Shit ! Shit ! Shit !*

— Tu as des problèmes, Tony ?

Tony Pool se retourna d'un bloc. Diana Mangan le contemplait avec un regard sulfureux et amusé, appuyée au billard.

— Euh, non... oui ! fit-il. J'avais eu une idée et ça a foiré ! Ce macaque a coincé cette putain de machine. Donald va être furieux.

Diana jeta un regard indifférent au corps à demi enfoncé dans la machine à glace.

— J'arrangerai cela. J'avais raison pour lui ?

— Oui, fit Tony. Ce salaud travaillait pour la DEA.

— Tu l'as fait avouer ?

— Oui.

— Bravo.

Son regard jaune s'était chargé de quelque chose de plus que sa cruauté habituelle. Ils se faisaient face à moins d'un mètre. Lentement, Diana défit les boutons de sa veste. Dessous, elle n'avait qu'un haut de satin crème très échancré qui découvrait presque entièrement une lourde poitrine épanouie, en opposition avec son visage osseux.

Elle s'approcha et avec la même lenteur, se colla au torse musclé de Tony Pool, soie contre soie. Ce dernier ne réagit pas, sur ses gardes. Avec Diana, on ne savait jamais. Une fois, elle l'avait giflée parce qu'il lui avait mis la main aux fesses... Elle était bizarre et il y avait Donald... Soudain, elle baissa encore son haut, révélant de larges aréoles très brunes avec des pointes dures et longues qu'elle se mit à frotter contre la soie de la chemise de Tony. Comme si cela ne suffisait pas, elle défit impatiemment les boutons de sa chemise et recommença peau contre peau. Fermant les yeux de bonheur comme un chat dont on gratte la tête... Le bas de son corps s'était rapproché de Tony et son bassin s'appuyait contre lui. Comme il ne bronchait pas, elle demanda, agressive :

— Je ne t'excite pas ?

Il montra ses mains ensanglantées.

— Laisse-moi me laver.

— Non.

D'un geste plein d'autorité, elle lui prit les mains, les posa sur ses seins et ordonna :

— Caresse-moi. Fort.

Tony obéit et se mit à lui pétrir les seins, tordant les bouts, laissant des marques sanglantes sur le satin beige. Ses énormes mains s'enfonçaient dans la chair fragile avec volupté. Diana haletait maintenant, son bassin se frottant follement contre le bas-ventre de son partenaire. Elle recula jusqu'au billard, ses mains s'activant sur la ceinture jusqu'à ce que le pantalon de Tony tombe sur ses chevilles. Ecartant le slip, elle se mit à secouer violemment le sexe gonflé, comme si elle ne le trouvait pas assez gros.

Cette fois Tony se déchaîna. Il repoussa la jupe du tailleur, découvrant le haut des bas noirs, les jarretelles et le box-short de satin noir. Il se préparait à l'enlever, mais Diana l'arrêta.

— Non, comme ça.

Elle était assise sur le rebord du billard et les grandes mains de Tony Pool lui pétrissaient les cuisses. Des doigts s'attaquèrent à son sexe inondé, brutalement, lui faisant presque mal. Elle gémit, se pencha et sa bouche se referma sur un mamelon. Une caresse à laquelle elle excellait. Se servant de sa langue et de ses dents. Tony poussa un long hennissement de bien-être et eut la sensation que son sexe doublait. Une des coutures de la jupe craqua. Tremblant d'excitation, il parvint à glisser son membre épais sous le box-short de satin.

A tâtons, il trouva le sexe ouvert de Diana et donna un violent coup de reins qui l'y enfonça d'un trait. Si fort que la jeune femme bascula en arrière, s'appuyant des deux mains sur le tapis vert, et que ses escarpins décollèrent du sol. Les doigts de Tony Pool lui empoignèrent les cuisses, la tirant vers lui, projetant son gros membre en elle à grands coups de reins.

— Plus vite ! Plus fort, gémit Diana.

Il se mit à la défoncer de tout son poids et ils explosèrent en même temps dans un concert de grognements.

A peine assouvie, Diana remit les pieds à terre et

repoussa le sexe encore enfoncé dans son ventre. Elle avait les cuisses et les seins maculés de taches de sang. Ses yeux jaunâtres brillaient d'une lueur folle. Tandis que Tony Pool remontait son pantalon, elle se rajusta puis alluma une cigarette. Apaisée.

Tony Pool était le seul homme qui la fascine sexuellement. A cause de cette cruauté froide et détachée. Ce jour-là, après ce qu'il avait fait à Dennis Wells, elle aurait rampé sur les mains et les genoux pour qu'il la prenne.

— Je vais arranger ça pour la machine, dit-elle. Sors-le de là, mets-le dans un sac et fourre-le dans le coffre de ma voiture.

Elle tourna les talons et disparut.

Donald Mills était étendu sur un grand lit rond en train de regarder les nouvelles sur CNN lorsqu'elle entra dans la pièce et entreprit de se déshabiller. En voyant les taches de sang qui maculaient ses cuisses, sa poitrine et son chemisier, il ricana.

— Tu as bien pris ton pied ?

Diana se retourna, comme une chatte en colère.

— Et alors ?

— Il faut penser aux choses sérieuses, lança Donald. Ce mec nous met dans la merde.

Diana Mangan vint s'asseoir sur le lit et caressa tendrement les cheveux noirs de son amant en titre.

— N'aie pas peur, dit-elle. On va baiser ces cons de la DEA.

***

Le bureau du directeur régional de la DEA avait une vue fabuleuse sur le World Trade Center et tout le quartier de Wall Street. Spécialement par beau temps, comme en cette belle journée de mai.

Pourtant les quatre hommes qui l'occupaient tournaient le dos aux baies vitrées, penchés sur un petit magnétophone dont ils repassaient inlassablement la bande. Une voix hachée, des crachotements et le « clac » d'un récepteur raccroché.

George Baker, le directeur régional, un homme chauve et corpulent qui poursuivait les trafiquants de drogue depuis quinze ans, hocha la tête avec découragement.

— On a eu toutes les poisses ! Notre homme s'est fait repérer. Notre magnétophone marchait mal et il crevait de peur.

— Que savez-vous exactement ? demanda son supérieur, venu de Washington.

— Que ce salaud de Donald Mills est sur un coup énorme. Quatre cent cinquante livres d'héroïne N° 4. Livrées probablement à Rotterdam. Par un certain « Kapitan Yakovlev ».

— Et qu'est devenu votre informateur ?

— On a retrouvé sa voiture dont le moteur tournait encore sur Central Park South. De lui, plus aucune trace. Il doit être au fond de l'Hudson avec des chaussures en ciment.

Un ange passa. Le plus jeune des participants griffonnait sur un calepin. Il leva la tête.

— Yakovlev, fit-il. On dirait un nom russe. Si on demandait à ces connards de la CIA ? Ils auront peut-être une idée.

George Baker haussa les épaules et tira une bouffée de son cigare.

— Je veux bien, mais ils n'ont *jamais* d'idées.

La haine entre les deux agences gouvernementales n'était égalée que par le mépris que le FBI leur vouait à toutes les deux.

[illegible], penchés sur un petit [illegible]. [illegible]

[illegible] un homme [illegible] qui poursuivait [illegible] de [illegible].

— [illegible] Notre homme [illegible].

— [illegible]

— [illegible]

— Et qu'est devenu votre chauffeur ?

— On a retrouvé sa voiture car le moteur tournait encore sur Carlton Park South. De lui, plus aucune trace. Il doit être monté à bord de l'Edison avec des complices au port.

Un autre [illegible] des [illegible] sur la [illegible] la tête.

— [illegible]

[illegible]

— [illegible]

[illegible]

CHAPITRE II

Malko observait un homme assis seul en bordure de la verrière séparant le restaurant du Palais Schwarzenberger du parc qui semblait sans limite, grâce aux projecteurs dispersés habilement dans les frondaisons et sur la pelouse. On n'était pourtant qu'à quelques centaines de mètres de l'Opernring, en plein centre de Vienne.

L'homme qu'il regardait portait une affreuse veste à carreaux qui paraissait étriquée sur ses larges épaules. Il était petit, trapu et dégageait une impression de force incroyable. De charme aussi, grâce à ses cheveux très noirs rejetés en arrière et à des dents éclatantes qu'il découvrait d'un sourire un peu mécanique, chaque fois qu'on lui adressait la parole.

Son teint très sombre indiquait un Pakistanais ou un Indien. En réalité, il était tamoul, de nationalité sri-lankaise et s'appelait Raj Krichna. Les services de renseignements occidentaux, y compris la Central Intelligence Agency, le considéraient comme un des chefs les plus dangereux du PLOT (1), qui menait une guérilla active contre l'armée sri-lankaise, afin d'installer une république marxiste dans l'ancienne Ceylan.

(1) People Liberation Organisation Tamoul.

Alexandra se pencha vers Malko et demanda à voix basse :

— Tu n'en as pas assez de regarder ce bonhomme ? On dirait un chimpanzé...

Malko ramena son attention sur elle. Toujours fasciné, en dépit des années, par le magnétisme sexuel qu'elle dégageait. Lui seul savait qu'elle était intégralement nue sous l'ensemble de jersey beige qui la moulait comme un gant et qui s'arrêtait à mi-cuisse, découvrant ses longues jambes bronzées. Le décolleté était si profond que les garçons du restaurant ne pouvaient s'empêcher, en passant près de la table, de lorgner les seins offerts. Ce qui se faisait peu à Vienne...

— Je suis heureux d'être avec toi, dit-il, en lui posant une main sur la cuisse.

Il avait beau lui avoir fait l'amour des centaines de fois, il en avait toujours aussi envie.

— Tiens, remarqua-t-elle, ton camarade a de la compagnie.

Malko tourna la tête. Raj Krichna venait d'être rejoint par le sosie de Clint Eastwood, un homme de haute taille, vêtu d'un costume clair et d'une chemise en soie sans cravate. Il portait un attaché-case noir qu'il rangea sur la chaise à côté de lui. Les deux hommes échangèrent une longue poignée de main et se plongèrent aussitôt dans une conversation animée. Visiblement, ils se connaissaient déjà.

Alexandra remarqua d'une voix intéressée :

— Celui-là est nettement mieux...

Comme s'il avait entendu ses paroles, l'inconnu tourna la tête dans sa direction et posa son regard sur elle, la dévisageant longuement.

Malko en éprouva un picotement désagréable à l'épigastre. Il n'aimait pas mêler sa « fiancée » à son métier et détestait opérer à Vienne où il était plus connu comme Altesse Sérénissime, membre de l'aristocratie et hobereau, qu'en qualité de barbouze hors cadre à la Central Intelligence Agency qui subvenait au gouffre que représentait son château de Liezen. Alexandra était présente exceptionnellement parce que sa mission consistait en une surveillance sans danger et qu'un homme seul dans un restaurant se remarque vraiment trop. En plus, quelques jours au *Sacher,* le meilleur hôtel de Vienne, avec Alexandra, ressemblait plutôt à une escapade d'amoureux.

Les deux hommes avaient repris leur conversation.

Malko se demandait qui était celui qui avait rejoint Raj Krichna. Et ce qu'ils allaient faire ensemble.

La CIA l'avait mis sur la piste de Raj Krichna, arrivé la veille à Vienne et qui séjournait à *l'Intercontinental.*

Le Tamoul était venu de Berlin-Est, par un itinéraire compliqué, passant d'abord le « Checkpoint Charlie » pour emprunter ensuite le nouveau vol Air France direct hebdomadaire Berlin-Paris et revenir ensuite dans la capitale autrichienne. La CIA savait qu'il avait embarqué à New Delhi sur un vol de l'Aeroflot New Delhi-Moscou.

La mission de Malko était simple : ne pas le lâcher d'une semelle. Pour l'instant c'était facile, mais il aurait peut-être à laisser Alexandra s'occuper de son côté. Elle était trop spectaculaire. Il n'ignorait qu'une chose : pourquoi la CIA s'intéressait-elle tant à Raj Krichna ?

***

Malko en était à son second café lorsque Raj Krichna et son compagnon se levèrent. Au lieu de gagner la sortie, ils franchirent la porte vitrée donnant dans le parc privé du Palais, partant se promener comme le faisaient parfois les amoureux.

— On les suit ? proposa Alexandra ironiquement.

Les deux silhouettes s'éloignaient dans la pénombre. Le Parc Schwarzenberger ne comportant aucune autre sortie, ils allaient fatalement revenir...

— Non, dit Malko. Inutile de leur donner l'éveil.

Il commanda un troisième café qu'il sucra généreusement pour lui et un Cointreau avec beaucoup de glace pour Alexandra, puis régla l'addition.

Les deux hommes réapparurent dix minutes plus tard. Malko remarqua immédiatement que l'attaché-case noir avait changé de mains : c'était Raj Krichna qui le portait. Celui-ci se rassit et réclama l'addition. Malko entraîna Alexandra dans la grande cour où était garée sa Mercedes 190 de location, moins voyante que sa Rolls.

Il s'y installa avec Alexandra, anticipant la suite des événements. Il fallait savoir qui était le contact de Raj Krichna. Il se dit donc que, si les deux hommes se séparaient, il laisserait tomber le Tamoul.

— Qu'est-ce qu'on fait ? demanda Alexandra.

— On attend, dit Malko.

Glissant une main sur la cuisse nue de la jeune femme, il atteignit son ventre sans protection. Elle referma aussitôt ses cuisses musclées sur ses doigts, lançant d'une voix furibonde :

— Tu ne vas pas me sauter comme une bonne, ici ! Je préfère t'attendre au *Sacher*. Je vais prendre un taxi.

Malko n'ignorait pas la détestation qu'elle portait à son métier. Il l'embrassa et la regarda regagner le Palais Schwarzenberger, balançant ses hanches en amphore dans la lueur de ses phares.

Cinq minutes plus tard, un taxi vide pénétra dans la cour et vint se ranger devant le perron. Le Tamoul et son ami y prirent place. Malko démarra derrière eux. Le taxi fila vers l'Opernring, puis tourna à droite dans Kärntner Ring, en direction du canal du Danube. Cinq minutes plus tard, ils atteignaient l'*Intèrcontinental* dans Johannes Gasse. Tout se passa très vite. Le compagnon de Raj Krichna descendit le premier et sauta littéralement dans un taxi qui arrivait en sens inverse. Gêné par un autre véhicule, Malko fut dans l'impossibilité de faire demi-tour. La rage au ventre, il se gara et gagna le lobby de l'hôtel. Assez grand et animé pour que le Tamoul ne le remarque pas.

Raj Krichna prit sa clef à la réception et disparut dans un ascenseur.

Malko s'installa dans un fauteuil. L'autre pouvait être allé déposer son attaché-case et ressortir... Pendant une demi-heure il observa les allées et venues. Guettant l'ascenseur. Frustré. Il finit par repérer deux hommes, en apparence des businessmen. Ils attendaient comme lui. Sans s'adresser la parole, lisant distraitement des journaux, mais on les sentait aux aguets. Des policiers ? Plusieurs fois, il surprit leur regard posé sur lui.

Convaincu que Raj Krichna ne ressortirait pas, il décida de lever le siège. Dans la glace de la porte tambour, il aperçut le reflet des deux « businessmen » qui observaient son départ avec intérêt.

Après avoir garé sa Mercedes au parking souterrain en face du *Sacher,* il vit, en passant devant la réception, que sa clef était là. Où se trouvait Alexandra ? Avec un pincement de jalousie, il partit à sa recherche. Personne dans les grands salons, ni au salon de thé. Il la retrouva dans le bar minuscule, presque vide, devant un Cointreau, écoutant d'un air lointain le pianiste. Celui-ci, troublé par le décolleté de la jeune femme, émaillait ses « medleys (1) » d'un nombre outrageux de fausses notes...

— Tu ne t'es pas ennuyée ? demanda Malko.

Alexandra lui adressa un regard dégoulinant de perversité.

— Pas du tout. Je me suis fait draguer.

(1) Pot-pourris.

Malko ne vit que trois vieux hobereaux inoffensifs et le pianiste.

— Par qui ?

— Celui que je trouvais bien au restaurant. Qui était avec le singe.

— Tu plaisantes ?

— Non, dit-elle. Il est passé ici, et a voulu m'offrir un verre. Je lui ai dit que j'attendais quelqu'un. Alors, il m'a donné le numéro de sa chambre — 428 — au cas où cette personne ne viendrait pas... Il est vraiment superbe. Une bête...

Une lueur trouble qu'il connaissait bien obscurcissait ses yeux verts. Comme chaque fois qu'elle était émue sexuellement ses traits s'adoucissaient. Malko la prit par la main, l'arracha de son fauteuil, et lança à mi-voix, à la fois amusé et jaloux :

— Salope !

En passant devant la réception, il demanda :

— Je crois qu'un de mes amis séjourne chez vous au 428. Pouvez-vous vérifier ?

— Bien sûr, *Sie Hoheit*, fit l'employé avec empressement.

Malko était client du *Sacher* depuis un quart de siècle.

Il releva la tête et annonça :

— Je ne pense pas, *Sie Hoheit*, il s'agit d'un Américain, Mr Tony Pool.

— Je me suis trompé, dit Malko. Merci. *Gute Nacht*.

A peine dans l'ascenseur, Alexandra se colla à lui. Il refit le geste osé qu'il avait esquissé dans la Mercedes et cette fois, elle le laissa arriver jusqu'à son sexe, dont l'état ne laissait aucun doute sur ce qu'elle éprouvait.

Malko fit monter son excitation d'un cran, se demandant, malgré tout, s'il en était la cause unique.

Le voyage leur parut très court jusqu'au sixième... Ils continuèrent à flirter dans l'étroit couloir aux portes de cuir rouge qui donnaient un charme vieillot au *Sacher*.

Quand ils atteignirent la chambre, ils étaient tous les deux dans un état indescriptible.

Alexandra se débarrassa en un clin d'œil de ses vêtements, ne conservant que ses escarpins. Ils oscillaient, étroitement enlacés dans la petite entrée, quand on frappa à la porte.

Malko s'immobilisa. Puis il lâcha Alexandra et alla entrouvrir la porte. Il sentit son sang se glacer dans les veines. Tony Pool le contemplait, les yeux légèrement injectés de sang. Son regard glissa par-dessus Malko et s'arrêta une fraction de seconde sur ce qu'il voyait d'Alexandra. Il fit aussitôt un pas en arrière et dit d'une voix pâteuse avec un sourire d'excuse :

— Oh, je suis désolé ! Je me suis trompé de chambre !

Malko le vit s'éloigner de son pas souple, passant devant la vitrine où était exposée une *Sachertorte* (1) en carton-pâte.

Il referma la porte, encore sous le coup de la surprise. Alexandra ne semblait pas gênée.

— Je crois qu'il espérait me trouver seule, fit-elle, espiègle. Lui aussi a dû demander le numéro de ma chambre...

Malko ne répondit pas, toutes ses défenses en alerte. Etait-ce *vraiment* le magnétisme sexuel d'Alexandra qui avait attiré Tony Pool ? Cela semblait une coïncidence bien étrange.

Il composa le numéro de la ligne directe de Ron Clark, le nouveau chef de station de la CIA à Vienne, l'homme qui l'avait lancé sur la piste de Raj Krichna et laissa sur le répondeur le nom de Tony Pool. Avec demande immédiate d'identification.

A peine eut-il raccroché que le ventre d'Alexandra se pressa contre lui.

(1) Pâtisserie. Spécialité de l'hôtel *Sacher*.

— Tu ne m'en veux pas ? murmura-t-elle.

Elle fit aussitôt en sorte qu'il ne puisse lui en vouloir, mais il lui fallut un long moment pour chasser provisoirement de son esprit l'étrange visite de Tony Pool.

***

Ron Clark s'avança, la main tendue vers Malko, tiré à quatre épingles comme une gravure de mode, avec un costume bien coupé, une discrète chemise parme et une pochette assortie. Ancien universitaire brillant, puis analyste à Langley, il occupait là son premier grand poste, très excité de se trouver dans une ville grouillante d'espions et de trafics en tous genres. Grand et distingué, il parlait parfaitement allemand et son lit était en train de devenir le point de passage obligé de toutes les belles Viennoises.

— J'ai trouvé votre message, annonça-t-il. Bravo.

— Vous savez qui est ce Tony Pool ?

— Nous l'avons découvert, fit le chef de station.

Le « nous » englobait visiblement un gros homme presque chauve qui semblait avoir dormi avec son costume de toile affalé dans un fauteuil et qui leva un regard torve sur Malko. Ron Clark fit les présentations :

— Greg Bautzer, « special agent » de la DEA.

Malko fut plutôt surpris : les deux agences fédérales ne coopéraient pas volontiers. Ron Clark enchaîna aussitôt :

— « Big John », notre ordinateur, n'a rien trouvé sur Tony Pool. Alors, j'ai eu l'idée de demander à Mr Bautzer, qui est en poste ici, de le passer dans « Pathfinder », l'ordinateur de la DEA. Et, fit-il en se rengorgeant, je crois que nous avons tapé dans le mille.

— C'était même pas la peine de le passer au computer, fit Greg Bautzer, d'un ton rogomme. Il serait encore en train de cracher des trucs en ce moment... Tony Pool est en tête des trafiquants à surveiller. C'est un ancien du Vietnam. Un tueur psychopathe, le bras droit d'un des plus grands trafiquants de drogue américain, Donald Mills. Surnommé « Black et Decker » car il a l'habitude de torturer ses victimes — des dealers « malhonnêtes » — avec une perceuse. D'ailleurs, on l'attendait en Europe. A Rotterdam, mais pas ici.

Devant l'étonnement de Malko, le special agent lui résuma ce qui s'était passé dans le New Jersey et les éléments qu'avait pu transmettre Dennis Wells avant de disparaître. Ron Clark lui coupa presque la parole pour enchaîner :

— La DEA n'avait pas découvert ce que signifiait Kapitan Yakovlev. Chez nous, on a trouvé.

Malko crut entendre grincer les dents de Greg Bautzer.

— Qui est donc le Kapitan Yakovlev ?

Ron Clark alla prendre un dossier sur son bureau.

— Un porte-containers de 14600 tonnes, construit au Japon en 1978, aux chantiers Kurishima. Acquis par la Marine marchande soviétique en 1979, neuf. Il mesure 118 mètres de long, file 13 nœuds et peut transporter 376 containers, dont 176 sur le pont. Son équipage est de vingt-huit hommes. Il est actuellement basé à Odessa, d'où il a appareillé hier, destination Rotterdam, avec un chargement commercial dont nous ignorons la nature exacte. Mais nous avons de fortes raisons de croire qu'il transportera le chargement d'héroïne signalé par l'informateur de notre confrère. Il devrait atteindre Rotterdam dans quinze jours, environ.

Un ange passa, des étoiles rouges sur les ailes. Malko n'était que modérément surpris. Ce n'était pas la première fois que les Soviétiques ou les

Services de l'Est étaient mêlés à des trafics de drogue, mais c'était rare qu'ils s'impliquent d'une façon aussi directe.

— Pourquoi Rotterdam ? demanda-t-il.

Greg Bautzer reprit l'avantage.

— Donald Mills, le patron de Tony Pool, possède une petite compagnie de navigation spécialisée dans le transport des voitures européennes jusqu'à New York, expliqua-t-il. Un de ses cargos va se trouver à Rotterdam en même temps que le *Kapitan Yakovlev*. Le transbordement de la drogue se fera sûrement à ce moment. Ensuite, ils procéderont de la façon habituelle. Arrivés en vue des USA, des vedettes rapides viendront chercher la drogue et la dispatcher...

— L'affaire de notre informateur n'a pas perturbé leurs plans ? demanda Malko. Ils auraient dû renoncer.

Greg Bautzer secoua la tête.

— Ce genre d'opération est très complexe, mettant en jeu des gens qui ne communiquent pas les uns avec les autres. Une fois lancée, il est pratiquement impossible de l'arrêter.

— Donc, continua Malko, ce Tony Pool est venu organiser la réception, malgré le risque.

— Et verser des arrhes, compléta Greg Bautzer. La mallette qu'il a remise à l'homme que vous surveillez contient sûrement de l'argent liquide. C'est la coutume entre gros trafiquants. Le signal devait être le départ du *Kapitan Yakovlev* d'Odessa. L'acheteur — Tony Pool — apporte la preuve de sa bonne foi. Le reste de l'argent sera versé à la livraison.

— Cela représente quoi, deux cent vingt-cinq kilos d'héroïne ? interrogea Malko.

Greg laissa tomber :

— A soixante-dix mille ou quatre-vingt mille dollars le kilo, entre quinze et dix-huit millions de dollars. Ensuite, à la revente, elle est « coupée » de cinq à dix fois.

L'ange repassa. Les ailes en or massif.

Tout cela était maintenant parfaitement clair.

— Pourquoi ces deux hommes se sont-ils retrouvés ici, à Vienne ? demanda Malko.

— C'est la question que je me pose, fit Greg Bautzer. Vous avez peut-être une idée.

— Pas encore, fit suavement Ron Clark.

Greg Bautzer s'ébroua.

— OK. Je vais m'occuper de Tony Pool. L'autre côté, c'est votre problème. Moi, ce que je veux, c'est piquer cette héroïne quand elle arrivera à Rotterdam. Le reste...

Il eut un geste évasif.

— D'où vient-elle ? demanda Malko.

Le special agent de la CIA hocha la tête.

— Probablement de Delhi. L'Inde est le plus gros producteur officiel de pavot médicamenteux. Seulement, il y a mévente et ils se retrouvent avec trente milles tonnes d'opium invendable, à cause de la morphine artificielle. Alors, des officiels indiens corrompus le vendent à des trafiquants. Qui ont monté des labos à New Delhi où ils la transforment en héroïne, vendue à 15000 ou 18000 dollars le kilo. Elle traverse ensuite l'Union Soviétique pour arriver en Europe. Raj Krichna a dû engager tous les fonds secrets du PLOT pour l'acheter, car cela représente des millions de dollars... Seulement il multiplie par cinq.

— Pourquoi passer par l'Union Soviétique ?

— C'est la voie la plus sûre, grâce à la protection du KGB. Elle part d'abord au Pakistan, puis en Afghanistan... Bon, on reste en contact.

Il acheva son J and B, salua mollement les deux hommes et sortit de la pièce. Aussitôt Malko se tourna vers Ron Clark.

— Est-ce que je vais enfin savoir pourquoi nous nous intéressons à Raj Krichna ?

Le chef de Station tira sur ses manchettes, laissa errer son regard sur la grande roue du Prater, dans le lointain, et dit :

— Bien sûr. Je ne voulais pas parler devant Greg Bautzer. Il y a quelques semaines, le gouvernement sri-lankais a demandé confidentiellement aux USA de l'aider dans sa lutte contre les Indépendentistes tamouls marxistes, le PLOT. Le National Security Council a étudié le problème et accepté. La Company a hérité du bébé. Les services de renseignements sri-lankais sont nuls et le PLOT est soutenu par l'Union Soviétique. Ils ne reculent devant rien pour déstabiliser le Sri Lanka. C'est eux qui ont fait sauter une voiture piégée en plein Colombo, il n'y a pas longtemps, tuant plus de cent cinquante personnes.

« Raj Krichna est un des responsables du PLOT. En ce moment, les rebelles tamouls sont engagés dans des combats féroces avec les gouvernementaux. Notre station de Colombo a eu un tuyau selon lequel Raj Krichna allait se rendre en Europe pour y acheter une importante quantité d'armes et de munitions.

« Nous devons tout faire pour l'en empêcher : L'armée sri-lankaise est mal équipée et ne ferait plus le poids. Voilà pourquoi nous nous intéressons à Raj Krichna.

La boucle était bouclée.

— Je suppose qu'il va payer ses armes avec l'argent de l'héroïne ? dit Malko.

Ron Clark approuva :

— Evidemment. Les Soviétiques ne donnent pas d'argent aux Tamouls. Leurs seules ressources viennent du trafic de drogue et des cotisations de militants. D'habitude, ils utilisent des « fourmis », une multitude de passeurs. Cette fois, ils ont tenté un gros coup. Avec, sans aucun doute, l'aide du KGB. Sinon, cette drogue n'aurait pas pu aller de Kaboul à Odessa et être chargée sur un porte-containers soviétique... Mais Raj Krichna est un « client » important pour le KGB. Un peu comme les « contras » pour nous.

— J'ai vu deux hommes à l'*Intercontinental* qui semblaient le surveiller hier soir, dit Malko. C'est peut-être des gens de chez eux.

— Pas impossible. Je vais demander aux Autrichiens.

— Si la DEA s'empare de la drogue, remarqua Malko, Raj Krichna est neutralisé.

— Faisons comme si nous étions seuls, conseilla le chef de Station. Je veux savoir en plus à qui ce Tamoul achète ses armes. S'il est à Vienne, c'est pour y rencontrer quelqu'un. Nous avons quelqu'un dessus en ce moment, mais il manque d'expérience. Vous allez reprendre la filature. A mon avis, Krichna ne va pas s'éterniser. Si cela durait plus de quarante-huit heures, je vous adjoindrais des « baby-sitters ».

— Donc, je laisse tomber Tony Pool ?

Le chef de Station eut un sourire suave.

— Il ne peut plus se moucher sans que la DEA soit au courant. Après le déjeuner, allez à l'*Intercontinental* remplacer mon jeune adjoint. Si Krichna avait bougé, il m'aurait prévenu.

Malko sortit du bureau, perplexe. Il allait conseiller à Alexandra de regagner le château de Liezen. Cette affaire risquait de devenir dangereuse.

Il pleuvait sur Vienne bien qu'on soit en juin et la circulation en souffrait. Il mit vingt minutes pour regagner le *Sacher* et dut laisser sa Mercedes 190 au voiturier avec un billet de cent shillings... Il appela la chambre. Pas de réponse. Personne dans le breakfast room où des Viennoises de bonne compagnie étaient en train de se goinfrer de *Sachertorte* — 10000 calories au gramme — sucrant ensuite leur café avec d'amères sucrettes chimiques, pour se donner bonne conscience. Il alla jusqu'aux salons derrière la réception et s'arrêta, tétanisé. Alexandra, somptueuse dans un ensemble en soie noire Chanel au corsage transparent, bavardait tranquillement avec Tony Pool.

CHAPITRE III

Malko eut l'impression de recevoir une douche glaciale. Ivre de rage devant le sourire gourmand et sensuel qu'Alexandra adressait à Tony Pool. Si la CIA avait donné à Malko l'ordre de le laisser tomber, lui ne décrochait pas...

Il recula sans s'être montré et remonta dans leur chambre cuver sa fureur. Il s'écoula dix minutes avant que la clef ne tourne dans la serrure. Le sourire d'Alexandra s'effaça devant son expression.

— Qu'est-ce que tu as ?

L'innocence même.

Malko regretta de tout son cœur de ne pas avoir emporté sa cravache d'Hermès... Alexandra le toisait, un peu déhanchée, volontairement provocante.

— Que faisais-tu avec Tony Pool ? demanda-t-il d'une voix sèche.

Le sourire sensuel et vaguement cruel lui rongea le cœur.

— Tu es jaloux ?

Il n'osa pas répondre « non », mais lança d'un ton vengeur :

— L'histoire avec le colonel Okolov ne t'a pas suffi ? (1).

Quelques années plus tôt, Alexandra avait été

(1) Voir *Le Bal de la Comtesse Adler*. SAS N° 21.

enlevée par un colonel du KGB et Malko n'avait jamais vraiment tiré au clair ce qui s'était passé entre eux. Mais le Soviétique était mort et il y avait prescription... Sans se troubler, Alexandra alla s'asseoir sur un Récamier et croisa ses jambes gainées de nylon noir.

— Ne sois pas stupide, dit-elle. Je suis en train de te rendre service.

— Comment ? demanda-t-il avec une méchanceté non dissimulée.

Le regard d'Alexandra ne cilla pas et c'est d'un ton moqueur qu'elle lança :

— C'est à moi que s'intéresse Tony. Pas à toi.

Il nota mentalement qu'elle avait dit « Tony » comme s'ils se connaissaient depuis longtemps.

— Comment le sais-tu ? Pourquoi ?

Nouveau sourire, encore plus provocant.

— Pour me baiser, bien sûr, précisa-t-elle suavement.

— Pourquoi toi, justement ?

— Le hasard. Il m'a repérée au restaurant du Palais Schwartzenberger et m'a revue ensuite au bar, ici. Il pensait que j'étais seule. C'est la raison pour laquelle il est venu frapper à la porte hier soir. Il me l'a dit. Il espérait probablement que je l'accueillerais bien.

— Tu es *sûre* que ce n'est pas une manip ? Tony Pool est super dangereux. Et malin.

Elle secoua la tête.

— Non, il doit avoir pas mal de succès. Il a quelque chose qui attire les femmes.

— Et maintenant ? Que voulait-il ?

Alexandra eut un rire léger, et décroisa les jambes avec un crissement agaçant de nylon.

— M'emmener aux Bahamas. Il repart aux Etats-Unis demain matin et revient en Europe dans une dizaine de jours.

— Alors, quand pars-tu ? demanda-t-il mi-figue mi-raisin.

Alexandra n'en était pas à sa première infidélité.

— Idiot ! fit-elle.

Elle se releva et vint se coller contre Malko.

— Je lui ai dit que j'avais un homme dans ma vie, murmura-t-elle. Mais il est tenace. Il m'a donné un numéro aux Etats-Unis pour le contacter si je changeais d'avis. Cela peut peut-être te servir.

Tout en parlant, elle se frottait doucement contre Malko, essayant de glisser une langue aiguë entre ses lèvres serrées. Son bassin donnait de petits à-coups, à la façon d'un chat qui pousse sa tête contre le bras de son maître. Puis, elle entreprit de le déshabiller, faisant tomber sa veste, ouvrant sa chemise... Ses doigts coururent sur sa poitrine, agaçant ses mamelons, relayés par sa bouche. Elle poussait de petits soupirs et finit par s'enhardir, massant doucement la virilité de Malko. Ils titubaient entre la table et le Récamier. Malko dut poser une main dans le dos d'Alexandra pour ne pas perdre l'équilibre et sentit les baleines d'une guêpière, ce qui envoya une brutale poussée d'adrénaline dans ses artères. Cette salope allait avoir raison de sa rage !

Têtue, Alexandra avait continué à le dépouiller comme un lapin. Elle s'agenouilla soudain sur la moquette et, la bouche à hauteur de son ventre, comme une pute, habilement, l'engloutit. Ce qui lui donna le temps de se débarrasser de son chemisier et de sa jupe de soie noire, sans diminucr la tension érotique.

Elle se redressa, glorieuse dans une splendide guêpière fuchsia, qui laissait affleurer les pointes de ses seins, lcs longs bas noirs montant très haut sur ses cuisses, une lueur salope dans ses grands yeux gris. Son ventre nu se colla à Malko et il sentit la bosse dure de son pubis. Ses bonnes résolutions fondaient comme neige au soleil. Le magnétisme sexuel d'Alexandra faisait des miracles, comme toujours. Il se retrouva en train de tordre presque méchamment le bout des seins gonflés qui jaillissaient de la guêpière, le sexe tendu à éclater. Alexandra, si sensible d'habitude, ronronna de plaisir, comme une chatte... Décidée *vraiment* à se faire pardonner.

Elle se laissa aller en arrière sur le Récamier, attirant Malko sur elle, prit sa main et la plaqua entre ses cuisses. Le miel brûlant transperçait le satin fuchsia.

Dès qu'il l'écarta pour prendre possession du sexe offert, elle haleta de plaisir, gémissant à petits coups. La pensée abominable qu'il devait peut-être ce déchaînement à Tony Pool n'arriva pas à calmer Malko. D'elle-même, Alexandra se débarrassa du triangle de satin fuchsia et le guida dans son ventre, repliant ses longues jambes dans son dos. Ses seins étaient sortis de la guêpière, comme pour participer à la fête. Malko se mit à la besogner lentement, tandis qu'elle le serrait contre elle en murmurant :

— Comme ça, c'est bon, continue, continue...

Elle avait relevé les jambes presque à la verticale, pour qu'il la pénètre encore mieux. En dépit de la sensation exquise de s'enfoncer dans ce fourreau de miel brûlant, Malko demeurait mentalement détaché. Leurs regards se croisèrent et Alexandra dut le sentir. Ses jambes s'abaissèrent et elle recula, le forçant à sortir d'elle. Immédiatement, elle se retourna avec une souplesse féline, agenouillée sur le Récamier, la croupe haute, les bras appuyés au dossier, en une offrande muette.

Malko n'hésita qu'une fraction de seconde avant de se ruer à l'assaut. Alexandra eut un imperceptible mouvement de recul lorsqu'il commença à forcer l'ouverture de ses reins, puis un gémissement filtra entre ses lèvres comme il s'y enfonçait avec une lenteur calculée, le cœur battant la chamade de plaisir. Alors que, d'un ultime coup de rein, il achevait de la violer, elle tourna la tête et dit à voix basse :

— Tu sais bien que je t'aime.

Le reste fut un éblouissement. Arc-boutée contre le dossier du Récamier, elle le laissa la prendre de plus en plus fort, les mains crispées sur ses hanches élastiques, jusqu'à ce qu'il se répande dans ses reins avec un grondement de plaisir...

Un peu plus tard, elle se redressa, tira sur ses bas, et lui fit face, le visage ravagé de plaisir, les cheveux blonds dans les yeux, sa bouche sensuelle encore plus charnue.

— C'est pour toi que je m'étais habillée, dit-elle. Allons déjeuner à Grinzing.

***

Une Rolls-Royce Silver Spirit vert bouteille attendait devant l'*Intercontinental,* insolite parmi le flot des Mercedes de tous poils. Malko la quitta des yeux pour reprendre son guet. Il avait dû abandonner Alexandra après un lunch rapide dans une taverne de Grinzing pour relayer l'adjoint de Ron Clark, en planque depuis l'aube.

Alexandra, à la grande surprise de Malko, avait refusé de rentrer à Liezen. La jalousie qu'il avait exprimée l'avait émue. Elle était sagement partie à pied dans Kärntner strasse faire du shopping, attendant le retour de son Seigneur et Maître...

Il posa son journal. Raj Krichna venait de surgir de l'ascenseur, traversant le hall d'un pas rapide.

L'attaché-case noir à la main. La largeur de ses épaules était vraiment impressionnante... Il franchit la porte tournante et se dirigea vers la Rolls-Royce verte. Le chauffeur descendit pour lui ouvrir la portière et démarra aussitôt.

Malko n'eut que le temps de bondir jusqu'à sa propre voiture. Il était plus de cinq heures et les banques étaient fermées. Où allait donc Raj Krichna ?

Il n'avait pas revu les deux hommes de la veille, mais en prenant sa planque, l'adjoint de Ron Clark lui avait appris que la police autrichienne ne surveillait pas Raj Krichna...

Il se glissa facilement derrière la grosse voiture verte. Jetant un coup d'œil dans le rétroviseur, il aperçut une Opel grise avec un seul homme à bord qui paraissait le coller. Son conducteur au visage banal n'était aucun des deux « businessmen » de la veille.

Arrivée à Schubert-Park Ring, la Rolls vira à droite. Pendant un moment, Malko dut se concentrer sur sa conduite pour ne pas la perdre dans la circulation intense. Ils contournaient tout le centre de Vienne, passant devant le Rathaus pour redescendre vers le Donaukanal. La Rolls prit la contre-allée du Shötten-Ring puis à droite dans une petite rue et, de nouveau, à droite dans Zelinka Gasse, voie paisible bordée de vieux immeubles datant de l'Empire austro-hongrois. Avant de tourner, Malko avait de nouveau aperçu l'Opel... Mais, dans Zelinka Gasse, elle avait disparu.

La Rolls stoppa en face d'un building décrépit jaunâtre, où le Tamoul s'engouffra, son attaché-case à la main, et repartit aussitôt. Malko fit le tour du bloc, sans revoir l'Opel et revint se garer en double file. Il gagna l'immeuble. L'entrée ne payait pas de mine. Une voûte noirâtre où des poubelles s'entassaient donnant sur un vieil escalier en pierre aux marches usées et inégales, avec des lambeaux de moquette. Les plafonds étaient très hauts, la peinture grise s'écaillait partout. Malko examina les noms des locataires. Il n'y en avait que huit. Six sociétés autrichiennes, l'Institut catholique et une plaque de cuivre, où était gravé *Attalectronics GMBH.*

Pas de concierge et pas de code. Evitant l'ascenseur, il s'engagea dans l'escalier, montant jusqu'au troisième, sans rencontrer un chat. Au troisième, un détail le fit tiquer. La porte d'Attalectronics était hérissée de serrures compliquées et ornée d'un mouchard. Il redescendit et, au rez-de-chaussée, en face de l'ascenseur, remarqua des volets en tôle qui semblaient dissimuler une ouverture. Ils se rabattirent facilement, découvrant une grande cavité de trois mètres de haut et un mètre de profondeur. Le fond était en grillage et donnait sur la cour.

Il entendit un bruit dans l'escalier et battit en retraite, regagnant sa voiture. Il se déplaça, afin de ne pas être trop visible, et attendit. Vingt minutes plus tard, la Rolls réapparut et se gara devant l'immeuble.

Juste le temps pour Raj Krichna d'en surgir et de monter dedans. Sans l'attaché-case noir...

Malko n'essaya même pas de le suivre. Il fallait découvrir qui le Tamoul avait rencontré... La Station de la CIA devait savoir ce qui se cachait derrière Attalectronics.

*
**

Le terminal du computer installé dans le bureau de Ron Clark émit une série de couinements, des voyants clignotèrent, puis il se mit à dévider à toute vitesse des feuilles imprimées, les informations fournies par l'ordinateur central de Langley, « Big John ». Fascinés, le chef de Station et Malko regardaient la machine ronfler furieusement.

— Voilà tout ce que nous savons sur Selim Attalah, annonça l'Américain.

Il avait réagi immédiatement lorsque Malko était revenu de sa planque avec l'adresse de Zelinka Gasse.

— Ce sont les bureaux viennois d'un marchand d'armes que nous connaissons bien. Un Syrien, Selim Attalah.

La raison du séjour à Vienne du Tamoul devenait

évidente. Il était venu verser des arrhes sur un achat d'armes. Le début de l'argent de la drogue. Les informations de Colombo se vérifiaient. Malko s'empara de la feuille débitée par l'imprimante et commença à lire : « Selim Al Attalah, nationalité syrienne. Quatre frères, Rachid, Benour, Nabil, Marvan. Confession sunnite.

« Repéré pour la première fois à Beyrouth, en 1975, inscrit au parti communiste libanais. Soupçonné très fortement d'une dizaine d'exécutions d'adversaires politiques. Entraîné en Syrie par le général Kanaan.

« Pris en main par le Rezident du KGB à Beyrouth en 1977. Depuis 1979, travaille exclusivement pour le KGB, comme exécuteur. »

Suivait une longue litanie de meurtres prouvés et soupçonnés. Allemagne, Chypre, Portugal, Grèce... et, bien entendu, Beyrouth. Selim Attalah avait tué dans toute l'Europe pour ses commanditaires... jusqu'en 1982 où on le trouvait pour la première fois, comme intermédiaire, lors d'une importante livraison d'armes à un groupe extrémiste palestinien, le FPLP, très proche des Soviétiques. Depuis, il se consacrait à sa carrière de marchand d'armes... Ron Clark lisait par-dessus l'épaule de Malko.

— J'ai déjà eu plusieurs synthèses sur lui, commenta-t-il. Il est devenu l'importateur exclusif des armes fabriquées à l'Est. Tout le monde lui en achète. Même nous, de temps en temps, quand on en a besoin pour une « covert operation (1) »... Il gagne des dizaines de millions de dollars, et fait rentrer des devises chez les Popovs. Ceux-ci l'ont bien récompensé de ses années de plomb.

Malko sursauta. Sur la feuille suivante, il y avait les différentes adresses du Syrien : « Marbella, Calle 32, Nueva Andalucia. Travaille en association avec un

(1) Opération clandestine.

certain Macropoulos, marchand d'armes également, agent britannique. C'est ce dernier qui lui a vendu le terrain où il a construit sa résidence. »

Macropoulos ! L'homme responsable de la mort atroce de Sharnilar, la veuve de l'ayatollah (1). Celle que Malko avait juré de venger. La machine continuait à cracher, énumérant des chargements d'armes, des prix, des noms et des millions de dollars. Malko reposa le document. Il en savait assez. Ron Clark stoppa le terminal et le silence retomba dans le bureau.

— Je crois que ma mission est terminée, dit Malko. Vous avez la réponse à votre question. Raj Krichna est venu à Vienne acheter des armes à Selim Attalah, qu'il a l'intention de payer avec l'argent d'un chargement d'héroïne destiné à Tony Pool. Le tout avec la bénédiction et la protection du KGB. J'ai encore été suivi aujourd'hui.

— Par qui ?

— Je l'ignore. Une Opel grise.

Ron Clark tira ses manchettes, visiblement embarrassé.

— Ce ne sont pas les Autrichiens. Ou alors, ils me mentent. Je vais encore les interroger.

— Que comptez-vous faire avec Raj Krichna ?

— Nous n'avons pas l'intention d'être seulement spectateurs.

Malko lui adressa un sourire ironique.

— Quel moyen de pression avez-vous sur Selim Attalah ? Et sur Raj Krichna ? A part une liquidation physique ?

L'Américain hocha la tête et dit d'une voix lente :

— Ce n'est peut-être pas une solution à écarter complètement. Mais, pour l'instant, c'est prématuré.

— La solution est toute trouvée, dit Malko. Faire saisir l'héroïne par la DEA. Sans héroïne, pas de

(1) Voir *La Veuve de l'Ayatollah*. SAS n° 78.

dollars et sans dollars, pas d'armes. Raj Krichna repartira au Sri Lanka, bredouille.

— Bien sûr, admit Ron Clark sans enthousiasme. Mais je me méfie de la DEA. Ils ont déjà raté tellement de trucs similaires. Aussi, je voudrais que vous suiviez discrètement l'opération. Pour s'assurer qu'il n'y a pas de dérapage.

— Où se trouve Selim Attalah, en ce moment ? demanda Malko.

— Je vais me renseigner. Ici ou à Marbella ; il n'en bouge guère. Il ne se déplace pas trop en Europe car il est recherché pour meurtre. Il a été condamné, en Belgique, à huit ans de prison. Mais aucun pays n'a envie de l'arrêter. Il a d'ailleurs un passeport diplomatique syrien, ce qui facilite les choses...

Un téléphone sonna sur son bureau. Après avoir raccroché, il annonça à Malko :

— C'était un de mes informateurs. Raj Krichna vient de faire une réservation pour deux au restaurant *Fürstin Czardas.*

***

Alexandra attendait Malko dans sa chambre du *Sacher,* grignotant un peu de caviar en regardant CNN. Trop spectaculaire pour que Malko l'emmène. C'est donc seul qu'il pénétra dans le restaurant, un piège à touristes dans Himmelpfortgasse en bordure de la zone piétonnière. L'orchestre hongrois moulinait une *czarda* sirupeuse comme un chant arabe et le restaurant était aux trois quarts vide. Il s'installa au bar, près de l'entrée, commanda une Stolychnaya et examina la salle. Quelques amoureux s'enroulaient dans des boxes. Raj Krichna dînait en tête à tête avec un homme de type oriental, très maigre, l'air d'un vieux cobra piqué aux vers, le visage en lame de couteau grêlé de petite vérole. Les deux hommes discutaient avec animation juste en face de l'orchestre, ne se souciant guère de leurs voisins. Malko but tranquillement sa vodka, se demandant qui était ce nouveau venu. Dieu merci, la nourriture du *Fürstin Czardas* était assez mauvaise pour qu'on n'ait pas envie de s'y attarder. Lorsque les deux hommes commandèrent des cafés, il se leva et sortit, regagnant sa Mercedes 190. Le Tamoul et le Cobra apparurent à leur tour et se dirigèrent vers une BMW. Le « Cobra » conduisait. Il fit demi-tour pour regagner le Ring, fuyant le quartier piétonnier.

Arrivé au Schubert-Park Ring, il tourna à droite. Pour rejoindre l'*Intercontinental* et y déposer son passager, le Cobra aurait dû prendre à gauche.

Saisi d'une brusque inspiration, Malko les doubla et fila à toute vitesse vers le Rathaus. Il y avait une petite chance qu'ils se rendent à Zelinka Gasse donner des coups de téléphone ou rencontrer une troisième personne. Le Cobra serait facile à retrouver. Malko avait noté le numéro de la BMW immatriculée en plaque ZZ allemande.

Il arriva à Zelinka Gasse, se gara et bondit dans l'immeuble de l'Attalectronics. Il prit l'ascenseur et appuya sur le bouton du quatrième, l'y laissa et redescendit à pied. De cette façon, il fallait l'appeler et attendre au rez-de-chaussée. Il écarta les volets métalliques, se glissa dans la cavité en face de l'ascenseur et referma sur lui.

Cinq minutes plus tard, il perçut des bruits de voix, et des pas sous la voûte. Les voix se rapprochèrent, une porte s'ouvrit. Ceux qu'il surveillait se trouvaient à quelques centimètres de lui.

Sans méfiance...

Ils utilisaient l'anglais. Malko prit la conversation en route. Ils parlaient de containers, de conditionnement, de boîtes en bois de 5 000 cartouches... Il avait bien affaire au Cobra et à Raj Krichna. Malko entendit soudain nettement :

— *When will you have the money available?*

La réponse ne se fit pas attendre.

— *In eight days* (1).

Il entendit la porte de l'ascenseur s'ouvrir et se refermer, puis le silence revint. Il se glissa hors de sa cachette, poussiéreux comme un clochard, et se dirigea vers l'entrée voûtée.

A ce moment la porte donnant sur Zelinka Gasse s'ouvrait sur deux hommes. Les « businessmen » de l'*Intercontinental.* L'un d'eux plongea la main dans sa ceinture et la ressortit avec un petit automatique prolongé par le gros cylindre d'un silencieux. Sans hésiter un quart de seconde, il visa Malko et appuya sur la détente. Il y eut un « plouf » étouffé.

La balle s'écrasa sur une plaque de cuivre, à quelques centimètres de la tête de Malko, qui fit un bond en arrière, replongeant dans la cage d'escalier. Sa mission consistant en une surveillance théoriquement sans danger, il n'avait pris aucune arme. Ce qui le livrait sans défense à ses adversaires.

(1) Quand l'argent sera-t-il disponible ? Dans huit jours.

CHAPITRE IV

Malko n'avait que quelques secondes d'avance. Le réflexe normal eut été de se jeter dans l'escalier. Seulement, c'était une impasse. Il se retrouverait coincé en haut, tous les bureaux étant fermés à cette heure tardive... D'un seul élan, il rouvrit le placard métallique et se glissa dedans. Il eut juste le temps de rabattre les volets. La porte de la cage d'escalier s'écarta violemment, cognant contre le mur. Il entendit des respirations lourdes, puis une voix dit en russe :

— Il a dû monter. Reste ici.

Des pas qui grimpaient. Malko retenait son souffle. Si les opératifs du KGB faisaient leur jonction avec ceux qu'il avait suivis, c'était la catastrophe. Il se retourna, avec des précautions insensés, tâta le grillage qui le séparait de la cour. Il tendit l'oreille. Celui qui était demeuré en bas avait dû se replier sous la voûte, pour surveiller la sortie de Zelinka Gasse.

De tout son poids, Malko pesa sur le grillage. Chaque seconde comptait. Miracle, la partie inférieure se décolla aussitôt du mur, pourrie. Presque sans bruit, Malko parvint à se glisser entre les fils de fer et les bouts de ferraille, déchirant son costume d'alpaga au passage. Il atterrit dans la cour sombre et demeura quelques secondes accroupi dans l'obscurité. Puis il se redressa et avança jusqu'à la voûte. Elle était éclairée comme il l'avait prévu et il aperçut un des deux tueurs du KGB appuyé à la porte de la rue.

Paisible, l'homme guettait, un pistolet prolongé d'un silencieux à la main. Son compagnon allait redescendre, n'ayant pas trouvé Malko. Leurs recherches seraient faciles. Malko replongea dans la cour, l'explorant à tâtons. Ce fut vite fait. Aucune autre sortie. Le fond était formé par un autre immeuble donnant dans la rue voisine, mais ne comportait aucune ouverture au rez-de-chaussée. Il leva la tête et vit de la lumière au troisième. Raj Krichna était au travail. Il chercha un abri, ne trouvant qu'un amas de vieux cartons, de matelas, de débris divers, d'étagères, de vieilles caisses.

Rien de tout cela n'arrêterait une balle.

Bien qu'il fasse frais, son front était couvert de sueur. Une petite voix intérieure lui disait qu'il allait mourir bêtement. Sans même pouvoir se défendre.

Il eut soudain une idée. Pendant qu'il planquait à l'*Intercontinental,* il avait joué avec une pochette d'allumettes. Il fouilla fiévreusement ses poches et la retrouva.

Ce qu'il allait tenter avait une chance sur cent de réussir, mais cela valait mieux que rien.

Accroupi, il craqua trois allumettes en même temps et les plaça sous une pile de cartons.

*
**

Le Soviétique qui avait exploré les étages redescendait les marches quatre à quatre, jurant entre ses dents. Où était passé celui qu'il poursuivait ? Aucune cachette dans l'escalier... Arrivé au rez-de-chaussée, il héla son compagnon.

— Tu l'as vu ?

— Non ! cria l'autre.

Le premier regarda autour de lui et remarqua soudain les volets métalliques. Sans hésiter, son pistolet pointé à l'horizontale, il appuya sur la détente. Il y eut une série de « ploufs » peu bruyants, les crépitements secs des projectiles traversant la tôle en une ligne de pointillés mortels et la culasse claqua à vide. En un clin d'œil, le Soviétique remplaça le chargeur vide et de la main gauche, tira un des volets métalliques, découvrant la cache vide.

Mais, à travers le grillage, il aperçut une énorme flamme qui s'élevait du fond de la cour, léchant l'immeuble opposé.

— Il est dans la cour ! cria-t-il.

Les deux Soviétiques se rejoignirent sous la voûte. Les flammes ronflaient. Des fenêtres s'ouvraient dans la cour. Fous de rage, ils examinèrent les lieux éclairés par les flammes.

Personne.

Ils étaient encore dans la même position lorsque le hurlement d'une sirène de pompiers leur parvint, se rapprochant rapidement... Sans un mot, ils battirent en retraite. Leur voiture tournait le coin de la rue lorsque la première voiture de pompiers déboucha dans Zelinka Gasse.

*
**

Malko attendit que les hurlements de la sirène lui déchirent les oreilles pour commencer sa descente. Il avait grimpé le long d'un tuyau d'écoulement dans le coin le plus sombre de la cour, jusqu'à quatre mètres du sol.

Surpris par l'incendie, les Soviétiques n'avaient pas eu le temps d'explorer la cour à fond.

Il se laissa tomber à terre et fila.

***

Alexandra attendait, allongée sur le lit, dans sa somptueuse guêpière fuchsia. Elle jeta un regard stupéfait aux vêtements déchirés et maculés de Malko.

— Qu'est-ce qui t'est arrivé ?

Il plongea sur le mini-bar, se versa deux vodkas et les but d'un trait.

— Tu as failli être veuve.

Ce n'est qu'après lui avoir fait sauvagement l'amour qu'il réalisa à quel point il était passé près de la mort. Une fois de plus. Il ne s'attendait pas à cette réaction violente du KGB, en plein Vienne. Qui protégeaient-ils ? Selim Attalah ou Raj Krichna ? Peu d'étrangers avaient droit à cette protection du Service « Action » soviétique.

Alexandra s'était endormie, sans même se déshabiller. A la télévision, CNN continuait à moudre les nouvelles du monde. Malko repensa à Sharnilar. Si le hasard lui permettait de venger la jeune femme assassinée, il n'hésiterait pas. Il revoyait sa beauté somptueuse, en dépit du bandeau noir sur son œil arraché par les tueurs iraniens.

Il avait du mal à trouver le sommeil. Pris d'une brusque fringale après sa soirée mouvementée il la combattit en croquant quelques morceaux de sucre, son reconstituant favori, vestiges du thé d'Alexandra. L'incident feutré et mortel dont il avait failli être victime lui montrait que la CIA avait mis le doigt sur une affaire de première importance. Penser que Selim Attalah était recherché pour meurtre et vivait paisiblement en Espagne… Cela en disait long sur les protections dont il jouissait. Et parmi ses clients, il avait la CIA. Il se remémora le document craché par l'imprimante : le Syrien fournissait des armes à tout le monde, semblait posséder des complicités dans des tas de pays pour se procurer des « end-user (1) » et passer à travers les douanes.

La Division de la CIA chargée de le surveiller avait comptabilisé une quinzaine d'opérations au cours des deux dernières années qui avaient dû lui laisser un bénéfice de près de cent millions de dollars...

Cela ramena Malko au deal entre le Cobra et le Tamoul. Ce dernier s'était engagé à régler dans huit jours... Quelque chose ne collait pas. Il aurait beaucoup de questions à poser à la CIA et à la DEA. Et d'abord, qui était le Cobra ?

*
**

— Vous le reconnaissez ?

Une vingtaine de photos étaient étalées sur la table basse en face du bureau de Ron Clark. Toutes les archives viennoises de la CIA concernant les marchands d'armes. Malko but un peu de café et se pencha sur les documents.

Il n'eut pas de mal à identifier le Cobra descendant de sa BMW, en face de l'hôtel *Impérial*.

— C'est lui ! annonça-t-il.

Ron Clark sortit une fiche.

— Ça colle ! Georgiu Ayotis. Il travaille avec Selim Attalah. Un Chypriote drogué qui a fait de la prison à Peshawar, au Pakistan. Sa base est Nicosie et Athènes. Un intermédiaire. C'est lui qui a dû amener Raj Krichna à son patron... Il n'est pas assez important pour que les Popovs se soient risqués à vous flinguer. Donc, ils protégeaient Krichna.

Le *Kurier* mentionnait en page 16 l'incendie « accidentel » de Zelinka Gasse... Ron Clark avait levé la surveillance sur Raj Krichna. Il n'avait pas les moyens de la poursuivre, étant donné la réaction

(1) Document qui établit le destinataire final d'une livraison d'armes.

violente et imprévue du KGB. Il y avait là un mystère. A moins que Malko n'ait été confondu avec quelqu'un d'autre... Pour l'instant, l'enquête tournait court.

On frappa à la porte et Greg Bautzer, le special agent de la DEA, pénétra dans le bureau, l'air toujours aussi rogomme. Il serra les mains et laissa tomber :

— Tony Pool est parti tout à l'heure sur Paris, par Air France. Il a une réservation sur le Concorde pour New York.

Il avait à peine fini de parler que la secrétaire de Ron Clark déposa un papier sur le bureau du chef de Station. Ce dernier y jeta un coup d'œil.

— Tout le monde nous quitte, annonça-t-il. Krichna et Ayotis viennent de s'envoler pour Varsovie sur le jet privé de Selim Attalah, un Boeing 727.

— Pour la Pologne ? s'étonna Malko.

— Eh oui ! Il va faire son marché. Krichna a sûrement besoin de munitions de petit calibre et d'armes légères. Les Polonais fabriquent tout cela sous licence soviétique. Le deal prend forme.

Malko n'allait pas les suivre en Pologne... Un timide soleil perçait les nuages et il pourrait peut-être emmener Alexandra déjeuner dans une des guinguettes de Grinzing, sur les collines de vignobles entourant Vienne.

Greg Bautzer lui lança soudain :

— Rien de neuf ?

— Peut-être, dit Malko. J'ai surpris une conversation hier soir. Notre Tamoul s'engageait à payer ses armes dans huit jours. C'est donc qu'il aura l'argent de l'héroïne...

— Ouais, fit Bautzer, sceptique.

— C'est bizarre, remarqua Malko. Le *Kapitan Yakovlev* file 13 nœuds maximum. Il est parti il y a deux jours. Pour aller d'Odessa à Rotterdam, il lui faut au moins quinze jours et encore à la vitesse maxima !

Greg Bautzer le regarda, interloqué.

— Qu'est-ce que vous voulez dire ?

— Je me pose une question. Est-ce qu'il est concevable que Tony Pool règle le chargement d'héroïne avant d'en être en possession physiquement ?

— *No way !* trancha l'homme de la DEA.

— Dans ce cas, conclut Malko, ou l'héroïne ne va pas à Rotterdam ou elle ne se trouve pas sur le *Kapitan Yakovlev.*

Un ange passa dans un nuage gris d'héroïne. Bouche bée, Ron Clark contemplait Malko. Personne ne s'était attendu à cela. Il reprit l'offensive et demanda d'une voix suave :

— Qu'en pensez-vous, Greg ?

— Que vous avez mal entendu, fit l'agent de la DEA en se levant. Notre informateur a donné sa peau pour nous filer ce tuyau. Il est bon. Tout concorde. Ils savaient peut-être que vous les écoutiez et vous ont sciemment induit en erreur. Ou vous vous êtes plantés sur la vitesse de ce foutu bateau.

— Et s'ils avaient changé leurs plans à cause de votre informateur ?

Greg Bautzer secoua la tête.

— Je vous l'ai déjà dit. Ce genre d'opération est difficile à modifier, une fois lancée. Cela met trop de complicités en jeu. Ce Tamoul a raconté probablement n'importe quoi pour appâter l'autre. Je ne connais rien à vos histoires d'armes.

— Qu'allez-vous faire ?

Greg écrasa son cigare dans le cendrier.

— Je vais à Rotterdam et je n'en bouge plus. Pour veiller à ce que la police hollandaise ne fasse pas de conneries. Je vous jure que je vais agrafer Tony Pool et sa came.

La porte claqua sur lui. Ron Clark leva un sourcil amusé.

— J'ai l'impression que Greg n'aime pas beaucoup la Company, dit-il. Il est persuadé que nous avons des combines tortueuses avec les trafiquants qu'il pourchasse. Je pense que vous avez soulevé un point très intéressant et grave. Mais comment l'exploiter ?

Malko regardait la carte du monde qui tapissait un des murs.

— Le *Kapitan Yakovlev* va traverser la Mer Noire, franchir le Bosphore à Istanbul, contourner la Grèce, passer au large de la Sicile et traverser la Méditerranée pour franchir le détroit de Gibraltar afin de gagner l'Atlantique et de remonter jusqu'à Rotterdam. Pouvez-vous le faire surveiller par vos stations d'écoute ?

— Bien sûr.

— J'aimerais, puisque nous savons qu'il est parti avant-hier d'Odessa, que vos spécialistes calculent où il sera le 10 juin...

— Vous aurez la réponse en fin d'après-midi, affirma le chef de poste. Je câble à Langley pour demander des instructions.

***

Malko avait accompagné Alexandra dans les rues piétonnières du centre pour une virée de shopping. Il n'avait rien à faire à Vienne, en attendant la décision de la CIA. Tout en flânant dans Kärntner Strasse, il calculait ce que Raj Krichna pouvait acheter en Pologne.

Le chargement d'héroïne du *Kapitan Yakovlev* représentait, à raison de 80 000 dollars le kilo, dix-huit millions de dollars ! De quoi équiper tous les rebelles du PLOT. Les Tamouls n'avaient pas besoin d'armement lourd, opposés à une armée sri-lankaise désorganisée et mal équipée. Les armes achetées avec l'argent de l'héroïne du *Kapitan Yakovlev* pouvaient modifier le rapport des forces. D'autant que le gouvernement indien, très pro-soviétique, fermait les yeux sur les trafics d'armes dans le sud de l'Inde.

Leur déjeuner à Grinzing, triste sous la pluie, avait été un peu mélancolique. Malko se demandant où Raj Krichna allait l'entraîner. Triste de se séparer d'Alexandra à nouveau. Après avoir ramené la jeune femme à l'hôtel, il gagna les bureaux de la CIA. La secrétaire de Ron Clark le fit immédiatement pénétrer dans son bureau. Le chef de Station rayonnait.

— Les télex de Langley n'arrêtent pas ! lança-t-il. Nous devenons les chéris de la Company...

— Pourquoi ?

— Il y a des négociations secrètes entre l'Inde et le Sri Lanka. Pour régler le problème tamoul. Ceux-ci sont militairement à bout de souffle. Une livraison d'armes massive pourrait leur permettre de mener une offensive décisive contre le gouvernement légal du Sri Lanka et d'établir une « république tamoul » marxiste dans le nord-est du pays. Vous imaginez les conséquences ?

— Si la DEA saisit l'héroïne à Rotterdam, observa Malko, il n'y aura pas de livraison. Selim Attalah n'est pas Sœur Teresa.

Ron Clark arrangea sa pochette avec un sourire faussement bonhomme.

— D'abord, la Company n'a aucune confiance dans la DEA. Et encore moins dans la police hollandaise qui accumule les bourdes. Nous ne devons compter que sur nous-mêmes. Et si nous faisons de l' « overkill (1) », eh bien tant mieux... Ensuite, j'attache une grande importance à la conversation que vous avez surprise, concernant la date de paiement de la drogue.

(1) Si on les tue deux fois.

— Ce n'est qu'une hypothèse, remarqua Malko.

— Bien sûr, bien sûr. Seulement, pour l'instant nous n'avons rien d'autre à nous mettre sous la dent. Or, Greg est en train de bétonner Rotterdam, Raj Krichna s'est volatilisé en Pologne, il n'y a plus qu'un fil à tirer : Selim Attalah.

— Il est arrivé à Vienne ?

— Non, un de nos hommes de la Station de Madrid a vérifié qu'il se trouvait à Marbella.

— C'est loin de Rotterdam...

— Certes, mais j'ai maintenant la réponse à la question que vous m'avez posée ce matin. Le *Kapitan Yakovlev* va plus lentement que prévu. Le 10 juin, il se trouvera dans une zone de cent milles autour du détroit de Gilbraltar. Cette zone englobe Algesiras, Tanger, Tetouan... Et Marbella se trouve à moins de vingt milles de Gibraltar.

Malko repensa à son exfiltration en catastrophe de Marbella, deux ans plus tôt.

— Les Espagnols me connaissent, objecta-t-il.

— Les Espagnols vont vous ficher la paix, fit sèchement Ron Clark. Sinon, on leur rappellera qu'ils abritent sur leur territoire un criminel recherché par plusieurs pays, M. Selim Attalah... On fera, au besoin, une campagne de presse. Le chef de Station de Madrid est chargé de les avertir de votre venue. Après tout, vous avez bien le droit de prendre des vacances avec la comtesse Alexandra, chez votre cousin Hohenloe...

— Pourquoi Alexandra ? Vous savez que...

— Vous êtes en mission d'observation. Ce sera plus facile à « vendre » aux Espagnols.

La perspective d'échapper au temps épouvantable qui régnait à Vienne ne déplaisait pas à Malko. Emmener Alexandra au soleil ne serait pas désagréable. Mais il ne voulait pas l'impliquer dans une affaire qui pouvait se révéler dangereuse. Après l'incident de Zelinka Gasse...

— Je préférerais y aller seul, dit-il.

Ron Clark se tendit un peu.

— *Please!* Rendez-moi ce service. Je dois sauver la face avec les Espagnols.

— Dans ce cas, j'emmène Elko Krisantem aussi.

Le Turc était précieux, comme maître d'hôtel-garde du corps. Un homme comme Attalah devait être sur ses gardes... après ce qui était arrivé à Zelinka Gasse.

— Tout à fait d'accord ! approuva Ron Clark.

— Je crains que ce ne soit un voyage inutile, fit Malko. Attalah n'intervient pas dans le deal Tony Pool-Krichna.

— Exact, reconnut le chef de Station, mais il est en contact avec Krichna et si votre hypothèse se vérifie, il sera au courant.

— Cela m'étonnerait qu'il se confie à moi.

— A vous, non. Mais il y a une autre voie. La Division des opérations s'intéresse depuis longtemps à Attalah. Ils sont arrivés à placer une « taupe » près de lui. Une taupe femelle, si vous voyez ce que je veux dire... Elle avait travaillé avec Cummings (1) et a voulu se mettre à son compte. Nous lui avons sauvé la vie une fois et on lui a monté un petit fonds de commerce. Quand la Company a besoin d'armes soviétiques, c'est elle qui les achète à Attalah. Officiellement pour des pays d'Amérique latine. Elle s'appelle Ann Grimm. Elle est la maîtresse de Selim Attalah.

Une informatrice de la CIA maîtresse d'un homme du KGB... Evidemment, un général nicaraguayen lié à la CIA avait bien été l'amant d'une Sandiniste. Elle avait quand même fini par l'assassiner...

— Ce n'est pas vraiment une corvée pour elle, remarqua Ron Clark. Attalah est loin d'être immonde. Regardez.

(1) Grand marchand d'armes américain.

Il lui tendit une photo en couleurs, prise à une soirée. Malko découvrit un homme aux cheveux très noirs, avec des yeux clairs, des traits réguliers. Un play-boy moyen-oriental. Ann Grimm avait une mission agréable.

— Et comment vais-je la contacter ? demanda-t-il.

— Tous les jeudis, elle va faire du shopping à une boutique de Porto Banus qui s'appelle *Lily Boo,* expliqua le chef de Station. Entre cinq heures et six heures. Trouvez-vous devant la vitrine avec le *Manchester Guardian* sous le bras et demandez-lui l'heure.

— Pourquoi un journal anglais ?

— Marbella est plein d'Anglais, c'est un des journaux qu'on y trouve facilement.

— Elle est sûre ?

— Totalement, fit froidement le COS. Sans nous, elle est au chômage et flinguée par Attalah qui ne lui pardonnera pas ses liens avec la Company.

— Bien, dit Malko. Je partirai demain matin.

— Je vous prépare le dossier. Pour la logistique, nos gens de la Station de Madrid vous contacteront. Attention à Attalah. Il n'hésiterait pas une seconde à vous liquider s'il se doute que vous voulez faire échouer son affaire. Il doit toucher quatre ou cinq millions de dollars de commission. Il a tué des gens pour le millième de cette somme.

De nouveau, Malko pensa au risque potentiel pour Alexandra. Il n'avait plus qu'à se fier à sa bonne étoile et à être sur ses gardes.

*
**

Le ciel était d'un bleu flamboyant, la mer plate à perte de vue et le béton poussait le long de la route côtière à un rythme hallucinant. Hôtel, condominiums, villas, ça sortait de terre comme des escargots après la pluie. Le sud de l'Espagne n'avait pas changé. Malko avait pris à Paris le vol direct sur Malaga. Bondé comme toujours. Il s'était retrouvé en *Eco* au milieu des jeunes attirés par les tarifs vacances Air France, qui pouvaient sillonner l'Europe pour quelques centaines de francs. Heureusement les nouveaux sièges s'étaient grandement améliorés.

Il ralentit, au volant de sa Seat de location, en voyant le panneau Marbella. Avec un petit pincement au cœur, en pensant à Sharnilar.

Douée probablement d'un sixième sens, Alexandra remarqua d'une voix glaciale :

— Tiens, c'est ici que tu as rencontré cette fille qui avait écrit sur le front « baise-moi » chaque fois qu'elle te voyait...

Malko préféra ne pas répondre. Alexandra croisa ses longues jambes déjà bronzées, découvertes pratiquement jusqu'à l'aine par une robe en jersey d'Alaya, moulante comme une seconde peau. L'Inquisition en aurait fait un superbe feu de joie... A l'arrière, Elko Krisantem clignait des yeux sous le soleil aveuglant. Fou de joie de s'être arraché au château de Liezen et de reprendre du service actif. Boudeur, pourtant, car à cause des contrôles, il n'avait pu emporter son vieux parabellum Astra, mais serrant au fond de sa poche le lacet qui avait déjà étranglé pas mal de monde.

Le Turc était toujours un tueur redoutable, fidèle comme un labrador, silencieux et, ce qui pouvait servir à Marbella envahi par les Arabes, musulman.

Le personnel du *Marbella Club* accueillit Malko comme s'il était parti la veille et l'installa dans un bungalow avec une petite chambre pour Krisantem. Alexandra se débarrassa de sa robe, passa un maillot une pièce imitant à merveille une peau de zèbre, tellement échancré que, de dos, elle paraissait nue, et disparut.

— Je vais bronzer, annonça-t-elle.

Ou plutôt se faire violer... Elko Krisantem lui jeta un regard noir. Dans son pays, une femme qui se serait vêtue ainsi aurait été battue à en avoir des bleus. Il ne comprenait pas la coupable indulgence de Malko. Un quart d'heure plus tard, le téléphone sonna. Malko décrocha, intrigué.

— *Hi!* fit une voix à l'accent américain. Je suis Sam. Le courrier de Madrid. Je peux venir vous voir ?

La CIA ne perdait pas de temps. Cinq minutes plus tard, Malko vit débarquer un jeune homme à lunettes, tenue sport, avec une mallette à la main. Il serra la main de Malko.

— Je vous guettais du bar depuis ce matin, dit-il. Voilà, ceci est pour vous.

Malko ouvrit la mallette métallique. Elle contenait dans des alvéoles de mousse un pistolet Beretta muni d'un silencieux, un petit « Deux-pouces », Colt à cinq coups avec un holster de cheville, deux boîtes de cartouches et une bombe aérosol de Solarcaine. Malko le regarda, étonné.

— Vous avez peur que j'attrape des coups de soleil ?

— Surprise! Surprise! fit le courrier. C'est la dernière merveille de la TD (1).

Il prit la bombe, la dirigea vers le sol et appuya brièvement sur le bec. Un jet de flammes en jaillit avec un chuintement sourd, léchant le marbre. Le courrier reposa la bombe sur la table.

— Si vous appuyez à fond, ça porte jusqu'à sept mètres, dit-il. Il y a trente secondes de charge. Avec ce soleil, vous pourrez vous promener partout avec ça, le laisser dans votre voiture. Mais ne la prêtez pas.

Il éclata d'un rire heureux et tendit une feuille de papier à Malko.

(1) Technical Division.

— Une petite signature et je reprends mon avion pour Madrid. *Good luck*. Si vous avez besoin de quoi que ce soit, appelez le numéro de la Station et demandez Sam.

Un bon jeune homme. Avant de franchir la porte, il se retourna et lança d'une voix sérieuse :

— Attention ! Selim Attalah est *très* dangereux.

CHAPITRE V

Selim Attalah émergea de son sauna, cuit à point et plongea la tête la première dans la petite piscine couverte attenante à ses appartements. Il fit quelques mouvements puis se laissa flotter, regardant le plafond en Altuglass qui reflétait son corps puissant et bien entretenu. L'eau était presque trop chaude, mais il aimait ça. La grande piscine extérieure était réservée à ses hôtes, mais dans celle-ci, personne n'avait le droit de se baigner, sauf sur son invitation. Un téléphone posé à même le sol se mit à sonner et Selim se déplaça paresseusement dans l'eau pour l'attraper.

— On vous parle de Varsovie, annonça une opératrice.

Le Syrien s'appuya sur le rebord.

— Allô, c'est Selim.

La communication était mauvaise et coupée de temps à autre. Enfin, il entendit la voix de Georgiu Ayotis.

— Tout va bien, annonça ce dernier. Vous avez de quoi écrire ?

Selim chercha autour de lui. Au même moment la porte de son appartement s'ouvrit sur une fille extrêmement jeune, avec de longs cheveux noirs cascadant presque jusqu'aux reins, un walkman aux oreilles, et un visage qui aurait été enfantin sans l'énorme bouche rouge et les yeux d'un noir liquide, insondables.

Pieds nus, elle ne portait qu'un slip de bain rouge qui semblait accroché à ses fesses rondes et hautes. Ses seins, pointus et pleins comme des obus, étaient beaux à mourir et sa démarche trop langoureuse pour une fille de son âge. Volontairement, elle accentuait une cambrure déjà importante, en marchant le ventre en avant. Elle n'avait pas quinze ans.

— Lucia ! cria Selim. Trouve-moi de quoi écrire !

Il dut hurler pour qu'elle l'entende, à cause du walkman.

Sans se presser, elle retourna vers la chambre.

— Vite ! aboya-t-il.

Elle ne modifia pas son allure. Le Syrien l'avait connue en louant un orchestre de flamenco pour une fête qu'il donnait chez lui. Lucia dansait avec sa mère. Déchaînée. Quand sa robe aux innombrables volants rouges virevoltait, on apercevait le triangle sombre de son ventre nu, au-dessus de ses cuisses mates. Ce soir-là, Selim Attalah en avait eu le souffle coupé. Sous le vague prétexte de lui montrer la maison, il l'avait entraînée dans sa chambre et prise sur-le-champ. Lucia n'avait pas protesté. Il lui avait offert de rester quelque temps. Elle avait accepté. Avec le père, cela avait été encore plus facile. 500 000 pesetas. Il « engageait » Lucia pour deux mois...

Lucia était devenue son jouet sexuel privé, avec une indifférence onctueuse. Apparemment, elle ignorait ce qu'était un orgasme, mais elle était toujours prête à se donner à son maître ou à ceux qu'il lui désignait, parfois le walkman aux oreilles.

Le Syrien l'avait installée dans une chambre attenante à la sienne, devenue très vite un capharnaüm de robes, de cassettes, de disques, que Lucia écoutait à longueur de journée sur son walkman ou alors, elle restait des heures devant le magnétoscope Sansung, couplé à une télé Akaï à écran plat, à se passer des cassettes. Une seule fois, elle avait manifesté de l'agacement, lorsque son père avait téléphoné. Ensuite, elle avait froidement dit à Selim :

— Je lui manque. Maintenant, il est obligé de baiser maman.

Pour mieux la retenir, Selim Attalah lui avait fait découvrir la cocaïne. Il y avait toujours une soucoupe en argent pleine de poudre blanche avec une petite cuillère en or dans la chambre de Lucia, renouvelée en permanence. Certains soirs, elle branchait à fond la sono Akaï équipant tout l'appartement et se mettait à danser, des heures, le regard ailleurs, tournant, virevoltant, provocante à souhait. Indifférente à Selim qui la prenait ensuite comme un fou dans sa robe rouge portée à même la peau.

Elle ressortit, un bloc et un stylo à la main, les jeta à côté de Selim, ôta son walkman et se laissa glisser dans l'eau.

Le Syrien se mit à noter fiévreusement des chiffres et des noms de code. La communication avec Varsovie dura plus d'un quart d'heure, entrecoupée de jurons arabes et anglais, chaque fois qu'elle devenait inaudible. Enfin, Selim Attalah, inondé de sueur, posa son stylo et raccrocha.

Lucia flottait comme un nénuphar dans l'eau tiède, ses seins pointant comme deux périscopes. Le Syrien, euphorique, nagea jusqu'à elle. Il la saisit par la taille, la redressa, la collant au rebord de mosaïque, et se mit à lui pétrir les seins. Une impulsion permanente à laquelle il ne pouvait pas résister. C'était une sensation fabuleuse, cette poitrine si ferme et douce à la fois. Lucia leva les yeux vers lui et dit d'une voix égale :

— Vous me faites mal !

— Tu ne peux pas te dépêcher quand je te demande quelque chose ?

Elle soutint son regard, sans répondre et sans

Il connaissait la réponse bien entendu. Il appuya son sexe sur l'ouverture des reins de Lucia.

— Tu t'es déjà fait prendre comme ça ?

— Oui, souffla-t-elle, mais toi, tu es trop gros...

— Tu es une vraie petite salope ! souffla-t-il tandis qu'il l'envahissait d'une lente poussée de tout son corps. Elle eut à peine un sursaut quand il s'engloutit en elle. Selim haletait, des gouttelettes de transpiration coulant sur son visage. Ce dialogue faisait partie du jeu. Une fois bien abuté, il revint aux seins et se mit à les torturer, serré par le fourreau élastique et étroit, bougeant à peine...

Puis il commença à aller et venir de plus en plus vite. Docilement, Lucia cambrait ses reins.

— Tu es bien emmanchée, hein ! gronda le Syrien.

Cela aussi, c'était une phrase-code. Lucia, ramenant les mains derrière elle, les posa sur ses fesses dures, les ouvrant encore plus, comme pour faciliter une pénétration déjà totale. Rien que ce geste arracha un grognement de plaisir à Selim. Les pensées s'entrechoquaient dans sa tête. Jamais il n'avait été aussi bien. Les dollars rentraient à flots, il vivait comme un roi et il possédait ce jouet fabuleux.

La giclée du plaisir partit, irrépressible, et il donna un coup de hanches si puissant qu'il écrasa Lucia contre l'osier du grand fauteuil, au moment où il explosait au fond de ses reins.

Fabuleux !

Il savoura son plaisir quelques instants puis se dégagea et tituba jusqu'à la piscine où il plongea, tête la première. L'eau tièdc était délicieuse. Lucia, calmement, alla ramasser son walkman, s'allongea sur le rebord de la piscine, la tête pleine de chants rauques qui parlaient d'amour, de mort et de soleil.

Selim vint la déranger à nouveau. Elle souleva le walkman, avec un regard interrogateur.

— Nous allons avoir des visiteurs, annonça le Syrien. Un homme très important. Il va me faire gagner beaucoup d'argent. Il faudra que tu sois très douce avec lui.

— Oui.

— On lui fera la surprise. Ce soir, tu danseras.

— D'accord, dit-elle.

Elle s'étira, fit saillir ses seins en obus, les yeux dans les siens.

Une lueur indéchiffrable dans le regard. L'espace d'une seconde, Selim se demanda ce qui se passait dans sa tête. Toujours si docile, traitée comme un jouet, dévalorisée et pourtant sans révolte.

— Habille-toi, dit-il soudain, on va t'acheter des robes.

Une de ses rares joies. Elle dévalisait les boutiques de tenues qu'elle mettait une fois et jetait ensuite en tas dans un coin de sa chambre. Selim regagna sa chambre, prit une douche, passa une chemise et un pantalon de lin, puis regarda ses notes prises au téléphone et attrapa une calculette.

Son acheteur tamoul avait besoin de munitions. Du 7,69 pour 39. Dix millions de cartouches. A cent dollars le mille. C'était là-dessus qu'il avait la meilleure marge : près de 35 %. Grâce à une astuce. Dans les pays occidentaux les cartouches avaient un marquage de culot qui indiquait l'année. Plus elles étaient anciennes, moins le prix était élevé.

A l'Est, aucun marquage. Elles pouvaient avoir vingt ans, on l'ignorait et ce n'était pas les essais d'un lot pris au hasard qui changeaient quelque chose. Selim les payait aux Polonais au prix minimum. Seulement, son acheteur tamoul n'y connaissait pas grand-chose et il les lui facturerait au prix fort, comme si elles sortaient de l'arsenal. Il gagnait moins sur les 5 000 AK 47 à 160 dollars et les 5 000 AK 74 — la dernière version du Kalachnikov avec lance-grenades à 350 dollars. Mais presque autant sur le million de cartouches de 14,5 pour mitrailleuses lourdes, à 5 dollars pièce.

Le Tamoul voulait aussi 500 lanceurs RPG à 2 000 dollars, avec dix projectiles PG7 par lanceur à 160 dollars pièce.

Le gros morceau, c'étaient les SAM 7 qui allaient permettre au PLOT d'abattre les hélicoptères cingalais et leurs rares avions d'appui au sol. Dix lanceurs réutilisables à 17 000 dollars et cent missiles à 37 000 dollars pièce...

Evidemment, chacun pouvait abattre un hélicoptère qui valait cent fois son prix. C'était un bon investissement.

En prime, il donnait un « end-user » checkable sur le Qatar qu'il avait payé, lui, 300 000 dollars. L'« end-user », document donnant la destination théorique finale des armes, lui avait été vendu par un officiel du Qatar. En cas de contrôle douanier pendant le transport, on pouvait vérifier auprès du pays destinataire que le chargement lui était bien destiné... Les gens moins sérieux que Selim utilisaient parfois des « end-users » non-checkables, avec lesquels ils valaient mieux éviter un contrôle sérieux. Dans ce cas, le pays émetteur les reniait. Evidemment, ils coûtaient beaucoup moins cher. Le transport par bateau était à la charge de l'acheteur. Les prix s'entendant franco de port Varsovie. Rasséréné, Selim alla récupérer Lucia et sortit.

La grande piscine extérieure était d'un bleu admirable, protégée des regards par une balustrade de pierre. Un peu en contrebas, dans le jardin, un de ses hommes veillait, à l'ombre, armé d'une Uzi. A tout hasard. Un autre se trouvait dans le bâtiment du haut, là où il recevait ses visiteurs, surveillant la Calle 21 B. Un troisième était en permanence devant un pupitre d'écrans de contrôle, braqués sur le tennis, le jardin, les dépendances. La propriété s'étendait de la Calle 21 B à la Calle 2 B en contrebas, qui montait vers les collines. L'architecture mauresque et torturée faisait un peu fouillis, mais il s'en moquait. Il habitait la plus belle résidence de Nueva Andalucia. Pour son aménagement, il avait fait venir spécialement de Paris dans un Boeing 727 privé, le prestigieux décorateur Claude Dalle qui lui avait créé un décor raffiné où le contemporain et les meubles anciens se côtoyaient.

Lucia avait passé une robe de jersey hyper-mini et attaché sa crinière noire en queue de cheval. Sans ses seins, on lui aurait donné treize ans...

Selim avait pris une liasse de billets dans le tiroir où se trouvait un Herstall à quatorze coups, avec une cartouche dans le canon. Il s'était fait des ennemis au Liban. Des hommes qui tuaient comme on allume une cigarette. Il avait exterminé leur mouvement, sur l'ordre du KGB, sans même savoir pourquoi. Une image restait toujours présente à son esprit : Des tueurs qui surgissent et rafalent. Il savait que si cela se produisait, il n'aurait aucune chance. C'étaient des professionnels qui tuaient dès l'âge de douze ans.

A Marbella, il se sentait relativement en sécurité mais ne sortait pas sans ses gardes de corps.

— Abdu !

Il avait aboyé et son chauffeur surgit.

— On va en ville, annonça Selim. Prends Hussein avec toi.

Plein de fierté, Selim s'immobilisa devant la file de voitures garées devant chez lui dans la Calle 21B. On ne rentrait les voitures que le soir. Une Range-Rover, trois Mercedes et sa Rolls, une Corniche dorée de la calandre aux pare-chocs, à l'intérieur en cuir blanc. De l'autre côté de la rue, la petite maison blanche au numéro 36 B qu'il avait habité jadis lui rappelait le chemin parcouru... Cinq ans plus tôt, quand il était arrivé à Marbella, fuyant les tueurs du Liban, il n'avait pas encore beaucoup d'argent.

Le KGB avait su se montrer reconnaissant.

Lucia s'installa à l'avant de la Rolls, avec des

lunettes noires très star. Selim prit le volant, avec un regard attendri à la petite maison blanche. Il en avait fait cadeau à sa maîtresse en titre, Ann Grimm. Pour l'avoir à portée de la main, car Lucia n'avait pas beaucoup de conversation. Et, d'une certaine façon, il respectait Ann qui menait sa vie comme un homme et osait même parfois lui claquer la porte au nez. Lorsqu'il y avait une grande soirée à Marbella, chez Khashouggi ou Macropoulos, Ann était quand même plus spectaculaire.

Hussein et Abdu s'étalèrent à l'arrière, polo, lunettes noires et flingues sur le plancher de la Rolls. Selim descendit lentement la rue, saluant au passage un vieil Anglais en train de jogger à se faire péter le cœur. Nueva Andalucia comptait beaucoup de modestes villas occupées par des Anglais qui affrontaient difficilement l'invasion des pétro-dollars arabes. Il avait sponsorisé la construction de la caserne de la Guardia Civil de Nueva Andalucia et était un citoyen respecté.

Tout en dévalant les lacets vers San Pedro et Porto Banus, il se demanda d'où venait la vague inquiétude qui lui nouait la gorge.

Peut-être le fait de traiter un deal important avec un nouveau client. Dans son métier, il fallait baliser à mort, sous peine de gros pépins. Il n'avait pas que des amis. Or, cette affaire-là était particulièrement délicate. Il avait passé la soirée précédente à en parler avec Ann Grimm.

Sagement, il attendit au « stop » de la route de Malaga pour se lancer dans la circulation désordonnée des hordes bataves et britanniques s'abattant sur cette côte tristounette mais ensoleillée chaque saison. Depuis dix ans, les Espagnols parlaient de construire une autoroute, mais le projet ne se matérialisait jamais. Sur la colline à sa gauche, les colonnes de la Maison Blanche du roi Fahd brillaient sous le soleil, symbole de puissance du souverain saoudien. Tous les dix mètres le long de la route, il y avait une enseigne en arabe. Les Maures étaient revenus...

La vie était belle. Il posa la main sur la cuisse de Lucia et sans souci de ses gardes de corps, remonta sous la jupe.

– Je veux aller chez *Lily Boo,* dit Lucia.

Bien entendu l'endroit le plus cher.

*
**

Malko acheva son café espagnol, à peine buvable malgré les trois cuillères de sucre, au *Bar Sinatra* à Porto Banus au milieu de minettes britanniques rouges comme des écrevisses. Pour son contact, il avait laissé Alexandra sous la garde d'Elko Krisantem au *Marbella Club.*

Cinq heures moins dix et le soleil tapait encore. Le *Manchester Guardian* sous le bras, il partit le long du quai. Les boutiques s'étaient multipliées. Il contourna le « coin des Rolls », un décrochement du quai où une douzaine de Rolls étaient garées au bord de l'eau, toutes de couleurs incroyables, panachées d'une Ferrari Testarossa rouge sang et d'une Jeep Lamborghini de cent cinquante mille dollars.

La boutique où il avait rendez-vous avec Ann Grimm se trouvait au bout du port, un peu en retrait, avec une vitrine de robes branchées et de tenues cuir de toutes les couleurs. Il l'atteignit sans se presser, s'arrêtant d'abord devant un magasin de décoration où s'étalait une mauvaise copie d'un salon prétendument signé Claude Dalle. Rien de suspect, sinon la foule habituelle des touristes bavant devant les yachts et les Rolls. Il s'approcha de *Lily Boo.*

Peu de clients à l'intérieur. Une fille très jeune, brune et belle, essayait des robes de carnaval, entourée de trois vendeuses. Il s'installa un peu plus loin, appuyé à un bateau et attendit, dépliant son *Manchester Guardian.*

Dix minutes, vingt minutes, une demi-heure. Ce ne serait pas pour aujourd'hui. Seul problème, il ignorait comment contacter Ann Grimm si elle ne venait pas au rendez-vous... Il décida de rester jusqu'à six heures et demie. Malgré l'heure la chaleur de bête persistait... La fille brune sortit avec un énorme paquet et s'éloigna sur le port...

Quelques instants plus tard, une créature sculpturale surgit de la foule. Un visage carré avec d'étonnants yeux bleus, des cheveux auburn cascadant jusqu'aux reins, une grande bouche bien dessinée. Elle portait un haut blanc noué sur l'estomac qui lui laissait le ventre à l'air et un cut-off jeans effiloché d'où émergeaient deux longues cuisses fuselées. Malko en eut le souffle coupé! Une beauté rare. L'inconnue s'arrêta en face de la vitrine de *Lily Boo*.

Etait-ce Ann Grimm?

Il replia son *Manchester Guardian* et s'avança vers elle. Elle l'avait vu dans le reflet de la glace et avant qu'il ne l'atteigne, se retourna.

— Auriez-vous l'heure? demanda-t-il.

La jeune femme l'enveloppa d'un long regard, plia le bras pour consulter sa montre, puis dit à voix basse, très vite :

— Ne me parlez pas, suivez-moi à distance, je suis au parking. Il y a du danger ici.

Sans attendre sa réponse, elle pivota et entra dans la boutique. La directrice lui sauta au cou. Malko se plongea dans la contemplation des voiliers. Cinq minutes plus tard, Ann Grimm ressortit, flâna encore un peu sur le port, puis s'engagea dans une des ruelles qui sinuaient à travers les immeubles du port. Malko sur ses talons.

Elle atteignit un parking et monta dans une Ford Escort décapotable bleue.

Sa voiture à lui était à l'entrée du port. Il y courut et retrouva la Ford en face du Grey d'Albion. Ann Grimm passa par le tunnel sous la route de Marbella, ressortit en face du Rastro (1) et redescendit en direction de San Pedro. Elle roulait doucement, les cheveux au vent. Malko à bonne distance.

Se demandant où elle l'emmenait.

*
**

La route de Ronda montait après San Pedro, sinuant au milieu des contreforts pelés, hérissés de nouvelles *urbanizaciones* toutes plus hideuses les unes que les autres. La Ford grimpa trois kilomètres, puis tourna à gauche dans un chemin privé zigzaguant dans la montagne couverte de chênes-lièges. Ann Grimm semblait avoir un but précis. Les deux voitures parcoururent ainsi quelques kilomètres de plus, et, finalement, la Ford stoppa dans un chemin creux, en face d'un abreuvoir où s'ébattaient une vingtaine de cerfs et de mouflons !

Ann Grimm sauta de son cabriolet et rejoignit Malko, prenant place à côté de lui. Elle semblait plus détendue. Les cheveux auburn dans la figure, sa grande bouche rouge et les longues cuisses émergeant du short, la faisaient ressembler à une cover-girl.

— Bonjour, dit-elle. Qui êtes-vous ?

— Malko Linge. On ne vous a pas avertie de ma venue ?

Elle secoua ses cheveux auburn et alluma une cigarette prise dans son sac.

— Non, je n'ai aucun contact régulier avec la Centrale, à part ces rendez-vous fixés d'avance, ce serait trop dangereux. Si Selim soupçonnait qui je suis réellement, il me ferait abattre sans hésiter.

Sa voix était calme et posée.

— C'est la Station de Vienne qui m'a envoyé, dit Malko.

(1) Marché aux puces.

Elle hocha la tête.

— Je n'ai jamais eu affaire à eux. Mais je suppose que si vous êtes ici...

Un cerf traversa la route et, rassuré par le silence, se planta à quelques mètres de la voiture, les observant. C'était intemporel, cette conversation presque mondaine. Malko s'imprégnait de la beauté de la jeune femme. Décidément, il rencontrait toujours des femmes exceptionnelles. Encore une qui aurait pu vivre de l'exploitation bien comprise de sa beauté et qui préférait risquer sa vie.

A moins qu'elle n'ait pas eu le choix...

— Je crois que vous rendez de grands services, dit Malko.

Ann Grimm eut un léger haussement d'épaules.

— J'espère. Je commence à en avoir assez de Marbella ; toutes les deux ou trois semaines, je rencontre quelqu'un comme vous, de la Company, au rendez-vous de *Lily Boo*. Je lui communique tout ce que je sais des activités de Selim Attalah. J'ignore même si on les utilise.

— Décrochez ! conseilla Malko.

— Je suis prise au piège.

— Pourquoi ?

— Selim Attalah est tombé amoureux de moi, je ne peux pas disparaître, il veut savoir tout ce que je fais. C'est un Arabe, vous savez, très possessif...

Elle sourit devant l'expression de Malko.

— Vous vous dites que je prends mon travail au sérieux ! Mais Selim est très séduisant. Même sans... ce que j'ai à faire, je pense que je l'aurais mis dans mon lit... Bien sûr, il y a le reste, mais faire l'amour avec lui n'est pas une corvée. Rassurez-vous, cependant, je ne suis pas amoureuse, ni aveugle.

— Pourquoi aviez-vous peur, tout à l'heure ?

— Une fille qui vit chez lui, Lucia, et qui est aussi sa maîtresse, était dans la boutique *Lily Boo*. Je l'ai vue à temps. Comme elle ne vient jamais seule en ville, il était dans les parages, ou ses hommes. Il est très méfiant et possède un sixième sens, comme tous ceux qui ont vécu dans le danger et la clandestinité. Je ne veux pas éveiller ses soupçons... Ici, nous sommes tranquilles.

— Où sommes-nous ?

— Dans la propriété d'Adnan Khashouggi. Il n'est pas là, et son personnel ne vient jamais. D'ailleurs, regardez, les animaux meurent de faim...

C'est vrai, les cerfs avaient l'air famélique.

— Selim sait que j'aime bien venir ici, alors, même s'il m'a vue partir dans cette direction, ce n'est pas grave, mais nous ne pouvons pas rester trop longtemps... En quoi puis-je vous aider ?

— Vous êtes au courant d'un deal d'armes entre Selim et un certain Raj Krichna ?

Elle tira une bouffée de sa cigarette.

— Bien sûr. Il m'en a encore parlé hier soir. Krichna arrive ce soir, avec l'avion de Selim, en provenance de Varsovie. C'est ce qui vous intéresse ?

— Oui, dit Malko.

Ravi et surpris. Si le Tamoul venait à Marbella, il y avait une chance sérieuse que la drogue n'aille pas jusqu'à Rotterdam.

Il entreprit de lui donner le background de l'histoire triangulaire avec le problème de Rotterdam. Les yeux bleus d'Ann Grimm ne cillaient pas, s'évadant parfois pour inspecter les environs. Toujours sur ses gardes... Quand Malko eut terminé, elle dit pensivement :

— C'est curieux, Selim m'a envoyée en ville pour que je retienne une suite au *Puente Romano* au nom de Tony Pool.

CHAPITRE VI

Tony Pool venait à Marbella ! Malko revit le regard bardé de certitudes de Greg Bautzer, le special agent de la DEA. La conversation entre Georgiu Ayotis et Krichna prenait une importance primordiale maintenant. Tous les protagonistes du double deal allaient se trouver réunis dans le sud de l'Espagne. Ce n'était pas pour enfiler des perles.

— D'où vient-il ?

— Des Bahamas, via Londres, sur un jet privé. Il arrive ce soir. Presque en même temps que Krichna. Un parcours tortueux pour tenter de semer les agents de la DEA.

— Pourquoi ne va-t-il pas chez Attalah ?

— Selim n'a pas voulu. Il désire limiter ses contacts avec Tony Pool.

— Il ne vous a pas parlé de la livraison de la drogue ?

— Non.

S'ils se retrouvaient là, c'était évidemment pour y procéder. Mais où et quand ?

Ann tira sur sa cigarette.

— Encore une chose. Selim a demandé à son copain de la Saudi Trade Bank de rester tard ce soir à son bureau. Pour voir un de ses amis.

— Comment va-t-il faire pour passer l'argent ?

Ann Grimm eut un sourire amusé.

— Selim lui envoie sa Rolls à l'aéroport de Malaga. Tous les douaniers la connaissent. Personne n'inspectera ses bagages. Le douanier en chef adore les grosses montres en or. Selim lui en a déjà donné une demi-douzaine, il doit les manger...

Elle regarda la sienne.

— Il va falloir que je m'en aille. Que voulez-vous savoir ?

— Où et quand le transfert d'héroïne se passera. Je suis à peu près certain maintenant qu'il ne se fera pas à Rotterdam. Donald Mills et Pool ont dû se douter que la DEA allait leur monter une souricière et changer leurs plans.

— C'est probable, dit-elle, mais je ne suis même pas sûre que Selim soit au courant des détails. Ce n'est pas son problème. Il veut l'argent de la commande d'armes et il livre ensuite. C'est tout.

— Il faut que vous arriviez à le savoir, insista Malko. Tony Pool aime les femmes. Vous le manipulerez facilement.

Les yeux bleus ne cillèrent pas.

— Je ne peux pas aller très loin avec lui, sinon, Selim risquerait de le prendre mal...

— Comment vais-je vous joindre ?

— Vous ne me joignez pas. C'est moi qui vous appelle, au *Marbella Club*. Je donnerai le nom de Linda. Je dois partir, maintenant, restez ici une dizaine de minutes.

Ils se regardèrent en silence quelques secondes, ne sachant comment se séparer. La poignée de main était un peu formelle. Alors, Malko prit la main d'Ann et déposa un baiser sur ses doigts.

Elle rit.

— Vous êtes très traditionaliste !

Elle sauta de la voiture et s'éloigna d'un pas rapide, faisant fuir les mouflons et les cerfs.

La Ford bleue disparut dans un nuage de poussière. Malko pensait à l'arrivée de Tony Pool.

Regrettant encore plus d'avoir emmené Alexandra. Elle n'avait pas intérêt à rencontrer le tueur par hasard. Cela allait poser un problème supplémentaire et une menace sérieuse. Evidemment, le plus simple était de la renvoyer en Autriche. Il n'en avait pas vraiment envie, mais risquait d'y être forcé.

*
**

Alexandra tendit le récepteur à Malko qui venait d'entrer dans la suite.

— Vienne. Ron Clark.

Elle se replongea aussitôt dans la peinture de ses ongles, vêtue d'un seul slip de dentelle noire. Le chef de Station de la CIA de Vienne était tout excité.

— Le *Kapitan Yakovlev* vient de franchir le Bosphore, annonça-t-il. A notre demande, les Turcs ont épluché le manifeste et l'ont photocopié. C'est un vrai bazar ambulant, mais ils n'ont rien remarqué de suspect. Je vous l'envoie par la Station de Madrid. Quoi de votre côté ?

— J'ai eu le contact.

Il mit l'Américain au courant de l'arrivée de Tony Pool et de Raj Krichna, concluant :

— La DEA se met le doigt dans l'œil, je suis sûr que l'héroïne sera transbordée avant Rotterdam. Il faudrait les prévenir.

— Jamais ! lança le chef de Station. S'ils ne le découvrent pas eux-mêmes, ce sont des cons. Pour l'instant, nous avons la situation bien en main.

« En ce moment, le *Kapitan Yukovlev* entre en Méditerranée, reprit l'Américain. Il sera dans six jours dans la zone où vous vous trouvez. Vous avez raison, il va falloir mettre Ann Grimm à contribution.

— Et ensuite ?

— Nous aviserons.

— Avez-vous eu des informations sur l'incident de Zelinka Gasse ?

— Peu, avoua l'Américain. Apparemment le KGB local protégeait Krichna et l'infrastructure de Selim Attalah.

Il fallait espérer que les deux hommes n'avaient pas suivi Raj Krichna à Marbella, où ils pouvaient à tout moment identifier Malko. Ce nouveau danger potentiel raviva ses craintes.

— Je vais être obligé de faire rentrer Alexandra en Autriche, annonça-t-il. A cause de Tony Pool.

— Pas question, intima Ron Clarke. J'ai eu assez de mal à vendre votre présence à Marbella aux Espagnols. Ils ont eu la bonté de faire semblant de me croire. Si vous vous retrouvez seul, ils vont vous expulser dans les dix minutes. En plus, l'Espagne, ce n'est pas Vienne. Pool et les autres sont obligés d'être prudents.

— Il risque de tomber sur elle, par hasard.

— Trouvez quelque chose, mais elle doit rester.

C'est lui qui raccrocha, empêchant Malko de prolonger la discussion.

Alexandra continuait à se faire les ongles. Paisible. Elle leva la tête pour dire :

— Tu as retrouvé une de tes putes ici ? C'est pour ça que tu voulais te débarrasser de moi... mais si je te gêne, je peux toujours sortir avec ce Tony Pool. J'en ai côtoyé d'aussi dangereux que lui, avec toi.

Son regard étincelait de fureur. Ce qui donna soudain une idée à Malko :

— Tu as gardé le numéro de Tony Pool ? lui demanda-t-il.

Elle leva les yeux, étonnée.

— Oui.

— Tu vas lui téléphoner.

Ses yeux gris se remplirent de surprise.

— Tu plaisantes ?

— Non. Tu vas lui dire que tu es à Marbella. Reste

un peu distante. Précise que tu n'es pas seule. Laisse entendre que cela t'amuse d'être courtisée.

— Et ensuite ? Il va vouloir me voir et me sauter...

— Tu t'arrangeras pour ne pas le rencontrer.

— C'est débile, fit-elle. Il va se méfier. Sauf si je me jette dans ses bras. A moins que ce ne soit ce que tu souhaites...

— Ne dis pas de bêtises, fit Malko, furibond. Je sais très bien que c'est très limite. Mais nous n'avons pas le choix. Si tu t'en vas, les Espagnols m'expulsent. Si nous rencontrons, toi et moi, Tony Pool, ce ne sont pas des soupçons qu'il aura, mais une certitude. Bien sûr, en nous sachant à Marbella, il va se poser des questions. Mais il a du être renseigné par le réceptionniste du *Sacher* qui lui a dit que j'étais gentilhomme farmer... Ça devrait le rassurer. Marbella est trop petit, on ne peut pas prendre le risque de tomber dessus par hasard.

Sans plus discuter, Alexandra alla prendre le numéro laissé par Tony Pool et le composa.

— Mister Pool ? demanda Alexandra.

— *Who's calling ?*

— Alexandra.

— *Leave your full name and number. He will call you back...*

Elle raccrocha, après avoir laissé ses coordonnées.

— Voilà, il n'est pas là !

Malko en fut soulagé. Il savait bien que cette solution à laquelle il était acculé comportait des risques de toutes sortes. Mais quelque chose lui disait que Tony Pool rappellerait.

*
**

Selim Attalah était d'excellente humeur, jonglant dans sa tête avec les millions de dollars. Son Boeing 727 venait de se poser à Malaga et Raj Krichna serait là dans une heure. Lucia avait trouvé chez *Lily Boo* une robe de flamenco fantaisie où tous les volants étaient posés les uns sur les autres mais pas cousus. Au moindre mouvement, ils s'écartaient. Le Tamoul allait être fou. Des jungles de Ceylan à Marbella, il y avait des années lumière...

Le Syrien sortit de sa propriété, s'assura que la Calle 21 B était vide et frappa à la porte d'Ann. La jeune femme lui ouvrit aussitôt et il l'enveloppa d'un regard incandescent. Lucia était oubliée. Il la serra contre lui.

— Bon Dieu, que tu es belle !

Ses mains étaient partout, la palpant comme une marchandise. Ann le repoussa.

— Attends, il faut que je me change.

— Tu as fait la réservation pour Mr Pool ?

— Oui. Une suite, deux chambres et sitting room.

— Où étais-tu ensuite ? Hussein t'a vue sur le port.

— J'ai regardé les boutiques et puis j'ai été « aux cerfs ». Ils sont en train de mourir de faim, c'est affreux.

Selim Attalah se moquait des cerfs et des mouflons. Il repoussa sa maîtresse vers sa chambre.

*
**

— J'espère que tu sais ce que tu fais, dit pensivement Alexandra à Malko qui venait de rentrer d'un tour sur le port.

— Pourquoi ?

— Il a rappelé. De l'aéroport de Malaga. Il venait juste d'arriver. Il est super-organisé. Et rapide.

— Il a eu l'air étonné ou inquiet ?

— Pas vraiment. Il était comme un fou. Je lui ai dit que nous en avions eu assez du temps pourri de Vienne et que nous étions venus à Marbella, chez ton cousin Hohenloe, le seul endroit d'Europe où il y ait du soleil en ce moment.

— Promène-le sans accepter de le voir.

Elle lui lança un regard ambigu.

— J'ai l'impression que cela sera difficile sans éveiller ses soupçons.

— Tu es assez maligne. Au pire, vraiment impossible de refuser, tu t'arrangeras pour le voir dans un lieu public.

Afin de calmer sa tension, Malko ouvrit la mallette des armes et commença à équiper les chargeurs. Il vissa le silencieux sur le Beretta et sortit l'étui du « Deux-pouces ». A partir de maintenant, il était en danger de mort. Ni Tony Pool, ni Selim Attalah ne lui feraient de cadeaux. Il s'agissait de millions de dollars et de leur peau. Il pensa au cargo soviétique qui se dirigeait vers eux en ce moment, à dix nœuds à l'heure, avec plus de 200 kilos d'héroïne à bord...

Il y avait des dizaines de ports en Méditerranée, entre le Maroc, les Baléares et l'Espagne.

Alexandra passait lentement un bas noir qu'elle lissa sur sa cuisse avant de l'accrocher à son porte-jarretelles. La fraîcheur des soirées de Marbella permettait un peu de sophistication.

Il fixa le holster du « Deux-pouces » à sa cheville et rabattit son pantalon d'alpaga dessus.

*
**

Les projecteurs éclairaient Lucia comme sur une scène et les « tap-tap-tap » de ses talons ferrés claquaient comme des coups de feu. Une grande table de marbre, dressée dans le patio, croulait sous les victuailles. Selim Attalah et ses invités étaient vautrés sur des canapés profonds dessinés par Claude Dalle, recouverts d'un cuir blanc d'une finesse incroyable, et depuis une heure, les mezés d'un somptueux repas libanais défilaient sans discontinuer. Les purées de pois cassés, les légumes, les morceaux de viande dans des sauces à vous arracher la bouche, les poissons, le poulet frit.

Selim Attalah brandit son verre de Dom Perignon en direction de Raj Krichna.

— Au succès de votre cause !

Le Tamoul esquissa un sourire un peu factice et leva également son verre. Il ne pouvait détacher les yeux de Lucia. Sa robe était diabolique ! Le haut semblait coulé sur les seins pointus, très échancré de façon à révéler l'absence de soutien-gorge. Chaque fois qu'elle virevoltait, les volants s'écartaient, découvrant ses cuisses et parfois la tache triangulaire de son sexe... Raj Krichna en avait la gorge sèche. Les cheveux dans les yeux, la bouche provocante, Lucia était venue onduler contre lui, sataniquement provocante, sans même se laisser effleurer. Ce visage d'enfant à la moue boudeuse et ce corps qu'on sentait déjà rompu à l'amour dégageaient une attraction incroyablement sulfureuse.

Le Tamoul se pencha vers son hôte.

— Elle est très belle...

— Je crois que vous lui plaisez, fit le Syrien, très sérieux.

— Elle travaille pour vous ?

— Elle habite ici.

Comme pour rassurer Raj Krichna, il posa la main sur la cuisse d'Ann Grimm, assise à sa droite. La jeune femme était moulée dans une combinaison lastex encore plus sexy que la robe de Lucia. Elle ne quittait pas des yeux le couple qui les avait rejoints une heure plus tôt.

Tony Pool en chemise de soie et Diana, toute en noire, à son habitude, avec ses cheveux tirés, ses étonnants yeux jaunes et son profil d'oiseau de proie. Ils n'avaient pas ouvert la bouche après les présentations. D'instinct, Ann détesta Diana. Quant à Tony Pool, chaque fois qu'elle sentait son regard posé sur elle, elle en avait la chair de poule... Il n'avait pas d'armes apparentes, sauf ses mains énormes, noueuses, et ce regard froid et lointain de tueur.

Il mangeait peu, se contentant de J and B on the rocks, mais Diana dévorait les mezés, noyés de Dom Perignon. Ces deux-là auraient coupé l'appétit à Satan.

Un peu plus bas dans le jardin, les hommes de Selim patrouillaient, armés. Ce dernier commençait à se détendre. Grâce à ses hommes qui avaient aidé au passage de la douane, il savait que Tony Pool avait avec lui deux sacs de cuir noir qu'il avait déposés dans le coffre de la Saudi Trade Bank. Qui devaient contenir quinze millions de dollars. L'idée de cet argent le faisait saliver. Toute l'affaire reposait sur les larges épaules de Raj Krichna qui dodelinait de la tête à sa gauche.

Le voyage depuis Varsovie avait été long et le Tamoul n'en pouvait plus. Sa tête tombait sur sa poitrine. Lucia venait de s'éclipser, remplacée par de la musique jaillie de haut-parleurs invisibles de la chaîne Akaï-laser.

— Vous voulez vous reposer ? proposa le Syrien.

— Oui, je suis fatigué, accepta Krichna.

— Je vais vous faire conduire à votre chambre...

Un employé emmena le Tamoul vers le bâtiment des invités.

Le silence pesait. Personne n'avait rien à dire à personne. On suivit des yeux la silhouette titubante de Krichna. Ann Grimm aussi voulait se coucher. Elle se pencha à l'oreille de Selim.

— Je vais te laisser, vous devez avoir des choses à discuter.

Il lui jeta un regard furieux.

— Pourquoi ? Reste !

— Je t'attends dans la chambre, dit-elle, ne viens pas trop tard.

Elle salua le couple et disparut à son tour.

Un autre serviteur surgit, une bouteille de Gaston

de Lagrange sur un plateau. Ils se servirent. Le Cognac détendit l'atmosphère. Tony Pool, toujours prudent, demanda à son hôte :

— Vous le connaissez depuis longtemps, ce Krichna ?

— Oui, mentit Selim. C'est quelqu'un de très sérieux. Nous avons déjà fait des affaires ensemble.

Il n'ignorait pas la méfiance viscérale des trafiquants de drogue. Diana fumait sans rien dire, ses étranges yeux jaunes posés sur le Syrien. Tony Pool demanda soudain :

— Qui est cette femme ?

— Ann ?

— Oui. Je ne l'aime pas.

— Elle travaille avec moi, expliqua le Syrien, et c'est ma maîtresse. Elle vend mes armes en Amérique Centrale. Pourquoi ?

Tony Pool attrapa un bout de raat-loukoum et le mangea avant de répondre.

— Je ne sais pas, dit-il lentement, j'ai un sixième sens. A force d'avoir la DEA au cul. Cette bonne femme, je ne la sens pas. Vous savez d'où elle vient ? Avec qui elle travaillait avant ? On ne vous l'a pas collée pour vous espionner ?

Devinant la gêne de leur hôte, Diana dit en souriant :

— Ne faites pas attention, Tony se méfie de tout le monde...

— J'ai confiance en Ann, fit Selim avec un rire un peu crispé.

Il but un peu de Gaston de Lagrange pour se donner une contenance. Il haïssait cette conversation. Du même coup, il réalisa qu'il savait très peu de choses sur Ann. Mais le problème ne s'était jamais posé et si elle avait voulu lui nuire, ce serait fait depuis longtemps. Mais l'attitude des deux trafiquants le troublait. Il repensa à sa sensation de malaise.

Tony Pool termina son verre et s'ébroua.

— OK, on va aller dormir ! Demain, on fera le point.

— Venez à la piscine dès que vous voudrez, proposa Selim.

Il les raccompagna jusqu'à la Rolls où Abdu dormait à poings fermés et les regarda partir pensivement. Ceux-là lui faisaient peur. Il se demandait quels étaient leurs rapports. Ils avaient deux chambres séparés, mais tout indiquait une grande intimité entre eux. Le regard de cette femme était celui d'un cobra. Il eut hâte que tout cela soit fini et rentra dans la maison.

Ann l'attendait en regardant une cassette sur l'Akaï. Nue.

— Je n'aime pas ces gens, dit-elle.

— Eux non plus ne t'aiment pas, dit Selim en se déshabillant. Mais je m'en fous.

Il se repaissait du spectacle de sa maîtresse. Il s'allongea à côté d'elle, la prit par la nuque et courba son visage vers son ventre. Docilement, elle fit ce qu'il attendait, agenouillée sur le lit. Et les soucis du Syrien s'envolèrent instantanément sous la caresse chaude de sa bouche... Il eut une pensée pour le Tamoul.

Pourvu que tout se passe bien de son côté.

***

Arc-bouté, le corps couvert de sueur, Raj Krichna baisait comme un malade, les mains crochées dans les hanches graciles de Lucia, faisant entrer et sortir lentement son sexe. Ahanant, dans un état second. C'était la troisième fois qu'il s'y attaquait et il lui semblait que cela ne finirait jamais !

Il avait eu un choc en la découvrant allongée sur son lit, dans son costume de danseuse flamenco. Elle s'était levée pour venir s'appuyer contre lui et demander dans son mauvais anglais :

— Vous voulez que je danse pour vous ?

Il avait la bouche trop sèche pour répondre. Sans un mot, il l'avait poussée sur le lit, lui malaxant les seins à pleines mains, avec une érection de maréchal, toute sa fatigue envolée. Il avait fourragé sous la longue robe rouge, trouvant le sexe prêt à l'accueillir, ce qui l'avait rendu fou. Il s'était littéralement jeté sur elle.

Lucia n'avait même pas eu le temps de lui faire l'offrande de sa bouche. Raj Krichna s'était engouffré dans son ventre, la pilonnant avec l'énergie d'un enfant qui a peur qu'on lui arrache son jouet. Il avait explosé en quelques secondes, après des semaines d'abstinence et était demeuré hébété, frustré de son plaisir, ne comprenant pas ce qui lui arrivait. Il avait déjà eu des putes dans son lit, mises par des marchands d'armes, mais jamais rien comme Lucia... Celle-ci s'était dégagée doucement, et, agenouillée comme une bonne vestale, avait pris dans sa bouche son sexe désarmé.

Le Tamoul avait fermé les yeux, se contentant d'explorer de ses mains musclées le corps admirable de la jeune gitane. Ses formes déliées, la douceur et la couleur de sa peau lui rappelaient les femmes de son pays.

Il n'avait pas fallu longtemps pour qu'il reprenne vie. Cette fois, Lucia avait roulé languissamment sur le côté et il l'avait prise comme un animal, agenouillé derrière elle. Bien entendu, il avait eu envie de ses reins. Il avait timidement tâtonné, mais d'un geste décidé, Lucia avait saisi son sexe pour le guider vers l'ouverture qu'il souhaitait.

Raj Krichna s'y était enfoncé avec un cri étranglé. D'un coup. Poussant son sexe épais et court de tout le poids de ses quatre-vingt-dix kilos... S'attendant à une protestation, mais Lucia s'était contentée de s'aplatir un peu et de murmurer :

— Plus fort, plus fort. Défonce-moi.

Krichna s'était alors déchaîné, faisant ce qu'elle lui demandait jusqu'à ce qu'il explose... Un peu plus tard, Lucia était revenue à la charge, caressant d'abord doucement le corps musclé et puissant, les épaules larges du Tamoul, avec une expression admirative.

— Comme tu es fort ! avait-elle murmuré.

C'était pour cela qu'on l'avait pris comme chef.

Peu à peu les caresses de Lucia s'étaient faites plus précises et, à son émerveillement, le Tamoul avait retrouvé sa vigueur. Il n'arrivait plus à se dégager de cette dernière étreinte. Lucia était satanique. Chaque fois qu'elle le sentait approcher de l'orgasme, elle s'arrêtait pour faire baisser la pression, puis recommençait. Raj Krichna n'en pouvait plus. Lucia le prit dans sa bouche jusqu'à ce qu'il lui abandonne ses dernières étincelles d'érotisme.

Comme un fantôme, elle se leva, lissa sa robe et sortit de la chambre, pieds nus. Le Tamoul regarda ses escarpins rouges abandonnés sur le tapis du Portugal.

Se disant qu'il ne repartirait de Marbella qu'avec Lucia.

***

Abrité derrière un journal espagnol dont il ne comprenait pas un traître mot, Elko Krisantem prenait un café à la piscine du *Puente Romano*. A dix mètres de lui, Tony Pool et Diana en faisaient autant. Malgré les fontaines apportant un peu de fraîcheur, la température était déjà terrifiante. Il allait faire une journée de plomb... Le Turc ne devait pas quitter l'Américain d'une semelle, jusqu'à la fin de la journée. A ce moment, Malko lui avait demandé de se rendre à la mosquée afin d'essayer d'entrer en contact avec des employés de Selim Attalah. Plus ils en sauraient, mieux cela vaudrait. La qualité de musulman du Turc pouvait lui faciliter grandement les choses.

***

— Regardez comme la vie est belle ici !

Selim Attalah montrait le ciel bleu, la végétation luxuriante, la mer dans le lointain. A côté de lui, Ann, moulée dans un maillot doré, ressemblait à une réclame de tourisme... Le Tamoul opina, euphorique, pas encore remis de sa soirée. Il n'avait pas osé demander où se trouvait Lucia. Et comme par miracle, elle apparut, pieds nus, un sari autour de la taille, les seins nus pointant comme des obus. Il crut mourir.

Avec un naturel parfait, elle se pencha, l'embrassa et s'assit tout contre lui.

Le Syrien buvait du petit lait. En voilà un qui était à sa main. Et c'était le premier maillon de la chaîne. Celui par qui les dollars arrivaient... Il laissa s'écouler quelques minutes avant de demander :

— Vous êtes content du matériel que vous avez vu à Varsovie ?

— Tout à fait, affirma Raj Krichna.

Nouvelle pause, puis le Syrien continua d'un ton léger :

— De votre côté, il n'y a pas de problème ?

La cuisse de Lucia était contre celle du Tamoul qui se demandait s'il n'allait pas la sauter séance tenante. Il ne voulait surtout pas gâcher cette atmosphère.

— Tout va très bien se passer ! affirma-t-il. Sur le conseil de Mr Pool nous avons modifié la façon d'opérer parce qu'ils ont eu un petit problème, là-bas, aux Etats-Unis.

Le Syrien dressa l'oreille. Un problème, il n'aimait pas ça du tout...

— Ah bon...

— Ce n'est rien, fit Krichna. Nous avons l'habitude ! Depuis Delhi, il y a beaucoup de douanes à franchir, mais nous y arrivons...

— Vous les payez ?

Le Tamoul se rengorgea.

— Non, non...

Voulant à tout prix éblouir Lucia, il se lança dans le récit du transport de l'héroïne depuis le laboratoire de New Delhi. Sans se rendre compte qu'il était en train de révéler des secrets. Mais après tout, Selim était son partenaire et n'irait sûrement pas le dénoncer. Et puis, s'il voulait lui demander Lucia, il valait mieux se mettre bien avec lui.

Ann, allongée, fumait, l'air tranquille, plongée dans *Hola*.

*
**

Le haut-parleur de la plage du *Marbella Club* nasilla :

— On demande Mr Linge.

Malko se rua au téléphone. Laissant un troupeau de machos agglutinés autour d'Alexandra. Tony Pool avait appelé trois fois et elle ne l'avait pas encore rappelé. Mais il faudrait bien s'y résoudre.

— Allô ? Ici Malko Linge.

— C'est Linda. Vers six heures, au même endroit qu'hier, dit la voix d'Ann, j'ai quelque chose d'important à vous dire.

Elle avait déjà raccroché.

*
**

Après le départ de Malko, Alexandra somnolait sur sa chaise-longue lorsqu'un garçon du *Marbella*

Club vint lui remettre un pli fermé. Elle l'ouvrit et lut les quelques lignes griffonnées.

Venez prendre un verre dans les jardins du Puente Romano *ce soir vers sept heures, avec une amie à moi. Tony.*

Elle replia le mot, pensive et perplexe. Ne sachant pas encore si elle allait relever le défi de Tony Pool. Quelque chose de trouble en elle l'y poussait, mais elle craignait les conséquences...

CHAPITRE VII

La canicule avait chassé les cerfs et les mouflons de la clairière où Malko avait rencontré Ann Grimm, la veille. Il descendit de voiture, aussitôt assailli par une chaleur inhumaine et les oreilles fracassées par le chant des grillons. Pas un souffle. L'air était si sec qu'il paraissait prêt à s'embraser.

Il avait l'impression de se trouver au bout du monde. La maigre végétation de chênes-lièges, l'absence d'habitations et les lointaines montagnes pelées renforçaient l'impression de solitude. Six heures dix... Malko remonta dans la voiture et remit sa clim. Inutile de tremper sa chemise de voile... Il vérifia le « Deux-pouces » accroché à sa cheville, sous le pantalon d'alpaga bleu.

Il essaya de chasser de son esprit le risque du cocktail explosif Alexandra — Tony Pool. Il devinait chez la jeune femme une certaine fascination trouble pour le tueur américain. Malko en éprouvait un vague malaise. Tony Pool était dangereux, aussi par son charme.

Le ronflement d'un moteur lui fit tourner la tête.

La petite Ford bleue décapotable cahotait dans les ornières. Elle s'arrêta à côté de la Seat de Malko et Ann Grimm en descendit, tout en blanc, avec un T-shirt et une minijupe moulante en jersey, des ballerines en toile. Très jeune fille. Elle s'installa à côté de Malko avec un soupir de soulagement.

— Quelle chaleur !

— Nous aurions pu nous voir ailleurs.

— Non, en ville c'est trop dangereux. Selim a toujours des gens à lui qui traînent et je suis trop connue.

Avec son mètre soixante-quinze, ses étonnants yeux bleus et sa silhouette de top-model, elle ne passait pas inaperçue.

Elle alluma une cigarette et il sembla à Malko qu'elle était plus tendue que la veille.

— J'ai une information importante, annonça-t-elle. L'héroïne est dissimulée dans des cageots de raisins secs qui sont regroupés dans un seul container du chargement du *Kapitan Yakovlev*. Tout le container a été chargé à Kaboul et acheminé par route jusqu'à Odessa. L'héroïne est comprimée, ce qui lui fait occuper le tiers du volume normal. Conditionnée par « unités » d'un kilo. Chaque paquet contient dix unités.

— Comment l'avez-vous appris ?

Malko était stupéfait d'une telle précision.

— Le Tamoul, fit Ann. Selim lui a mis Lucia dans les pattes, la petite gitane dont je vous ai parlé, et il en est fou. Ce matin, il a voulu l'éblouir et nous a fait un cours sur la façon dont il acheminait la drogue...

— Qui était présent ?

— Selim et moi, Lucia aussi, bien entendu, mais elle s'en fout.

— Vous avez appris où ils vont la décharger ?

— Non. C'est une affaire entre Raj Krichna et Tony Pool. Selim ne veut pas s'en mêler. Bien sûr, il le saura probablement. Mais je me méfie de Pool. Il m'a examinée d'une drôle de façon hier soir.

— Il ne peut rien savoir de vous, dit Malko. Si votre couverture a résisté à Selim...

Ann Grimm exhala lentement la fumée de sa cigarette.

— Non. Il y a autre chose.
— Quoi ?
— Je l'ignore. Un sixième sens. Il l'a dit à Selim.
— Et lui ?
— Il a confiance en moi. Nous avons fait des affaires ensemble. Rien ne prouve mes liens avec la Company.

Malko la regarda : elle était superbe, appétissante, avec ses grands yeux bleus, sa mâchoire énergique, ses longues cuisses musclées et bronzées, sa poitrine pleine. Saine jusqu'aux bout des ongles. On l'imaginait sur un court de tennis. Ou nue dans un lit, en train de faire l'amour. Pas en marchande d'armes. La vie était étrange.

— Maintenant il faudrait savoir où ils vont débarquer l'héroïne, dit-il. L'idée de base est de détruire la drogue afin que Raj Krichna ne puisse payer les armes.

Ann Grimm repoussa une mèche de cheveux.

— Vous vous attaquez aux intérêts de Selim. Attention, il est dangereux.
— Je sais, dit Malko.
— Faites attention, répéta-t-elle. C'est un fauve, une brute. Il a été élevé dans les rues de Beyrouth. Il n'a aucune sensibilité. Même moi, il me liquiderait sans une seconde d'hésitation si c'était nécessaire.
— Ne vous inquiétez pas. Et vous, prenez le moins de risques possible, nous n'avons que vous...

Ann Grimm secoua lentement la tête :

— Je voudrais que ce soit ma dernière mission, ici. Je suis fatiguée de vivre dans cette atmosphère. Mes nerfs commencent à craquer. Chaque fois que Selim débarque chez moi, je me demande s'il n'a pas appris quelque chose.
— De toute façon, promit Malko, si nous réussissons, il sera plus prudent de vous exfiltrer car Selim saura vite qui nous a renseigné.
— Pas seulement lui, soupira la jeune femme.

Tony Pool aussi. Il me fait encore plus peur. Maintenant, il faut que je parte. Fixons-nous un rendez-vous maintenant. C'est plus facile que de vous téléphoner. J'ai peur que mon appareil soit sur écoutes.

— Nous nous retrouvons ici ?

— Non, je possède un petit appartement sur le port, que je loue à des Anglais. Pour l'instant, ils ne sont pas là. Dans la calle Romero, au numéro 22, derrière la jetée sud.

Elle fouilla dans son sac et lui tendit une clef plate.

— Demain à six heures, fit-elle. Mais soyez-y pour cinq heures. Que personne ne nous voie ensemble. *Good bye.*

Il la regarda s'éloigner, le cœur serré. Brusquement, elle lui était apparue vulnérable. Et pourtant, tous les soirs ou presque, elle était dans le lit de Selim Attalah.

Il attendit que la Ford Escort ait disparu entre les chênes-lièges. Quelques cerfs l'observaient, broutant mélancoliquement les derniers brins de paille oubliés au fond des mangeoires, les côtes saillant sous leur peau brune.

***

Tony Pool abaissa ses jumelles, partagé entre la joie d'avoir raison, une fureur aveugle et une crainte sourde. A côté de lui, Diana Mangan ressemblait à la statue de la mort, avec ses cheveux tirés et son regard féroce de saurien.

— Quelle salope ! siffla-t-elle. Comment tu as deviné ?

— Je n'ai pas deviné, grommela Tony Pool, j'ai senti.

C'était vrai. Aucun fait précis ne l'avait mis sur la piste. Juste son intuition de fauve toujours traqué. C'est sur un coup de tête qu'il avait décidé de suivre Ann Grimm alors qu'il allait chez Selim Attalah profiter de la piscine du Syrien. Il avait croisé avec sa BMW de location l'Escort qui descendait la Calle 2B. Le temps de faire demi-tour, il s'était glissé derrière elle dans la circulation intense de la route Marbella-Cadiz. Il avait fait très attention, restant très loin et terminant le parcours à pied, leur voiture dissimulée dans une combe.

— Pour qui travaillent-ils ? demanda Diana.

— J'en sais foutre rien. La DEA ou d'autres connards.

— Et si c'était juste une histoire de cul ? suggéra mollement Diana. Elle en a peut-être marre de son Arabe.

Tony Pool la foudroya du regard.

— Ce que tu es conne ! Ce mec est le jules de la bonne femme que j'ai draguée à Vienne. Tu parles d'une coïncidence. Et cette salope qui a le culot de me téléphoner ! Et moi qui l'ai crue !

— Si c'est un type de la DEA, pourquoi t'a-t-elle appelé ?

Un sourire ironique éclaira le visage bronzé de l'Américain.

— Je ne sais pas encore. Peut-être qu'elle veut vraiment se faire sauter. Ou elle va au contact.

— Elle est gonflée !

Ils se mirent en route, glissant sur le sol inégal, la bouche desséchée par la chaleur, leurs vêtements collant à leur peau. Diana Mangan s'accrocha au bras de Tony.

— Je vais appeler Donald, dit-elle. Je crois qu'il faudrait laisser tomber. Déjà, il y a eu l'alerte avec ce connard de nègre qui nous espionnait et maintenant on retrouve une moucharde de la DEA ici. Ça fait beaucoup.

Tony Pool s'arrêta brusquement, le visage crispé de rage.

— Tu vas fermer ta gueule ! Qu'est-ce qu'on va dire aux revendeurs si on revient les poches vides...

Sans compter l'argent qu'on a déjà investi dans cette affaire... Tu imagines que Donald va m'en faire cadeau.

Il avait trimballé quinze millions de dollars en cash depuis les Etats-Unis, il ne tenait pas à recommencer en sens inverse. Une aussi grosse cargaison, cela ne se trouvait pas tous les jours. Surtout que c'était de la belle héroïne grise à un prix très compétitif. Diana n'insista pas. Elle connaissait l'entêtement féroce de Tony dans les cas difficiles, et, au fond, lui faisait confiance. S'il était encore vivant, c'est qu'il avait certaines qualités.

— J'ai soif ! fit-il.

Ils regagnèrent leur BMW et redescendirent les lacets au milieu des collines désertes. Diana remarqua :

— Tu crois qu'elle va venir à ton rendez-vous ? On peut s'amuser.

Elle en salivait déjà. Imaginant la perceuse chère à son amant s'enfoncer dans le corps superbe de la femme qu'il avait draguée à Vienne.

Mais Tony haussa les épaules.

— Idiote ! Si ce type est de la DEA, il peut alerter les Espagnols et tout foutre en l'air.

— Qu'est-ce qu'on fait alors ?

Ils émergèrent sur la route de Ronda et Tony Pool laissa passer plusieurs camions avant de dire à Diana, sans répondre à sa question :

— Attache ta ceinture !

Elle lui coula un regard venimeux.

— Ça va pas, non ?

Méchamment, Tony pinça sa cuisse charnue.

— Idiote ! C'est plein de « guardia civil ». Des dingues de la ceinture. Pas la peine de se faire remarquer...

Elle boucla la sienne à contrecœur. Trois virages plus loin, ils aperçurent deux motards en blanc à côté de leur machine, guettant les voitures. Diana ravala sa fureur. Tony était le plus fort. Fascinée, elle regardait ses mains. Rêvant de les voir serrer le cou de la belle Viennoise. Elle se chargerait de la perceuse...

— Tu vas parler à Selim ? demanda-t-elle.

— Oui.

— Il ne va pas te croire.

— J'ai une idée pour le convaincre, fit l'Américain.

— Et ta « fiancée » ?

Il eut un rire féroce.

— J'espère qu'elle va venir. Je vais lui apprendre à se foutre de la gueule de Tony Pool... On ira voir Selim après.

Quand il parlait de lui à la troisième personne, c'est qu'il était très excité. Diana le regarda avec inquiétude.

— *Don't get carried away* (1).

— J'ai envie d'un grand J and B, fit Tony Pool. Avec beaucoup de glace.

*
**

Se méfiant du standard du *Marbella Club*, Malko s'était installé avec des pièces dans une cabine de Porto Banus où il régnait une chaleur de four crématoire... Il attendait stoïquement qu'une secrétaire trop timide arrache Ron Clark à sa réunion. Afin de ne pas mettre les Espagnols dans le coup, le chef de la Station de Vienne continuait à lui servir de relais. De cette façon, Malko n'avait aucun contact avec celle de Madrid et pouvait prétendre passer de paisibles vacances à Marbella. Il avait pourtant reçu par pli spécial le manifeste du *Kapitan Yakovlev*. Expédié de Madrid.

(1) Garde ton sang-froid.

— Je sais où se trouve l'héroïne, annonça Malko dès qu'il eut le chef de Station en ligne.

Ron Clark explosa de joie.

— Formidable ! On va montrer à la DEA que nous sommes plus forts qu'eux.

Malko doucha son enthousiasme.

— Le *Kapitan Yakovlev* est quand même un cargo de quinze mille tonnes, fit-il remarquer. Cela représente près de quatre cents containers... Le manifeste ne nous dira pas où se trouve le container. En plus, il est difficile de monter à bord officiellement, même dans un port ami. C'est un navire soviétique, ne l'oubliez pas. Et nous ignorons où le transfert de la drogue se fera. Si c'est en haute mer, nous serons impuissants.

Je vais examiner le manifeste afin de voir quel numéro porte le container qui contient cette cargaison de raisins secs.

— Superbe ! approuva l'Américain.

— Ensuite, nous prenons le *Kapitan Yakovlev* à l'abordage.

Ron Clark eut un rire poli.

— Nous n'irons pas jusque-là. Il faut attendre tant que nous ne possédons pas l'information de base : le lieu du transfert. Puisque nous sommes pratiquement certains que cela ne se passera pas à Rotterdam.

— Vous prévenez Greg Bautzer ?

— Non.

C'était tombé comme un couperet. Malko n'insista pas. Après tout, les gens de la DEA étaient assez grands pour se défendre.

— Où se trouve le *Kapitan Yakovlev ?* demanda-t-il.

— Il s'apprête à franchir le canal de Corinthe. Nous le pistons par différents moyens. Dès qu'il en sera sorti, il sera pris en charge par un de nos sous-marins à qui nous avons communiqué sa « signature » sonar. De cette façon, il ne se sentira pas observé, comme ce serait le cas s'il était suivi par un navire de surface... J'ai sa position deux fois par jour. Quand revoyez-vous Ann ?

— Demain, dit Malko.

— Et Tony Pool ?

Malko le mit au courant des tentatives de l'Américain pour contacter Alexandra. Ron Clark sembla profondément perturbé.

— Je n'aime pas beaucoup cela, fit-il. Empêchez une rencontre.

C'était bien l'intention de Malko...

Il ne s'inquiétait pas de l'absence d'Alexandra : elle avait dû aller faire du shopping sur le port. C'était l'heure.

Il sortit de la cabine, sa chemise de voile collée à son torse par la transpiration. Redoutant, au fond de lui-même, la réaction d'Alexandra.

*
**

Alexandra pénétra dans les jardins du *Puente Romano,* le cœur battant. Elle s'en était remise au destin pour son rendez-vous, se promettant d'en parler à Malko s'il revenait avant l'heure prévue et, sinon, de s'y rendre...

Elle regarda autour d'elle. Personne près de la piscine. Soudain, une silhouette blanche et noire se dressa dans un des jardins de plain-pied donnant sur les appartements du rez-de-chaussée.

— Alexandra !

Une femme la rejoignit. Ses yeux jaunes se posèrent sur elle, l'enveloppant d'un regard perçant et elle lui tendit la main.

— Bonjour. Je suis Diana Mangan, l'amie de Tony Pool. Je vous guettais. Vous êtes Alexandra, n'est-ce pas ?

Elle portait une jupe noire, fendue sur les côtés, très moulante, et un haut de satin blanc épais. Ses cheveux tirés accentuaient la découpe de son visage.

— Oui. Tony Pool n'est pas là ? répondit Alexandra dissimulant une petite appréhension.

— Il est en retard, fit Diana Mangan avec un sourire charmeur. Venez.

Elle l'amena jusqu'au jardin de son appartement. Alexandra s'assit sur un des sièges en rotin. Aussitôt, Diana lui lança :

— Il fait terriblement chaud. Voulez-vous boire quelque chose ?

— Oui, un Cointreau, avec beaucoup de glace.

— Parfait, venez, le bar est à l'intérieur. Et il y a la climatisation.

Alexandra hésita une fraction de seconde. L'environnement la rassura. Le *Puente Romano* n'était pas un désert.

Et puis, Tony Pool n'avait pas menti. Il ne la recevait pas seul. Elle s'installa sur le canapé et posa son grand sac blanc à côté d'elle. Effectivement, il régnait une fraîcheur délicieuse dans le sitting-room. Diana Mangan ferma la baie coulissante et servit deux verres avant de revenir s'asseoir tout près d'Alexandra. Cachant son inquiétude, Tony s'était arrêté au bar au retour de leur équipée et devait être en train de se bourrer de J and B. Quand il avait bu, on ne pouvait plus le contrôler.

— Comme vous êtes belle ! s'exclama l'Américaine. Vous avez un corps absolument fabuleux.

Elle dévorait Alexandra des yeux, ruisselante de perversité. D'un geste faussement amical, elle posa une main aux longs doigts fins sur la cuisse d'Alexandra en partie dénudée par la robe Chanel très courte.

— Et quels muscles ! fit-elle.

— Je fais du sport.

Diana continuait son examen.

— Et vous ne portez même pas de soutien-gorge...

Ses doigts effleurèrent la poitrine nue sous le

jersey et Alexandra en éprouva une sensation curieuse, faite de dégoût et de curiosité. Diana soupira.

— Vous devez beaucoup plaire aux hommes !

Comme Alexandra se contentait de boire son Cointreau glacé sans répondre, elle demanda à brûle-pourpoint :

— Vous venez souvent à Marbella ?

— Quelquefois, fit Alexandra. En ce moment, c'est le seul endroit d'Europe où il y a du soleil... Et vous ?

— C'est la première fois. Mais j'adore. Et c'est plein d'hommes superbes et bronzés, ajouta-t-elle.

De nouveau son regard trouble se posa sur Alexandra. Qui se demandait où Diana voulait en venir. L'atmosphère de cette suite commençait à lui peser.

Diana se reversa du Cointreau, ses yeux jaunes semblaient éclairés de l'intérieur.

— Vous plaisez beaucoup à Tony, remarqua-t-elle. Il était fou de joie que vous lui téléphoniez.

Alexandra la regarda en face.

— Mais vous n'êtes pas avec lui ?

L'Américaine éclata d'un rire forcé.

— Tony ! Non, il est bien trop misogyne. C'est un copain et un partenaire d'affaires. Nous nous occupons d'hôtellerie ensemble...

Le silence retomba quelques instants.

— Je crois que je vais revenir, suggéra Alexandra qui regrettait maintenant son initiative, je ne peux m'absenter trop longtemps, je ne suis pas seule à Marbella.

— Non, non, il va arriver. Il serait trop déçu.

Elle leva la tête.

— Tiens, le voilà !

Une clef tournait dans la serrure.

Tony Pool poussa la porte. Bronzé, la chemise largement ouverte sur son torse puissant, le pantalon taille basse mettant en valeur son ventre plat, ses épaules athlétiques, les cheveux bruns soigneusement en broussaille, la lourde Rolex au poignet droit, les mocassins blancs. Un splendide animal, une bête de sexe.

Ses yeux se posèrent sur Alexandra et il poussa un rugissement joyeux.

— Vous êtes encore plus belle qu'à Vienne !

Ses yeux étaient injectés de sang et ses prunelles avaient le flou de celles des gens qui ont trop bu. Sa démarche était légèrement chaloupée. En trois bonds, il fut au canapé et prit la main d'Alexandra, l'arrachant aux coussins sans effort. Il avait presque vingt centimètres de plus qu'elle. Son bras droit se glissa autour de sa taille et il la serra contre lui, sans qu'elle puisse résister. Sa bouche s'écrasa sur la sienne, une langue râpeuse l'envahit avec une forte odeur d'alcool.

Il recula un peu et Alexandra sentit la main descendre de sa taille pour s'emparer de sa croupe callipyge d'une caresse brutale et animale. Il se pencha à son oreille et murmura :

— Depuis que je t'ai vue, j'ai envie de ton cul, *honey !*

Leurs regards se croisèrent. Mais Alexandra lut dans le sien quelque chose de plus que le désir bestial exprimé par son sexe tendu déjà incrusté contre son ventre. Elle eut soudain très peur. Par-dessus son épaule, elle vit Diana qui se dirigeait vers la porte. Elle ferma le loquet et revint vers eux, une lueur excitée dans le regard.

CHAPITRE VIII

Pendant une fraction de seconde, Alexandra eut la sensation qu'un fluide glacial coulait dans ses veines. La main puissante de Tony Pool enserrait toujours sa croupe et son ventre se pressait impérieusement contre le sien. Il sentait le whisky et ses yeux injectés de sang flambaient d'envie. Elle se força à sourire.

— Laissez-moi un peu respirer !

Il relâcha légèrement son étreinte et elle en profita pour se rasseoir sur le divan, reprenant son souffle. Elle ne s'était pas attendue à une attaque aussi brutale. Tony Pool vint se laisser tomber à côté d'elle. Diana les rejoignit et s'installa de l'autre côté d'Alexandra.

— Elle est vraiment belle, fit-elle. Tu as vu ses seins !

Alexandra ne broncha pas, se contentant de dire :

— J'étais juste passée vous voir, je n'ai pas beaucoup de temps.

— Moi, j'ai du temps, fit Tony Pool.

Ses yeux ne quittaient pas les jambes d'Alexandra. Diana gloussa en regardant son pantalon.

— Dis donc, elle te fait de l'effet, ta copine.

Elle se pencha, posa la main sur le tissu et commença à le masser avec un regard complice à l'intention d'Alexandra, développant une érection impressionnante. L'Américain, un sourire béat aux lèvres, se laissait faire. Une de ses grandes mains atterrit sur la cuisse d'Alexandra et remonta la robe avec un sifflement admiratif.

— Tu as de belles cuisses !

Elle l'arrêta au moment où les doigts frôlaient le slip de dentelles, et se leva.

— Je reviens.

Ils ne l'empêchèrent pas de se diriger vers la salle de bains. Alexandra s'y enferma quelques instants, reprenant ses esprits. Comment se sortir de ce guêpier ? Elle maudissait son initiative, maintenant. Il y avait chez Tony et sa compagne une volonté de la terrifier. Elle se raisonna, se disant qu'il ne pouvait rien lui arriver en plein Marbella, dans une suite du *Puente Romano*.

Rien, sauf se faire violer.

C'était peut-être ce qu'ils cherchaient. Faire sortir Malko de sa réserve. Le forcer à se dévoiler. Ils devaient soupçonner quelque chose.

Elle examina la fenêtre de la salle de bains : trop petite pour s'y glisser. Il fallait affronter la situation. Biaiser, ruser. Lorsqu'elle revint dans le living-room, elle s'arrêta net. La tête de Diana était penchée sur Tony Pool et montait et descendait le long du membre qu'elle avait dégagé. Sans aucune gêne, elle s'interrompit et Tony Pool prit le relais, se masturbant lentement, fixant Alexandra avec des yeux de braise. Elle en éprouva un trouble involontaire et violent. Il dut le sentir car il se dressa d'un bond et marcha sur elle.

— Tu m'as dit que tu n'avais pas beaucoup de temps..., dit-il.

Il lui barra le chemin de la porte, comme elle pivotait pour lui échapper, il la rattrapa par-derrière et la colla brutalement contre le mur, la bouche dans le cou et son sexe pressé contre sa croupe.

— Je vais t'enculer, gronda-t-il.

Sa main gauche malaxait sa poitrine, bestialement.

De la droite, il releva la robe déjà hyper courte et l'espace d'un instant Alexandra sentit le sexe brûlant et dur, appuyé contre ses reins. Une vague de panique la submergea.

Tony Pool était assez fort pour la forcer. La voix de Diana lui parvint comme dans un brouillard :

— Prends-la comme ça !

Les yeux jaunes étincelaient d'une joie sadique. Les gros doigts de Tony Pool accrochèrent l'élastique du slip, le tirant vers le bas. Il soufflait comme une locomotive, dans un état d'excitation incroyable.

D'un coup, Alexandra se retourna et plaqua sa bouche contre celle de l'Américain. Surpris, il se détendit, la croyant matée. Le genou rond de la jeune femme partit vers le haut comme un piston de locomotive, écrasant le bas-ventre de Tony Pool qui émit un « han » étranglé. Ses bras retombèrent et il se plia en deux avec un hurlement.

— Salope !

Malgré la douleur, il marcha sur elle, la coinçant entre le mur et le divan.

— Attrape-la ! cria Diana Mangan. Attrape-la !

Alexandra croisa le regard injecté de sang de Tony Pool et se sentit glacée de terreur. Il haletait, la bouche grande ouverte, avec une expression de haine effrayante et d'un désir que le coup de genou n'avait pas altéré. Il allait la violer et peut-être la tuer. Elle se rendit compte qu'elle ne parviendrait jamais à la porte, gardée en plus par Diana.

Son mouvement vers le canapé les surprit tous les deux. Elle eut le temps de plonger la main dans son grand sac blanc, avant de le ramasser.

Du pouce, elle fit sauter le couvercle de la bombe de Solarcaine. Malko lui avait expliqué sa véritable fonction et elle l'avait emportée à titre de précaution, pour se rassurer. Le bras tendu vers Tony Pool, elle cria :

— Laissez-moi passer !

Il se redressa un peu plus, les cheveux dans les yeux et fit un pas dans sa direction.

Elle appuya sur le déclencheur. Un jet de feu partit d'un trait avec un chuintement, passant au-dessus de la tête de l'Américain et retomba, laissant une traînée rougeâtre sur la moquette ! Médusé, Tony Pool s'immobilisa. Alexandra le contourna, la bombe braquée sur lui. Elle n'eut plus besoin de s'en servir jusqu'à la porte.

Son pouls battait à 150, elle dut traverser tout le jardin avant de retrouver un peu de calme. Leur couverture, à Malko et à elle, avait volé en éclats. Une femme normale ne se promenait pas avec un lance-flammes de poche... Mais, c'était ça ou l'horreur. Elle était furieuse de s'être laissée aller à son trouble phantasme.

***

Selim Attalah venait de terminer une longue conversation téléphonique avec son bureau de Vienne concernant la livraison d'armes aux Tamouls, lorsqu'un de ses hommes vint l'avertir que Tony Pool demandait à le voir.

Il n'éprouvait aucune sympathie pour l'Américain, mais on doit quelques égards à un homme qui se prépare à vous donner quinze millions de dollars. Raj Krichna était parti téléphoner en ville, ne voulant pas utiliser les lignes de la villa. Il avait emmené Lucia qui ne le quittait plus. Fascinée par sa force physique.

— Qu'il vienne, dit-il. Apporte du thé.

Huit heures à Marbella, c'était l'heure. On ne dînait pas avant onze heures ou minuit. Quand Tony Pool le rejoignit au bord de la piscine, le Syrien vit tout de suite que quelque chose allait de travers. L'Américain était aussi blanc qu'un navet, avec des reflets verdâtres, comme s'il émergeait d'une cuite monumentale... Il se laissa tomber lourdement sur un pouf et Selim demanda poliment :

— Vous ne vous sentez pas bien ? La nourriture ?

L'Américain adressa à Attalah un regard furibond.

— Ce n'est pas la foutue nourriture ! fit-il d'une voix pleine de rage contenue. C'est votre foutue salope de copine.

Selim Attalah se raidit. L'autre cherchait la bagarre. Il préféra jouer les idiots.

— Lucia ?

Les grandes mains de Tony Pool s'étaient emparées d'une boîte de Coca vide et, machinalement, il broyait le métal.

— Pas cette petite pute. L'autre ! fit-il.

— Ann ?

— *Yeah.*

Il y eut un instant de silence. Les deux hommes étaient également dangereux et vivaient dans le même univers. Tony Pool venait de défier son hôte sur un sujet particulièrement délicat. Le Syrien choisit la diplomatie.

— Expliquez-vous, demanda-t-il calmement.

— J'ai suivi votre copine, Ann, expliqua l'Américain. Elle avait rendez-vous avec un type de la DEA ou une saleté du même genre...

Il raconta tout ce qui s'était passé au Syrien, depuis la balade de la montagne jusqu'à l'affrontement avec Alexandra. Serrant et desserrant ses énormes mains de rage.

Selim Attalah, sous son impassibilité de façade, était atterré. C'était son premier gros pépin depuis qu'il était dans le business des armes. Il avait été mis au courant de l'incident de Vienne par le KGB. Les Soviétiques avaient blâmé les hommes chargés de protéger Raj Krichna pour leur réaction trop violente. Attribuant la surveillance à la CIA. De tels incidents arrivaient parfois et ne signifiaient pas un danger immédiat. Selim rendait trop de services à trop de gens.

Donc l'homme de Vienne mentionné par Tony Pool pouvait être celui qui s'était intéressé à Raj Krichna. Et continuait à le suivre. Fâcheux, mais pas mortel.

L'histoire avec Ann était plus délicate. Si elle était en contact avec l'homme de Vienne, lui-même appartenant probablement à la CIA, cela signifiait que les Américains étaient en train de monter quelque chose contre lui... Pas réjouissant.

— Ce mec était déjà sur mes talons à Vienne ! explosa Tony Pool. Et il est comme cul et chemise avec votre copine. Vous vous rendez compte de ce que cela veut dire ?

Selim Attalah s'en rendait parfaitement compte. Mais il n'avait rien fait d'illégal, ni avec Tony Pool, ni avec Raj Krichna. Après tout, il n'avait pas à demander à ses clients où ils prenaient leur argent. De plus, la fréquentation des Services spéciaux soviétiques lui avait appris la prudence et la réflexion. Son cerveau travaillait à toute vitesse. Ses activités de marchand d'armes étaient connues. Très souvent, différents services s'y intéressaient, plus pour en connaître les tenants et les aboutissants que pour lui mettre des bâtons dans les roues.

Le deal avec le Tamoul devait exciter pas mal de gens... Mais les barbouzes se foutaient éperdument du trafic de drogue.

— Vous avez le nom de cet homme ?

— Il est descendu au *Marbella Club* sous le nom de Linge. Malko Linge.

Ce nom ne disait absolument rien à Selim Attalah, mais il allait se renseigner.

— Je crois qu'il ne faut pas s'affoler, dit-il calmement. Je suis souvent l'objet de surveillance de la part de gens qui ne me veulent pas vraiment de mal. Il faut vivre avec...

Tony Pool le contempla, stupéfait.

— Vous voulez dire que vous n'en avez rien à foutre que votre copine vous balance ? En plus, ce mec doit la baiser !

Selim se sentit devenir écarlate de rage. Ces Américains manquaient vraiment de tact ! Ses doigts cherchèrent sous le coussin de soie la crosse du Herstall à quatorze coups qui ne le quittait jamais. Son mouvement de poignet fut imperceptible, mais le canon de l'arme se retrouva à quelques centimètres du ventre de Tony Pool.

— Je n'aime pas que l'on m'insulte chez moi, dit-il d'une voix blanche. Je vais vous demander de quitter ma maison immédiatement.

Tony Pool sonda son regard et réalisa qu'il avait affaire à un vrai tueur. Comme lui. Capable de le flinguer instantanément sur une mauvaise impulsion. Il se leva avec une lenteur volontaire, les yeux étincelants de rage.

— OK, fit-il, je m'en vais. Mais vous direz au « Singe » qu'il n'y a plus de deal et qu'il a intérêt à me rendre mon million de dollars s'il veut remonter un jour dans ses cocotiers.

A grandes enjambées, il se dirigea vers la grille. Selim Attalah, après un instant de réflexion, lança un ordre en arabe et un de ses hommes surgit, Uzi au poing, barrant la route à Tony Pool. Celui-ci s'arrêta net et secoua la tête, revenant vers le Syrien.

— Non, mais je rêve ! Vous allez me flinguer ou quoi ? Vous savez qui je représente. Donald Mills ! Ça ne vous dit rien ? Il est capable de foutre en l'air vous et votre belle baraque en dix secondes. Je vais...

— Calmez-vous, fit Selim Attalah, blanc comme un linge. Je me suis emporté. Revenez vous asseoir. Nous ne sommes pas des enfants...

De mauvaise grâce, l'Américain obéit, le regard noir. Selim alluma une cigarette et but un peu de thé.

— Je voulais seulement dire que nous ne pouvons

pas nous mettre à liquider des gens sans savoir qui ils sont, expliqua-t-il. Nous sommes en Espagne, un pays qui tolère beaucoup de choses, mais pas toutes. En plus, ma situation n'a rien à voir avec la vôtre.

Il entreprit de l'expliquer à Tony Pool qui l'écouta, se maîtrisant peu à peu.

— OK, fit-il, je comprends. Mais moi, je vais vous dire une chose. La DEA veut m'épingler depuis des années. Alors, je ne prends pas de risques. J'ignore pour qui travaille ce Linge, mais sûrement pas pour des copains. Donc, je préfère me retirer du deal...

— C'est idiot.

— C'est encore plus idiot de se retrouver vingt ans dans un pénitencier, fit Tony Pool.

Les millions de dollars de commission s'envolaient en fumée.

— Qu'est-ce que vous exigez pour rester? demanda Selim.

Tony Pool le fixa longuement et dit :

— Qu'on la neutralise.

Dans sa bouche, cela évitait les commentaires. Selim comprit parfaitement qu'il parlait de la liquidation physique d'Ann Grimm.

— On ne peut rien faire tant qu'on n'a pas une preuve, remarqua-t-il. Je connais Ann depuis longtemps.

Tony eut un sourire mauvais.

— Une preuve ? Eh bien, on va vous en donner une...

***

Malko et Alexandra s'affrontaient du regard. Lui n'arrivait pas à détacher ses yeux des bleus qui marbraient ses cuisses et sa poitrine. Les doigts de Tony Pool étaient des pinces d'acier. Elle les avait découverts en se déshabillant.

— Le salaud ! explosa Malko.

— Pardonne-moi, j'ai été idiote, fit Alexandra, penaude. Sans ton gadget, j'étais au minimum violée...

Malko ne répondit pas. Ivre de rage. Par moments, Alexandra était imprévisible.

— Tu vas rentrer à Vienne, dit-il.

Alexandra haussa les épaules.

— C'est un peu tard. Au point où nous en sommes !

Tony Pool savait maintenant qu'ils n'étaient pas des touristes comme les autres. Et il allait en tirer des conclusions immédiates. Probablement tout annuler.

Malko regarda le corps plein d'hématomes d'Alexandra et fut submergé d'un sentiment confus, fait de tendresse, de désir et de jalousie. Il s'avança et la prit dans ses bras.

— Ne fais plus jamais ça.

Elle répondit à son étreinte et c'est elle qui l'embrassa.

— C'était juste un jeu, murmura-t-elle alors qu'il l'entraînait doucement vers le lit.

*
**

Lorsqu'Ann Grimm arriva comme presque tous les matins vers onze heures dans la maison de son amant, ce dernier était en train de jouer au backgammon avec Tony Pool, observés par Raj Krichna et Lucia, enroulée contre lui, nue à l'exception d'un minuscule slip doré, ses longs cheveux cachant en partie ses seins pointus... Le Tamoul avait vraiment un corps de gorille et ne manquait pas de charme, avec son éblouissant sourire un peu crispé. Jamais, il n'avait été à telle fête et il n'arrivait pas à se rassasier du corps docile de Lucia.

Selim se leva pour accueillir Ann et la pressa contre lui.

— J'ai une bonne nouvelle, annonça-t-il.

— Ah bon ? Quoi ?

— Nous partons en voyage avec nos amis. Demain matin.

Elle s'installa et demanda, un peu étonnée :

— En voyage ! Où ?

— A Tanger.

— A Tanger, mais pourquoi ?

Selim prit l'air mystérieux.

— Nos amis ont besoin d'un bateau rapide. Ils ne veulent pas en louer. Je vais mettre à leur disposition mon Cougar... Avec ça, nous sommes à Tanger en deux heures, si la mer est belle. Ça nous fera une balade et on ira manger un couscous.

Ils continuèrent la partie de back-gammon, et Ann s'installa au bord de la piscine. Ils déjeunèrent vers trois heures et tout de suite après le café, Ann annonça :

— Je vais aller préparer mes affaires pour demain matin et acheter un truc ou deux.

A peine fut-elle levée que Selim en fit autant. Avec son sourire le plus sexy, il la prit par la main.

— Viens.

Il l'entraîna jusqu'à son appartement et se jeta littéralement sur elle, lui arrachant sa courte jupe. Amusée, elle le laissa faire. Il écarta ses longues jambes en compas, et plongea dans son ventre à la faire éclater. Ils roulèrent sur l'épaisse moquette blanche et il continua à la pilonner. Puis il l'assaillit par-derrière, l'appuyant au lit très bas. Lorsqu'elle sentit son sexe se frayer un chemin vers ses reins, elle cria :

— Arrête, doucement !

Il ne l'écouta pas et la viola d'un seul coup qui lui arracha un hurlement de douleur, puis un éclair de plaisir. Déjà, les doigts crispés dans la chair élastique de ses hanches, il allait et venait furieusement, explosant très vite avec un grondement rauque.

Ann Grimm reprit son souffle.

— Qu'est-ce qui te prend ? demanda-t-elle, encore douloureuse et secrètement flattée de cet assaut.

— J'avais très envie de toi, dit-il.

Ses yeux souriaient et il l'embrassa, longuement, avant de la laisser partir.

***

Ann Grimm s'aperçut qu'elle était suivie en s'engageant dans la voie menant à Port Banus. C'était Diana, au volant de la BMW de location des Américains. Le cœur de la jeune femme se mit à battre plus vite. Elle n'aimait pas cela. Le soudain voyage à Tanger, l'empressement inhabituel de son amant et même le sourire chaleureux de Tony Pool. Elle se demanda quelle faute elle avait commise, continua comme une automate. Jusqu'à la barrière du port, levée pour une fois.

Plus question d'aller à l'appartement où l'attendait Malko. Elle se gara en face du bar *Sinatra* et partit à pied vers la capitainerie, flânant devant les boutiques, cherchant une échappatoire... Finalement, elle entra dans une boutique de bijoux fantaisie où elle choisit des boucles d'oreilles. Dans la glace, elle avait vu Diana. Pendant que la vendeuse emballait son paquet, elle demanda :

— Je peux téléphoner ?

Elle composa le numéro de son appartement. Pourvu qu'il réponde ! Au bout de quinze sonneries, elle dut raccrocher. Elle ressortit de la boutique et fit quelques pas. Brutalement son cœur lui remonta dans la gorge. Malko venait d'émerger de l'appartement. Probablement alerté par son coup de téléphone, il se dirigeait vers sa Seat. Diana se trouvant à vingt mètres derrière...

CHAPITRE IX

Malko aperçut Ann Grimm au moment où elle sortait de la bijouterie. Le coup de téléphone l'avait intrigué, mais il pouvait être destiné aux locataires absents. Il se souvint de ce qu'elle lui avait dit et au lieu de marcher vers elle, il s'arrêta devant la vitrine d'une agence de voyages. Il l'observa dans le reflet et sentit dans son attitude une tension inhabituelle. Le visage sévère, elle gardait la tête un peu baissée, comme pour éviter les regards.

Il y avait un problème... Elle arriva à sa hauteur et ils se frôlèrent. Au passage la jeune femme lança d'une voix tendue :

— Attention à la fille en noir ! A tout de suite dans la montagne.

Elle continua vers sa voiture et y monta. Malko flâna encore un peu le long des boutiques, la gorge serrée par l'angoisse. Persuadé que l'incident entre Alexandra et Tony Pool était la cause de ce qui se passait.

Il se força à aller jusqu'à la tour abritant la capitainerie avant de récupérer sa voiture au parking. Le soleil disparaissait déjà derrière les montagnes mais la nuit ne tombait guère avant dix heures.

Pour donner le change au cas où il aurait été surveillé lui aussi, il commença par filer en direction de Marbella, se traînant de feu rouge en feu rouge. Il grilla le dernier pour virer brutalement à gauche et plonger dans les ruelles étroites de la vieille ville aux maisons andalouses. Pendant plusieurs minutes, il sillonna les rues étroites, s'assurant qu'il n'avait pas été suivi, puis repartit en sens inverse vers San Pedro. Le cœur serré. Son angoisse s'accrut en passant devant le grand immeuble aux terrasses dégoulinantes de verdure au coin de la Calle 2 B montant vers Nueva Andalucia. Pourvu qu'Ann vienne au rendez-vous...

La route de Ronda lui sembla sinistre. Il s'engagea dans le chemin traversant la propriété de Khashouggi avec une impression de malaise. Des mouflons l'observaient des crêtes, comme s'il allait leur apporter à manger. Il gagna l'endroit habituel de leurs rendez-vous, vérifia son arme, coupa son moteur et sortit de la voiture. La plus grande prudence s'imposait. Grimpant un talus, il alla s'installer derrière une auge de fourrage, vide, entourée de cerfs faméliques. Il n'y avait plus qu'à attendre.

***

— Tu as fait un bon shopping ?

Selim Attalah souriait, mais ses yeux étaient froids et durs, comme lorsqu'il s'apprêtait à tuer. Ann Grimm en fut glacée. Il avait surgi de son portail dans la Calle 21 B au moment où elle se garait. De sa terrasse il pouvait la voir passer en contrebas, dans la Calle 2 B. Deux de ses hommes étaient vautrés dans la Rolls dorée garée le long du trottoir. Soudain, Ann éprouva une peur viscérale. Le Syrien était trop calme, trop souriant. Elle le revit s'enfonçant brutalement dans ses reins.

Comme si c'était la dernière fois.

De la musique mexicaine jaillissait de la Rolls décapotable. De joyeux mariachis. Ann réalisa qu'elle n'avait aucun paquet.

— Je n'ai rien trouvé, fit-elle.

Consciente que sa voix n'était pas normale.

— Viens boire un verre, proposa Selim Attalah.

Ann Grimm eut tout à coup la certitude que si elle entrait dans la maison du Syrien, elle n'en ressortirait pas vivante. Au début, elle avait cru que l'idée de la filer venait de Tony Pool. Maintenant, elle était certaine que Selim était au courant.

— J'arrive, fit-elle. Je me change et je prends une douche.

— A tout de suite, fit Selim d'un ton caressant.

Il la regarda s'engouffrer dans la petite maison où il avait jadis vécu et rentra chez lui.

Ann Grimm s'effondra sur un canapé, calmant les battements de son cœur. Terrifiée et perdue. Jusqu'ici sa mission pour la CIA avait été plutôt agréable, même si elle comportait de grands risques. Elle n'avait jamais contré directement les intérêts du Syrien. Elle avait toujours cherché à se persuader que s'il découvrait ses liens avec la CIA, il hésiterait quand même à la liquider avec sa férocité habituelle. Pour un homme comme lui, un contentieux sérieux avec la CIA était un ultime qu'il valait mieux éviter. Maintenant, le contexte était différent : elle intervenait directement dans une affaire importante pour lui. Et il y avait Tony Pool. Un tueur brutal qui se moquait de la CIA.

Allongée sur son canapé, elle s'assoupit à moitié, épuisée par la tension nerveuse.

La nuit commençait à tomber. Elle se secoua et regarda sa montre. Dix heures moins le quart. Si elle restait, elle jouait à la roulette russe avec sa peau. Elle devait coûte que coûte transmettre l'information qu'elle détenait. Malko n'avait peut-être pas attendu dans la montagne. Il fallait prendre le risque de l'appeler. Elle décrocha son téléphone.

Rien. Pas de tonalité.

Elle raccrocha, la gorge serrée. Bien sûr, cela

arrivait parfois à Marbella. Côté téléphone, les Espagnols en étaient encore à l'âge de pierre... Mais c'était quand même une coïncidence troublante.

Sa décision fut prise sur-le-champ. Aller au rendez-vous et faire le point avec Malko Linge. La peur l'avait reprise. Elle calcula qu'il lui faudrait à peine plus d'une demi-heure pour faire l'aller et retour. Avec un peu de chance, Selim ne s'apercevait de rien. Avant le dîner, il était dans son sauna ou dans ses appartements.

Elle entrouvrit la porte. Le silence était retombé dans la Calle 21 B. Les deux gardes du corps dans la Rolls avaient disparu. Ann se glissa au volant de son Escort, garée un peu plus bas et desserra le frein à main. La rue étant en pente, la voiture se mit en route. La Calle 21 B tournait au fond en épingle à cheveux, remontant à l'autre côté des maisons qui la bordaient. Ce qui lui évitait de passer devant la propriété de Selim Attalah. Elle ne se sentit quand même tranquille que noyée dans la circulation de la route de San Pedro. A San Pedro, elle trépigna derrière l'embouteillage habituel, pour foncer enfin sur la route de Ronda.

Elle avait parcouru environ un kilomètre depuis l'embranchement lorsqu'elle aperçut une moto derrière elle. Parfois, les gens du pays utilisaient ce raccourci. Ou les employés de Khashouggi. Elle serra à droite et ralentit.

Nouveau coup d'œil dans le rétroviseur. Il y avait deux personnes sur la moto portant des casques intégraux. Ils se rapprochaient à toute vitesse. Le cœur d'Ann Grimm bondit dans sa poitrine.

Elle lâcha le frein et accéléra désespérément, mais la grosse moto était infiniment plus puissante que sa Ford Escort. L'engin arriva à sa hauteur. Assourdie par le grondement de son moteur, Ann vit un bras tendu avec un pistolet qui lui parut énorme.

Elle entendit une voix hurler :

— Mets-lui ! Mets-lui !

Puis une détonation terrifiante.

*
**

La balle, après avoir traversé le cerveau, s'écrasa contre le maxillaire droit. Ann Grimm n'entendit pas le deuxième coup de feu. Elle était déjà morte. D'un ultime réflexe, elle avait freiné brutalement. La Ford Escort cala, juste au bord du fossé et la jeune femme s'effondra contre son volant, en se fendant la bouche, mais cela n'avait plus d'importance. La moto s'arrêta. Le passager courut jusqu'à la Ford, l'arme braquée, mais se rendit compte qu'Ann avait cessé de vivre. Il regarda autour de lui. Le bruit de la moto avait masqué celui de la détonation. Et ils se trouvaient à un kilomètre de la route de Ronda. Seuls quelques cerfs avaient assisté au meurtre…

Le conducteur de la moto décrocha de sa ceinture un walkie-talkie.

— C'est fait, annonça-t-il.

Il écouta la réponse, remit son engin en route, son compagnon remonta en selle et ils repartirent. La nuit était presque tombée, mais il n'alluma pas son phare.

Trois minutes après leur départ, une Mercedes 230 surgit de la route de Ronda et s'arrêta près de la Ford Escort. Deux hommes en sortirent et ouvrirent le coffre. Quelques instants plus tard, le corps d'Ann Grimm était tassé dedans. L'un d'eux prit le volant de l'Escort et fit demi-tour. L'autre exécuta la même manœuvre avec la Mercedes. A l'entrée de San Pedro, l'Escort prit à gauche, évitant la traversée du village.

*
**

Malko attendait depuis plus de trois heures. Son angoisse grandissait à chaque minute. La nuit était pratiquement tombée et les animaux étaient de plus en plus nombreux autour de lui, bramant comme des malheureux. Un mouflon était venu le renifler, intrigué par son immobilité.

Soudain, il entendit un bruit de moteur et se redressa. C'était une moto. Qui arrivait dans sa direction. A cette heure tardive, il y avait peu de chance que ce soit un paysan empruntant ce raccourci pour regagner la route de Ronda. Sa méfiance augmenta encore lorsqu'il vit que l'engin roulait sans phare.

La moto s'arrêta à quelques mètres de sa voiture. Le passager sauta à terre, un court pistolet-mitrailleur au poing. Un pointillé jaune troua l'obscurité et la lunette arrière de la Seat vola en éclats... Puis le tueur se rua à la hauteur de la portière avant gauche, tout en lâchant une nouvelle rafale.

Le reste du chargeur y passa. Le silence retomba. Le tueur se pencha alors à l'intérieur de la voiture, et réalisa enfin qu'elle était vide ! A cause des hauts dossiers des sièges, il n'avait pu s'en rendre compte. Il revint vers son compagnon. Les animaux s'étaient dispersés dans tous les sens, effrayés par les détonations.

Les deux hommes se concertèrent quelques instants, scrutant la pénombre des collines, puis durent décider qu'il leur était impossible de retrouver quelqu'un. Le tueur remonta sur son tan-sad et l'autre fit demi-tour, relançant sa moto dans un grondement de tonnerre.

Malko arracha son revolver de son holster et dévala la pente en courant. La moto arrivait vers lui, en contrebas. Tenant son « Deux-pouces » à deux mains, les bras tendus, il appuya cinq fois sur la détente, à toute vitesse. A cette distance, atteindre un objet en mouvement relevait du miracle. Pourtant, il vit le passager du tan-sad rejeté en arrière, touché par un projectile. Il faillit tomber, puis se rattrapa au conducteur de justesse. La moto s'éloigna à pleine vitesse. Malko entendit le bruit de son moteur décroître jusqu'à n'être plus qu'un murmure. Il rechargea rapidement son barillet et descendit la pente, mort d'inquiétude. L'attaque dont il avait été l'objet signifiait qu'Ann Grimm avait été découverte.

Où se trouvait la jeune femme ?

Sa Seat était trouée comme une écumoire, le tableau de bord éclaté, le pare-brise opaque. Par chance, les projectiles n'avaient touché aucun organe vital. Il ôta ce qui restait du pare-brise, alluma ses phares et fit demi-tour.

Quand il émergea sur la route de Ronda, la nuit était complètement tombée.

Au lieu de reprendre la grande route de Marbella, il contourna San Pedro par un chemin serpentant entre les *urbanizaciones* qui le fit déboucher dans le haut de Nueva Andalucia. Il voulait en avoir le cœur net. Les avenues du lotissement étaient désertes. Il trouva facilement la Calle 21 B et la prit par le bas. Une Rolls et deux Mercedes étaient garées devant la résidence de Selim Attalah. Juste derrière se trouvait l'Escort décapotable bleue d'Ann Grimm. Capote baissée. Il y avait de la lumière chez elle.

Vaguement rassuré, Malko redescendit par la Calle 21 B. Priant pour qu'Ann Grimm lui donne signe de vie. Après l'assaut dont il venait d'être victime le pire était à craindre.

*
**

Abdu, allongé sur le lit de Selim Attalah, était en train de mourir. Sa tension baissait régulièrement. La balle de Malko était entrée près du mamelon droit et ressortie dans le dos, ratant l'artère pulmonaire d'un cheveu. Il avait les lèvres pincées, le teint livide, et, à chaque respiration, un affreux gargouillis sortait de sa blessure. Tony Pool, les yeux glacés, attira le Syrien à l'écart et lui glissa à l'oreille :

— Il va y passer. On ne peut pas l'emmener à l'hôpital.

Selim Attalah tira nerveusement sur sa cigarette. Avec une furieuse envie de loger un chargeur dans le ventre de l'Américain. Sa brillante idée se terminait en déroute. Certes, ils avaient identifié une indicatrice, l'avaient liquidée, mais l'homme de Vienne, lui, était toujours vivant, avait vu les tueurs et se doutait qu'il était arrivé quelque chose à Ann Grimm. Et, en plus, Abdu, un de ses hommes les plus sûrs, était fichu. Il avait mis le doigt dans un engrenage catastrophique... Sur le lit, Abdu gémit, sa respiration se fit de plus en plus sifflante et rapide. Puis s'arrêta, brutalement, comme on éteint un poste de radio.

— *Shit !* murmura Tony Pool.

Le Syrien ne dit rien, écumant intérieurement de rage, mais lucide. Le problème du cadavre d'Ann Grimm avait été résolu. Celui d'Abdu en posait un autre.

Il se tourna vers Hussein et ses trois copains qui observaient leur ami.

— Prenez-le, mettez-le dans un drap et allez l'enterrer dans la montagne, le plus loin possible. Que quelqu'un reste dans la maison d'en face et réponde au téléphone que la Señora Grimm est partie pour quelques jours.

Puis, il entraîna Tony Pool dans son bureau et ferma la porte à clef.

— Nous sommes dans une foutue merde à cause de vous. Qu'est-ce que vous avez l'intention de faire ?

L'Américain lui adressa un regard glacial, un peu méprisant.

— Rien, fit-il. On ne modifie pas nos plans.

Selim Attalah avait de l'estomac, mais là, c'était trop. Il explosa :

— Vous êtes fou ! Ce type, Malko Linge est ici sur

notre dos. Nous ignorons quelles informations a pu transmettre Ann, ni pour qui elle travaillait exactement.

Tony Pool ne se laissa pas troubler.

— OK, dit-il. La fille n'a pas pu transmettre l'essentiel : où nous allons faire notre truc. Puisque vous ne le saviez pas vous-même. Ensuite, nous avons encore deux jours devant nous. Cela m'étonnerait que ce type aille trouver les Espagnols. C'est un clandestin, comme nous. Sinon, les flics seraient déjà ici.

« Le tout sera de décarrer discretos d'ici. (Il se tut un instant et ajouta :) Et même s'ils nous suivaient, ces enfoirés ne verraient rien !

Il semblait si sûr de lui que les résolutions du Syrien vacillèrent. Tony avait certes raison sur plusieurs points. Pour sa part, il pensait que Malko Linge travaillait pour la CIA, pas pour la DEA. Ce qui, en un sens, était moins dangereux... De toute façon, il n'y avait qu'une alternative : ou tout abandonner et faire une croix sur plusieurs millions de dollars. Ou continuer, en dansant sur un volcan. Tony Pool tendit la main avec un sourire.

— Dix mille dollars que j'ai raison.

Ils le sauraient hélas trop tard. Selim avait quand même une boule dans la gorge. Il avait beaucoup tué et encore plus fait tuer. Mais jamais des gens protégés par un grand service.

— Il ne faut pas parler à Krichna de ce qui est arrivé ce soir, conseilla-t-il.

— Evidemment, approuva Tony Pool.

Les deux hommes se regardèrent, pensant à la même chose. Il y avait une différence fondamentale entre eux et le Tamoul. Pour lui, il rendait seulement service à son Mouvement, sans encaisser un sou. Eux allaient gagner plusieurs millions de dollars. Cela valait quelques risques.

***

Les haut-parleurs de la piscine du *Marbella Club* demeuraient désespérément muets. Malko avait été plusieurs fois rôder dans Nueva Andalucia. La Ford Escort d'Ann Grimm n'avait pas bougé. Mais la jeune femme ne donnait aucun signe de vie.

Tenu informé, Ron Clark recommandait la prudence. C'était une procédure courante pour un informateur démasqué de faire le mort pendant un certain temps. Evidemment, ça tombait mal...

Malko et lui, d'un commun accord, avaient décidé de laisser les Espagnols en dehors du coup. Si Ann Grimm était morte, cela ne la ressusciterait pas et cela se traduirait par l'expulsion immédiate de Malko.

Ce dernier, profitant de la nuit, était allé garer la Seat criblée de balles dans le parking souterrain de Porto Banus et avait envoyé dès le matin Alexandra en louer une seconde. Dès qu'il en avait pris livraison, il était retourné au parc des animaux. Aucun signe de Diana. Quelques douilles par terre rappelaient l'attentat dont il avait fait l'objet. Il avait quand même attendu une heure, dans une chaleur terrifiante. Puis, sur le port, il avait flâné autour de la boutique de Lily Boo. Sans plus de résultat.

Evidemment, tout cela n'était pas très significatif. Mais son angoisse grandissait. Une petite voix lui disait qu'il ne reverrait pas Ann Grimm vivante. Il s'accrochait pourtant à un maigre espoir : Selim Attalah ne pouvait pas se conduire ici comme à Beyrouth... Il était revenu au *Marbella Club* où Elko Krisantem vint lui rendre compte de ses dernières observations.

— Les Américains sont toujours dans leur suite, au *Puente Romano,* annonça-t-il. La femme est dehors sur la terrasse. Et j'ai peut-être un contact intéressant.

— Qui ?

— Vendredi, à la mosquée, j'ai rencontré plusieurs types. Des Libanais. On a bavardé. D'après ce qu'ils m'ont dit, ils travaillent pour Attalah. Je devais les revoir hier soir, sur le port, mais ils ne sont pas venus. Je vais retourner à la mosquée.

— Continuez, conseilla Malko, mais soyez très prudent.

Il rejoignit Alexandra sur leur terrasse. Somptueuse dans un maillot argent qui semblait en métal mais qui, hélas ne cachaient pas ses hématomes. Furieuse de ne pouvoir aller à la plage.

— Combien de temps restons-nous ici ? demanda-t-elle.

— Je n'en sais rien, avoua Malko.

Tant qu'il ne connaîtrait pas l'information que devait lui transmettre Ann Grimm, il était cloué à Marbella.

Le *Kapitan Yakovlev* se trouvait, au dernier point, en pleine Méditerranée, à deux ou trois jours du détroit de Gibraltar, se déplaçant à une vitesse de dix nœuds.

Malko commençait à douter de tout. Et si Greg Bautzer avait raison ? Raj Krichna et Tony Pool pouvaient avoir été invités par Selim Attalah pour des raisons qu'il ignorait. Sans que cela implique une opération dans les parages de Marbella. Le Syrien devait plutôt tenir à ne pas se faire remarquer par les Espagnols. D'un autre côté, l'attaque dont Malko avait été victime était significative. Selim Attalah n'avait aucun intérêt à affronter directement la CIA. Sauf, urgence, pour protéger une opération importante. Dans ce cas, il gardait Ann Grimm en otage. Privé d'informations, Malko était en plein brouillard.

Malko s'accrocha à l'espoir qu'avait fait naître Krisantem. Un homme aussi en vue que Selim Attalah, même s'il était totalement athée, devait aller régulièrement à la mosquée, pour ne pas se mettre à dos les sourcilleux Mahabites saoudiens et les Fous de Dieu iraniens. Tous clients potentiels.

Alexandra contemplait d'un air morose la mer sans une ride où évoluaient quelques « Cigarettes » dans des sillages d'écume impressionnants.

Si, dans deux jours, le *Kapitan Yakovlev* franchissait le détroit de Gibraltar, sans faire escale, il n'aurait plus qu'à filer sur Rotterdam.

***

Raj Krichna se grattait nerveusement, étendu nu sur le lit de Lucia qu'il venait de pilonner comme un malade. La jeune Espagnole s'était pliée à son assaut avec son indifférence habituelle. Comme elle avait accepté la montre « Panther » offerte par le Tamoul sur la caisse du PLOT. Il fallait bien que les cotisations des militants servent à quelque chose. Pourtant, Raj, quand il lui faisait l'amour, sentait maintenant parfois un frémissement, des réactions de son corps. Comme si elle y prenait secrètement du plaisir. Il savait qu'il serait parti dans trois jours au plus et il n'avait pas encore parlé à Selim Attalah de son projet d'emmener Lucia. A la jeune fille non plus, mais étant donné sa docilité, il imaginait que cela ne poserait pas de problème. Depuis longtemps, Raj Krichna ne vivait plus dans la jungle du Sri Lanka, mais dans les hôtels de luxe d'Europe et d'Asie. En tant que responsable de la Résistance Extérieure, comme on disait pudiquement.

Lucia sortit de la douche et revint s'agenouiller près de lui, s'amusant espièglement à frotter les pointes de ses seins en obus contre son sexe au repos.

Il prit ses cheveux noirs réunis en queue de cheval et attira son visage près du sien.

— Est-ce que tu m'aimes ?

Elle sourit.

— Oui.

— Et Selim ?

— Je l'aime aussi.

C'était le flou dans sa tête. Raj Krichna dissimula sa déconvenue. Lucia s'était allongée contre lui et bougeait doucement. Lui administrant un body-massage. Machinalement. Il lui parla de nouveau.

— Tu aimerais voyager ?

— Oh oui !

— Où ?

— Je ne sais pas.

— Avec moi ?

— Si tu veux.

Une poupée de son.

— Tu n'as pas de famille ?

— Si.

— Où est-elle ?

— A Marbella. Ils travaillent.

— Tu as envie de les revoir ?

— Non.

On aurait dit que toutes ces questions l'agaçaient. Raj Krichna la prit dans ses bras, lui caressant le dos, la naissance des reins, puis sa croupe ferme. Lucia s'étira comme une chatte heureuse et son visage sensuel s'éclaira d'un sourire plus vivant.

— Toi, je t'aime bien, dit-elle soudain, tu es très doux et gentil. Les autres, ils ne sont pas comme ça.

Fou d'amour, Krichna sentit son désir revenir. Pendant une fraction de seconde, il effleura un rêve fou : prendre l'argent de la drogue et filer au bout du monde avec Lucia... Mais ses amis le retrouveraient et le jetteraient vivant dans la chaudière d'une locomotive, comme on faisait à Shanghaï, en 1937, avec les communistes.

Et personne ne sortait vivant de la chaudière d'une locomotive.

Il se leva, passa un pantalon et un T-shirt. Au

terme de cette journée décisive, il allait mettre au point les derniers détails du délicat transfert : héroïne contre dollars.

*
**

Selim Attalah jouait distraitement avec son chapelet d'ambre. Un geste qui lui calmait les nerfs. Aucune réaction extérieure à la disparition d'Ann Grimm. Chaque heure qui passait éloignait le danger. Tony Pool, qui surveillait discrètement l'homme de Vienne, lui assurait qu'il ne bougeait pas de son hôtel. Mais le Syrien, en dépit de sa dureté, éprouvait quand même un vague regret en pensant à la jeune femme. Sans la pression de Tony Pool, il n'aurait pas pris une mesure aussi radicale. Sa gêne était teintée d'admiration : penser à quel point la jeune femme l'avait manipulé. Lui qui était tellement méfiant...

En sus de cette déception d'amour-propre, il y avait une question brûlante à laquelle il n'avait pas de réponse. La « manip » visait-elle ses activités en général ou l'affaire Krichna ?

Si c'était le cas, il le saurait trop tard.

Il se jura que si tout se passait bien il se tiendrait tranquille après cela. Il irait passer quelques mois en Syrie ou en Union Soviétique. Les Polonais l'avaient relancé deux fois depuis le début de la semaine. La cargaison destinée à Krichna était prête.

Il ne manquait plus que les dollars...

Raj Krichna surgit et vint s'installer près de lui.

— Quelles nouvelles ? demanda le Syrien.

L'autre partait souvent en ville donner de mystérieux coups de téléphone et il ignorait de quelle façon il demeurait en contact avec le *Kapitan Yakovlev*. De toute façon, cela passait par les réseaux du KGB et devait être très compliqué. Le Tamoul était néanmoins serein.

— Tout va bien. Tout sera terminé au milieu de la semaine prochaine, annonça-t-il.

Selim Attalah arrêta le mouvement de son chapelet d'ambre. On était lundi.

— Vous voulez dire que vous aurez livré votre marchandise.

— Oui.

— Ici ?

— Non. C'est pourquoi j'ai besoin de vous.

Aie ! Selim sentit qu'il allait mettre un doigt de plus dans l'engrenage. Réalisant soudain que Tony Pool et le Tamoul s'étaient peut-être entendus pour l'utiliser.

Raj Krichna, avec son sourire charmeur, commença à lui expliquer ce qu'il attendait de lui. En théorie, ce n'était pas terrible. Mais, étant donné ce qui s'était passé, cela devenait un risque inouï.

*
**

Elko Krisantem frappa avant d'entrer dans le bungalow où Malko se creusait la tête, essayant de trouver un moyen de découvrir le sort d'Ann Grimm. La jeune femme avait disparu depuis trente-six heures. Il ignorait même son téléphone et elle n'était pas dans l'annuaire. Sa voiture se trouvait toujours devant chez elle.

Selim Attalah pouvait l'avoir liquidée ou la garder en otage.

Ron Clark penchait plutôt pour la seconde hypothèse. Malko pour la première. Le Turc apportait peut-être des nouvelles.

— J'ai revu mes copains, annonça-t-il.

Il était dans un état d'excitation qui ne lui ressemblait pas.

— Vous avez trouvé quelque chose sur Ann Grimm ? interrogea Malko, plein d'espoir.

— Non, fit Elko Krisantem, mais j'ai appris que Selim Attalah part à Gibraltar après demain !

CHAPITRE X

— Gibraltar ! fit Malko. Comment l'avez-vous su ?

— Par celui dont j'ai fait la connaissance à la mosquée et qui travaille pour Attalah, dit Elko Krisantem. Un certain Hussein. Un chiite libanais très pieux. Il devait venir hier soir et je l'ai retrouvé aujourd'hui sur le port.

Malko était intrigué : Gibraltar, c'était une possession britannique où les Anglais contrôlaient tout sans partage. Le dernier endroit où faire escale pour un cargo soviétique embringué dans un trafic clandestin. Algesiras, le grand port espagnol en face du rocher de Gibraltar eut été beaucoup plus indiqué. Ou Tanger où les douaniers marocains étaient nettement moins chers à corrompre que les Espagnols... Gibraltar grouillait de gens du M 16, d'écoutes radio, sonar, d'agents de renseignement...

— Qu'avez-vous appris exactement ? dit Malko.

— Hussein n'était pas content parce qu'il est obligé de partir pour Gibraltar après-demain et qu'il a le mal de mer. Selim Attalah possède un bateau qui se trouve à la Marina de Marbella. Un Cougar qui va très vite. Ils ne mettent que quarante-cinq minutes si la mer est belle. Il paraît qu'il va assez souvent à Gibraltar faire du shopping, acheter des cachemires.

— Qui se rend à Gibraltar avec Attalah ?

— Je ne sais pas, fit le Turc. Je n'ai pas osé lui

poser la question. Mais je dois le revoir ce soir, à la cafétéria du restaurant *Antonio*.

— Il faut en savoir plus. Combien de temps ils restent là-bas, à quel moment ils partent. Et surtout qui y va. Essayez de le faire parler d'Ann.

— Bien sûr, fit Krisantem ravi de reprendre du service. Je lui ai dit que je travaillais pour des Allemands qui avaient loué une maison à côté du *Marbella Club*.

***

— Gibraltar ! Cela me paraît très bizarre.

Ron Clark partageait la perplexité de Malko. Heureuse coïncidence, c'est lui qui venait d'appeler afin de communiquer à Malko la dernière position connue du *Kapitan Yakovlev*. Le porte-containers soviétique était environ à 400 milles du détroit de Gibraltar. Rien dans les messages radio interceptés par la CIA ne permettait de prévoir une escale à Gibraltar. Il pouvait aller sans ravitaillement jusqu'à Rotterdam, sa destination finale. Les Soviétiques emportaient toujours de Russie tout ce qui leur fallait.

— Moi aussi, dit Malko, je trouve cela curieux. Mais je ne vais pas rester ici à me tourner les pouces.

— Nous avons peu d'infrastructures à Gibraltar, fit l'Américain. Vous serez branché sur notre COS là-bas qui est semi-clandestin. Il vous aidera avec les « Cousins (1) ».. Ils sont très susceptibles sur le « Rock » et vous repéreront rapidement. Je ne veux pas leur en dire trop. Je me méfie d'eux comme de la peste. Comment allez-vous à Gibraltar ?

— Bonne question, dit Malko. Je me demande si le mieux ne serait pas de louer un bateau. Après tout, cette opération risque de se dérouler en mer.

(1) Les Services secrets britanniques.

— Un gros ? demanda avec inquiétude Ron Clark.
— Pas avec des rames, répliqua Malko. J'ai besoin d'un bateau rapide.

L'Américain eut un soupir résigné.

— OK, j'espère que cela servira à quelque chose.
— Merci de vos encouragements, fit Malko. Avez-vous des nouvelles de Greg Bautzer ?
— Bien sûr ! Il a mis Rotterdam en état de siège.
— Vous le tenez au courant de ce dernier développement ?
— Attendons que le *Kapitan Yakovlev* soit à Gibraltar, répondit Ron Clark mi-figue mi-raisin. Il sera toujours temps de lui mettre le nez dans son caca... Et Ann ?
— Toujours rien, dit Malko.

Pendant quelques instants on n'entendit que le fond de la communication. Malko rompit le silence pesant :

— Supposons que la livraison de drogue s'effectue à Gibraltar. Que dois-je faire ? Lorsque Krichna aura l'argent, il sera beaucoup plus difficile d'intervenir.
— Rendez-moi compte au fur et à mesure, finit par dire Ron Clark embarrassé. Si, vraiment, il n'y a pas moyen de mener une opération clandestine, nous mettrons les Cousins sur le coup.

Malko raccrocha. Pour tenir tête au Cougar, il leur fallait un engin qui file au moins soixante nœuds... Mais, d'abord, il décida d'aller repérer le bateau de Selim Attalah.

Il arracha Alexandra à sa terrasse. La robe qu'elle passa était à peine plus grande que son maillot, cachant juste les plus gros hématomes.

La traversée de Marbella fut une horreur. Les gens se traînaient dans une chaleur de bête entre des rangées de boutiques immondes, des Anglais en short, des Espagnols huileux et des Scandinaves blancs comme des navets. A la sortie de la ville, sur la droite, Malko aperçut un grand panneau cloué au squelette de béton d'un immeuble de quinze étages dont la construction semblait abandonnée : « Marbella Marina ».

Il s'engagea dans le chemin qui allait vers la mer et se gara à côté d'autres véhicules dans le rez-de-chaussée inachevé de l'immeuble qui servait de parking. Des dizaines de bateaux encombraient le chantier naval en bordure de la Marina, surtout des « Cigarettes », des vedettes rapides de toutes marques. Près de l'entrée se trouvait un superbe Cougar de 51 pieds, blanc et rouge, sur cales, pratiquement neuf, baptisé *Alcazar.* Malko l'examina. Les pales de ses trois hélices étaient coupantes comme des lames de rasoir... Un homme s'approcha de lui.

— Bonjour, je suis Swen Olson, le propriétaire de ce chantier. Est-ce que je peux vous aider ?

— Je veux louer un bateau, dit Malko.

Swen Olson s'arracha à la contemplation des jambes d'Alexandra.

— Ici, il n'y a que des bateaux à vendre, dit-il, mais je peux vous indiquer une agence à Porto Banus. Ils ont des bateaux tout neufs.

— Rapides ?

— Bien sûr.

Malko désigna le Cougar blanc et rouge :

— Comme celui-ci ?

Le propriétaire du chantier sourit.

— Cela m'étonnerait ! Il monte à 75 nœuds ! C'est une bombe. Il est à un de mes clients qui vient de le faire réviser. Il va à Ibiza, aux Baléares avec ses amis. J'ai passé la journée à le régler. Mais vous n'en trouverez pas à louer, c'est le seul à Marbella.

On le héla et il retourna au hangar où s'affairaient des mécaniciens, abandonnant Malko.

Malko examina le Cougar. On pouvait y tenir à une douzaine. Il y avait une grande cabine sous l'immense pointe. Le propriétaire du chantier revint et annonça fièrement :

— Il va plus vite qu'un destroyer ! Seulement 450 000 dollars ! Je peux vous en commander un...

Le bateau idéal pour un contrebandier... Malko se retint de lui dire qu'à Liezen, il avait peu d'emploi pour un monstre comme le Cougar et regagna sa voiture. Des milliers d'hirondelles et de mouettes tournaient autour de l'immeuble inachevé, avec des cris assourdissants, lâchant des crottes partout. Evoquant le film d'Hitchcock *Les Oiseaux*. Il n'avait plus qu'à trouver un bateau.

***

Allongé au bord de la piscine, Selim Attalah écoutait un disque de flamenco, tentant d'oublier ses soucis. Il s'était laissé embarquer dans l'expédition à Gibraltar à contrecœur. Plus l'heure du départ approchait, plus il s'en voulait. D'habitude, dans ses affaires d'armes, il attendait qu'on lui apporte l'argent et il livrait. Là, il s'était trop impliqué dans des problèmes qui n'étaient pas les siens et ne pouvait plus faire marche arrière. C'était un trop gros deal. Et Tony avait besoin de lui.

Raj Krichna émergea de sa chambre, Lucia sur ses talons. Ces deux-là passaient leur temps à faire l'amour. La veille au soir, Selim avait surpris Lucia écartelée sur la grande table en marbre rare du Brésil de cinq mètres de long, créée par Claude Dalle, s'inspirant de la grande époque florentine, bordée d'une ceinture en bois massif recouvert de vieil argent et d'or fin. Face à la piscine, elle recevait vaillamment le énième assaut du Tamoul.

Celui-ci s'approcha, l'air timide.

— Miss Ann vient avec nous à Gibraltar ?

Selim n'avait pas jugé utile de lui dire ce qui s'était passé avec la jeune femme. Inutile de l'affoler.

— Non, fit le Syrien. Par prudence, je lui ai dit

que nous allons à Tanger. D'ailleurs, je ne ferai que l'aller-retour.

Raj Krichna avala sa salive. Si Ann était venue, cela aurait été plus facile. Il se résolut à affronter le problème.

— Est-ce que Lucia peut m'accompagner ?

Selim s'attendait à pire. Son visage s'éclaira.

— *Of course !* Si cela l'amuse.

— Oh oui, fit Lucia, je n'ai jamais été à Gibraltar.

De joie, elle se frottait contre son nouveau maître comme une chatte amoureuse.

— Nous partirons vers onze heures demain matin, le bateau ne sera pas prêt avant, expliqua le Syrien. A quel hôtel voulez-vous aller ?

— On doit me contacter au *Rock Hotel,* dit le Tamoul. Est-ce qu'il est bien ?

Selim eut un sourire rassurant.

— La plus belle vue de Gibraltar.

C'était à peu près tout le bien qu'on pouvait en dire. De notoriété publique, le *Rock Hotel* tombait en ruines. Mais, avec Lucia, Raj Krichna aurait accepté de dormir sous la tente.

— Vous êtes certain que tout se déroulera bien ? interrogea Selim pour la dixième fois.

Raj exhiba ses dents éclatantes dans son habituel sourire mécanique.

— Absolument.

— Inch Allah, soupira le Syrien.

Il avait vraiment hâte que cela se termine.

A peine Raj Krichna s'était-il éloigné qu'on lui annonça l'arrivée de Tony Pool. L'Américain était seul.

— On part demain ? dit-il en se laissant tomber sur les coussins près de Selim Attalah.

— Vous tenez à venir sur le bateau ?

L'Américain lui jeta un regard glacial.

— *Don't piss me off* (1). On passe d'abord à la

(1) Ne me faites pas chier !

banque, je récupère mon fric et on y va Diana prendra la voiture et on se retrouvera au *Holiday Inn,* à Gibraltar. Vous êtes certain qu'il n'y aura pas de problème à la douane, en arrivant ?

Selim Attalah avait prévu la question.

— D'abord, dit-il, j'ai prévenu le chantier naval que je partais pour Ibiza. Si on leur pose des questions, c'est ce qu'ils diront. En plus, c'est vraisemblable.

— Et s'il nous file le train ?

— Impossible, mon Cougar marche plus vite que n'importe quoi sur l'eau. Nous prendrons effectivement la direction d'Ibiza, au départ, et nous la maintiendrons pendant une heure. Il lui faudrait un hélicoptère pour nous suivre.

— Il va nous chercher.

— Il ne nous trouvera pas. Ou trop tard. En cette saison, c'est bourré de touristes partout. Les contrôles de police sont très lâches.

— Il aurait mieux valu le flinguer, grommela Tony Pool. Quand on est mort, on ne suit plus personne...

— C'est certain, affirma Selim.

Tony Pool laissa tomber d'une voix calme :

— Si quelque chose foirait, je les flingue, je vous flingue et je me tire avec le bateau.

Pour quinze millions de dollars, il était prêt à n'importe quoi... Selim Attalah ne releva même pas.

— Et l'autre salopard, ce Linge ? demanda l'Américain. Comment fait-on pour le semer ?

⁂

Malko signa d'une main ferme le contrat de location de l'*Armaggeddon*, superbe yacht de 105 pieds, flambant neuf, battant pavillon panaméen, loué pour la modique somme de 35 000 dollars la semaine, équipage compris, fuel et nourriture en plus...

Le *broker* lui adressa un sourire radieux.

— Je suis certain que vous allez passer une lune de miel absolument fantastique, affirma-t-il.

Alexandra leva les yeux au ciel et recroisa les jambes, exposant pour la vingtième fois ses cuisses bronzées où les hématomes commençaient à s'estomper.

L'*Armaggeddon*, propriété d'un Américain qui ne venait que rarement à Marbella, était amarré à Porto Banus, à côté du yacht du roi Fahd.

— Je vais sur le bateau, annonça Alexandra en sortant de chez le *broker*. Je n'en peux plus du *Marbella Club*. Dis à Elko de transporter nos affaires à bord.

Ils se séparèrent. Malko ne cessait de penser à Ann Grimm. Durant la nuit, il était allé rôder dans Nueva Andalucia. Sa Ford Escort était garée exactement à la même place. Il s'accrochait à l'espoir que Selim Attalah la retienne en otage, mais, dans ce cas, pourquoi le Syrien n'avait-il pas fait savoir ce qu'il voulait ? Il décida de retourner à la Marina Marbella, dans l'espoir d'y glaner une information.

Nouvelle traversée-galère de Marbella. La climatisation de sa voiture s'essoufflait. Il se gara sous l'immeuble abandonné, dans un concert de piaillements d'oiseaux.

Le Cougar n'était plus dans son berceau. Il l'aperçut à l'eau, les panneaux de cale ouverts, des mécaniciens penchés sur ses trois moteurs. Le propriétaire du chantier naval l'aperçut et vint vers lui.

— Alors, vous avez trouvé un bateau ?

— Oui, dit Malko, l'*Armaggeddon*.

L'autre eut un sifflement admiratif.

— Bravo, c'est un des plus beaux du port. Vous n'allez pas vous ennuyer. Le Cougar est à l'eau. Le secrétaire de M. Attalah est venu voir où on en était. Ils veulent absolument partir demain.

Malko se retourna, intrigué par les hirondelles et

les mouettes qui tournoyaient au-dessus de l'immeuble !

— C'est toujours comme cela ?

— Non, non, affirma Swen Olson, seulement depuis quelques jours. Je ne comprends pas pourquoi. On dirait que quelqu'un les nourrit, pourtant, il n'y a pas un chat dans ce foutu immeuble. Le promoteur a fait faillite et personne n'a voulu le reprendre.

A présent, Malko regardait fixement le ballet des oiseaux dans le ciel.

— Bon, je vous quitte, fit son interlocuteur. Si un jour vous avez envie d'un Cougar...

Malko n'écoutait plus. Retournant vers sa voiture, il plongea dans la pénombre du parking improvisé et trouva un escalier de béton brut qui desservait la carcasse inachevée de l'immeuble. Il l'emprunta, et, dès le premier étage, tira de son holster de cheville son petit Colt « 38 » à cinq coups. Il grimpait silencieusement, la sueur collant très vite sa chemise à sa peau. Partout des échafaudages abandonnés, des débris divers.

Les cris des oiseaux se faisaient de plus en plus vrillants. Il leva les yeux : un nuage épais d'hirondelles et de mouettes tournait autour du dernier étage, certaines piquant soudain sur les ouvertures et s'y engouffrant. Encore deux étages.

Il gardait son arme à la main, pourtant sûr de ne rencontrer personne. Il atteignit enfin le dernier étage et s'arrêta pour examiner les lieux. Le plancher de ciment était nu. Les oiseaux se ruaient par toutes les ouvertures vers le coin opposé à l'escalier. Des centaines et des centaines. La présence de Malko les dispersa.

Il avança et aperçut alors ce qui les attirait. Une forme allongée dans un coin. Il s'approcha, la gorge nouée, écœuré par l'odeur aigre-douce qui s'en dégageait. Il dut s'arrêter à deux mètres, tétanisé d'horreur. En vingt ans de missions pour la CIA, il avait vu beaucoup d'abominations et croyait être blindé. Mais ce qu'il avait devant les yeux dépassait le cauchemar.

Un corps humain réduit en grande partie à l'état de squelette, déchiré, mutilé, la chair arrachée par des milliers de becs avides qui n'avaient laissé que les os et quelques lambeaux en train de pourrir dans la chaleur implacable. Une hirondelle, plus audacieuse que les autres, plongea sur le cadavre et vint brièvement piqueter dans l'orbite droite, vide et noire, une invisible parcelle de chair. Malko fit un pas en avant et le volatile s'enfuit aussitôt.

D'Ann Grimm, il ne restait que ses longs cheveux auburn, indigestes sans doute.

Le rictus des dents éblouissantes sans lèvres venait tout droit de l'enfer. Malko n'arrivait plus à en détacher les yeux, horrifié. Il y avait plusieurs jours qu'elle avait été jetée là, dépouillée de ses vêtements pour retarder toute identification. Les oiseaux avaient travaillé pour Selim Attalah... Peu de chance que quiconque s'aventure au dernier étage de l'immeuble inachevé. Bien sûr, on découvrirait le squelette un jour, mais tous les protagonistes seraient partis de Marbella depuis longtemps.

Il fit demi-tour. Aussitôt, les oiseaux se précipitèrent. Les piaillements stridents reprirent aussitôt, assourdissants. Il se retourna, déjà engagé dans l'escalier, et vit la masse des ailes battantes cachant les cheveux auburn. Instinctivement, il tendit le bras et appuya sur la détente de son « 38 » en un geste futile de révolte. La détonation dispersa les oiseaux quelques instants et Malko redescendit, poursuivi par l'odeur qui semblait coller à sa peau et la vision de cette mort atroce. Pauvre Ann Grimm, la CIA l'oublierait encore plus vite que les morts du Viet-nam. On oubliait toujours les morts, c'est ce que les flamencos chantaient dans toute l'Andalousie...

*
**

Ainsi le sort d'Ann Grimm était scellé. Malko avait immédiatement appelé Ron Clark, mais l'Américain ne se trouvait pas à son bureau. Il n'avait pas averti Alexandra de sa macabre découverte. Il restait une décision à prendre dans les heures qui suivaient.

Où aller ?

Gibraltar ou Ibiza ?

L'information communiquée à Krisantem pouvait être un leurre. Tout comme celle donnée par le Syrien au directeur du chantier naval. Techniquement, le *Kapitan Yakovlev* pouvait aller à Ibiza ou à Gibraltar, indifféremment.

Bien sûr, grâce à la surveillance de la CIA, Malko ne perdrait pas longtemps le porte-containers soviétique. Seulement, la remise de l'héroïne pouvait se faire très rapidement et s'il se trouvait à quelques centaines de kilomètres, il arriverait trop tard... Au feeling, il se décida pour Gibraltar. Bien sûr, l'idéal eut été de suivre le Cougar. Seulement, ce dernier en raison de ses performances, était insuivable...

Bouleversé par la mort d'Ann Grimm, il se prépara à passer sa dernière soirée à Marbella. Plus tard, il faudrait régler les comptes avec Selim Attalah. Décidément, Marbella ne portait pas chance aux jolies femmes qui jouaient avec le feu.

*
**

De la dunette de l'*Armaggeddon,* Malko observait Gibraltar à travers ses jumelles.

De loin, le rocher ressemblait à une grosse bête grisâtre avec une grande plaie sur le flanc est : « the catchment », seize hectares de tôles galvanisées, destinées à recueillir les eaux de pluie, Gibraltar souffrant cruellement du manque de sources. Le sommet du Rock était hérissé des antennes de toutes les formes et de toutes les tailles de la base OTAN. Cette espèce d'énorme furoncle à la pointe de la baie d'Algesiras représentait le meilleur point d'observation de la Méditerranée. Ce n'était pas pour rien que les Britanniques s'y accrochaient depuis deux siècles et demi. Et n'étaient pas près d'en partir…

De ce côté, à l'est, les vagues se brisaient sur des falaises à pic et le reflux découvrait parfois des grottes envahies par la mer. Durant la dernière guerre, des entrepôts souterrains avaient été aménagés dans les centaines de grottes naturelles du Rock.

L'Armaggeddon contourna Europa Point, la pointe sud, avec son phare où se dressait encore le tube dérisoire d'un canon dirigé vers le large, du temps de la guerre contre les nazis. Partout des plates-formes de tir, des emplacements bétonnés. Comme si tout allait recommencer demain… Alexandra vint s'accouder à côté de Malko.

— Tu sais ce que tu vas faire ?

— Non, avoua-t-il. Mais je crois qu'il serait imprudent que tu restes. Je vais te remettre dans un avion.

— Pourquoi ?

La veille au soir, il avait fini par lui dire pour Ann Grimm.

— Tu as vu ce qui est arrivé à cette malheureuse Ann Grimm ?

Elle se serra contre lui.

— Je veux rester. Mais j'ai peur pour toi. C'est une sale affaire.

Elle plongeait son regard dans ses yeux d'or, plus belle que jamais. Cette courte croisière représentait une sorte de parenthèse dans sa lutte féroce et feutrée. Hélas, cela risquait de ne pas durer…

L'*Armaggeddon* longeait la côte ouest, entrant dans la baie d'Algesiras. De ce côté-là, Gibraltar était un peu plus accueillant. Des bateaux se trouvaient à l'ancre dans la baie, des pétroliers, des tankers, des cargos. Une frégate britannique était amarrée dans le bassin central.

Ils contournèrent North Mole pour pénétrer dans le port de plaisance, New Marina, situé contre la piste d'atterrissage est-ouest qui servait pratiquement de frontière avec l'Espagne, éloignée d'un kilomètre à peine. Des dizaines de voiliers battant pavillon britannique frissonnaient dans le vent. Un douanier sortit de sa guérite et leur indiqua leur place par porte-voix, le long du quai. Derrière les vieux remparts massifs, s'étageaient jusqu'à mi-hauteur les maisons ocre aux volets verts, serrées autour de quelques bâtiments modernes qui constituaient la ville de Gibraltar proprement dite. Plus haut, il n'y avait plus rien que le rocher semé de quelques eucalyptus où vivaient les fameux singes, gardiens du rocher. La légende prétendait que lorsqu'ils disparaîtraient, les Anglais quitteraient Gibraltar. C'était peut-être la raison pour laquelle un officier britannique, « the keeper of the Apes (1) », avait la tâche de les nourrir tous les jours.

Malko se dirigea vers la passerelle. Si l'information de Krisantem était exacte, le Cougar de Selim Attalah n'allait pas tarder à faire son apparition. Sinon, il n'y avait plus qu'à cingler à toute vitesse sur Ibiza.

— Fais transporter les bagages au *Rock Hotel*, demanda Malko à Alexandra. Je te rejoins, je vais louer une voiture.

C'était trop voyant de rester sur l'*Armaggeddon* et le *Rock Hotel* offrait une vue complète de la baie d'Algesiras, ce qui pouvait servir.

*
**

(1) Le gardien des singes.

La coque blanche et rouge du Cougar était reconnaissable de loin. Le sillage d'écume blanche diminua peu à peu et il entra dans la Marina à la vitesse de cinq nœuds. Malko, installé dans sa Honda Civic de location, sur le parking en face de la jetée, eut l'impression qu'on lui ôtait un poids de la poitrine.

Il observa le débarquement. D'abord une fille brune qui devait être Lucia, aidée par un marin, Hussein probablement, puis Raj Krichna, et enfin Tony Pool. L'Américain portait deux gros sacs.

Pas de Diana Mangan.

Deux taxis arrivèrent, probablement prévenus par radio. Tony Pool s'engouffra dans l'un et Raj Krichna dans l'autre, en compagnie de Lucia. Les formalités de police avaient été accomplies en un peu plus de trente secondes par un policier qui, d'après son sourire, devait être payé au mois par Selim Attalah.

Ce dernier demeura moins de cinq minutes à terre. A peine les deux taxis s'éloignèrent-ils qu'il remonta dans son Cougar, et que son marin larguait les amarres. Malko le vit prendre la direction de la baie et tourner à gauche. Il repartait.

Il avait un choix à faire. Il opta pour Tony Pool. Cinq minutes plus tard, l'Américain entrait dans le *Holiday Inn*, en plein centre de Gibraltar, avec ses deux sacs.

Malko s'orienta pour sortir du dédale des rues étroites encombrées de touristes. Gibraltar semblait un endroit inclassable : une pincée de paëlla, un grain de couscous et quelques gouttes de thé. Des balcons à l'espagnole, du linge aux fenêtres comme à Naples et des « bobbys » basanés. Malko manqua écraser un punk aux cheveux violets marchant au beau milieu de Main Street. Comme à Liverpool. En montant vers Europa Road, la grande voie menant à la partie supérieure de Gibraltar, on avait l'impression d'échapper à cette bourgade étrange aux maisons serrées les unes contre les autres, étouffante, décrépite.

Le *Rock Hotel* se dressait majestueusement dans Europa Road, loin de l'agitation des touristes, incrusté dans la falaise, face à la baie d'Algesiras. La peinture écaillée et l'aspect négligé démentaient ce noble abord. En se garant en face, Malko sentit son pouls monter à 150. Raj Krichna achevait de payer son taxi...

Il est vrai que Gibraltar ne comportait que deux hôtels à peu près décents. Malko attendit que le Tamoul ait disparu. De nouveau, on allait jouer à cache-cache. Heureusement, le Tamoul ne l'avait aperçu qu'une fois à Vienne, au *Schwarzenberger* et ne l'avait peut-être même pas remarqué. Pourvu que Tony Pool ne vienne pas lui rendre visite...

Il gagna sa suite. La salle de bains aurait fait honte à un vieil hôpital, la climatisation était anémique et la peinture s'en allait par plaques. Il mit Alexandra et Krisantem au courant.

— Filez au *Holiday Inn,* demanda-t-il au Turc. Je veux savoir où est passée Diana Mangan.

Miracle : le téléphone datant du dernier siège fonctionnait. Il appela Ron Clark, à Vienne. Il avait enfin de bonnes nouvelles. Pour compenser l'annonce de la mort d'Ann Grimm. Si les principaux protagonistes du deal étaient là, l'héroïne n'allait pas tarder à arriver et il entrait dans la zone de tous les dangers.

*
**

Réveillé par le grondement du climatiseur, Malko se leva et se glissa sur la petite terrasse. La vue était splendide : les bassins du port de Gibraltar, les remparts qui avaient résisté à Napoléon et la baie d'Algesiras noyée d'une brume de chaleur.

Depuis son arrivée, la veille, Tony Pool n'avait pas

mis les pieds hors de son hôtel. Il avait été rejoint par Diana Mangan au volant de leur BMW de location de Marbella. Quant à Raj Krichna, il était demeuré invisible, lui aussi. Ron Clark avait fait des bonds de joie en apprenant la présence des trafiquants. D'après ses informations, le *Kapitan Yakovlev* se trouvait à 200 milles environ de Gibraltar, mais rien ne laissait supposer qu'il allait s'y arrêter.

Malko avait ordre de contacter d'urgence le chef de Station, John Falcon. Et d'aviser.

Il promena son regard sur la baie. Tout de suite, il remarqua un navire ancré à quelques encablures au large du chantier de réparations navales, à un kilomètre à vol d'oiseau. Il n'y était pas la veille au soir. Aussitôt, il alla prendre les jumelles ramenées de l'*Armaggeddon* et les cala contre la balustrade de la terrasse, examinant le nouveau venu. C'était un porte-containers avec un long pont plat, le château à l'arrière comme sur les pétroliers et de nombreux mâts de charge. Il se concentra sur le flanc du château arrière où un nom était inscrit.

Son cœur battit plus vite en déchiffrant les caractères cyrilliques. Il avait en face de lui le *Kapitan Yakovlev* avec à bord 225 kilos d'héroïne destinés à Raj Krichna.

CHAPITRE XI

Malko balaya lentement le *Kapitan Yakovlev* de ses jumelles. Des dizaines de containers étaient empilés sur son pont, en trois épaisseurs. Sans compter ceux qui se trouvaient dans les cales... Chercher l'héroïne, c'était chercher une aiguille dans une meule de foin même avec le manifeste. Aucune activité visible sur le cargo. Un peu plus loin se trouvait un long pétrolier brésilien déjà là la veille.

Il posa ses jumelles. La partie « pointue » de sa mission commençait. Le porte-containers soviétique ne s'était pas arrêté à Gibraltar par hasard.

Selim Attalah reparti, il restait Tony Pool et Raj Krichna. C'était ce dernier qu'il fallait surveiller. Car c'était *son* héroïne qui était à bord. Laissant Alexandra dormir, Malko descendit dans le hall et appela un numéro que lui avait donné Ron Clark.

Il allait sérieusement avoir besoin d'aide.

***

C'était un immeuble moderne coincé modestement dans Secretary's Lane entre le Tourisme Office de Gibraltar et la résidence du Gouverneur. Une plaque de cuivre indiquait : *Middle East Shipping Co.* Malko appuya sur l'interphone. Presque aussitôt une voix de femme annonça :

— Les bureaux sont fermés.

— J'ai rendez-vous avec John Falcon, dit Malko.

La porte s'ouvrit automatiquement. Une secrétaire surgit de l'ascenseur, très britannique d'allure avec sa jupe écossaise trop longue et sa permanente à la Maggie Thatcher. Pourtant son accent était indiscutablement américain.

— Je vais vous conduire à Mr Falcon, annonça-t-elle.

L'ascenseur les mena au troisième. Moustache, blazer et cravate club, John Falcon était la vivante incarnation de ce qu'on nommait à Gibraltar *le gentleman Gib*... Bedonnant, chauve avec des sourcils roux assortis à sa superbe moustache. Il écrasa les doigts de Malko dans un shake-hand robuste.

— John Falcon. Heureux de vous voir.

Le chef de Station de la CIA à Gibraltar. Les Américains n'y maintenaient aucune présence officielle, même pas un consulat comme la France, le Panama ou même le Costa-Rica. Aucune agence gouvernementale. Simplement quelques officiers de liaison logés dans les locaux de la Royal Navy, derrière les murailles épaisses des vieux remparts. John Falcon recueillait les informations ELINT (1) des Cousins, les recoupaient et les transmettaient à Langley. Les Britanniques n'avaient jamais accepté que la NSA (2) installe ses radars et ses « grandes oreilles » sur le Rock. C'était chez eux. Evidemment, ils communiquaient tout à leurs alliés américains.

Sauf l'essentiel, bien entendu.

— Thé ou café ? demanda John Falcon.

Décidément, il était définitivement anglicisé avec sa moustache de major de l'armée des Indes.

— Café, dit Malko. Avez-vous pu apprendre

(1) Electronic Intelligence.
(2) National Security Agency.

quelque chose sur le *Kapitan Yakovlev,* depuis tout à l'heure ?

— Pas grand-chose, avoua l'Américain. J'en sais à peine plus que vous. Les Britanniques n'ont été avertis par la capitainerie que cette nuit vers trois heures ; il a signalé une avarie de machine et demandé l'autorisation de mouiller dans la rade... Il n'y avait aucune raison de la lui refuser. Ce n'est même pas un faux chalutier équipé d'électronique.

— Et cette avarie ?

— Sûrement bidon. La capitainerie lui a offert de profiter du « commercial ship repair » de la base navale, mais le commandant du *Kapitan Yakovlev* a décliné. Il répare avec les moyens du bord.

— Il y a une présence soviétique à Gibraltar ? interrogea Malko.

John Falcon eut un sourire teinté d'ironie.

— Peut-être une taupe enfouie très loin dans les rochers. Mais ni mes homologues ni moi n'avons jamais rien trouvé. Gibraltar est minuscule et les Cousins tiennent tout d'une main de fer. De temps à autre, un navire de croisière soviétique venant de la mer Noire relâche pour une journée et ses passagers viennent à terre. On les compte à l'arrivée et au départ. C'est tout...

— On connaît la nature de l'équipage du *Kapitan Yakovlev ?*

— Des Soviétiques à coup sûr. Comme le bateau n'est pas à quai, ils ne l'ont pas communiqué.

— Est-ce qu'il est sous surveillance ?

— Pas plus que les autres navires ancrés dans la rade. Mais, vous, vous l'êtes..., ajouta-t-il en souriant.

— Ah bon ? fit Malko surpris.

John Falcon eut un sourire complice.

— Oh, les Cousins ne m'ont rien dit de désagréable. Mon homologue m'a seulement demandé ce matin pourquoi Son Altesse Sérénissime s'était donné le mal d'emmener une aussi jolie femme dans un endroit aussi pourri que Gibraltar... Votre séjour à Oman n'est pas passé inaperçu... (1).

— Ils sont au courant pour la drogue ?

— Bien sûr que non et il ne faut pas qu'ils l'apprennent ! Ils diraient au *Kapitan Yukovlev* de décamper immédiatement ; ils haïssent les complications et le trafic de drogue à partir d'un cargo soviétique est le type même de chose qui leur fait tourner la tête de l'autre côté.

Encourageant pour la suite des événements... Afin d'atténuer la portée de son jugement, John Falcon se hâta d'ajouter :

— La Company m'a ordonné de vous apporter toute l'aide possible. Vous avez une idée de ce que vous voulez faire ?

— Pas encore, avoua Malko.

John Falcon regarda sa montre.

— Dans ce cas, je vais faire ma tournée hebdomadaire. Voir mes homologues. Appelez-moi dès que vous aurez besoin de moi. Mais soyez prudent au téléphone...

***

C'était une Angleterre pouilleuse, tropicale et décatie avec des ruelles étroites et escarpées, du linge aux fenêtres et des « bobbys » à la peau mate. Cela tenait de Naples et de Hong-Kong. Seul signe concret de civilisation : les panneaux d'interdiction de stationner partout et les sabots pour bloquer les voitures, baptisés « clamp ».

En descendant Europa Road où se trouvait le *Rock Hotel,* Malko longea une rangée de cottages sortis tout droit de Bournemouth. Avant de plonger dans Main Street, *la* rue étroite qui serpentait d'un

(1) Voir *L'otage d'Oman.* SAS n° 87.

bout à l'autre de la ville, canalisant le flot des touristes dans des centaines de boutiques minables en duty-free. Le Hong-Kong du pauvre. Quelques policiers basanés, passant de l'anglais à l'espagnol sans effort, réglaient une circulation rendue cahotique par le sadisme britannique qui alternait dans Main Street les sections à sens unique en sens opposé. Et en plus, variant selon les heures de la journée. Des ruelles étroites montaient à l'assaut du Rock, se terminant par un mur de pierres ou des escaliers. Ce n'était pas le paradis des voitures...

Malko rejoignit Elko Krisantem qui avait élu domicile dans une pizzeria de Governor's Parade, une petite place dominant Main Street. Par-delà la statue de la reine Victoria, il surveillait l'entrée du *Holiday Inn*.

— Ils ne sont pas encore sortis, annonça-t-il. La voiture est toujours là.

La BMW louée à Marbella et amenée par Diana était garée dans le mini-parking en face de l'hôtel. Les deux Américains assis sur leurs millions de dollars devaient attendre l'heure et le lieu de l'échange.

— Vous décrochez, dit Malko au Turc. Nous allons nous concentrer sur Raj Krichna.

Ils repartirent d'abord vers le bas de la ville, gagnant Line Mall Road, la voie à double sens qui suivait les remparts, rejoignant au niveau de la mer Churchill Avenue qui traversait la piste de l'aéroport et filait vers la frontière. Il fallait tourner autour du rond-point en face du stade pour rattraper Bayside Road menant à la Marina des yachts.

Le Cougar de Selim Attalah n'était pas revenu. La fin de l'opération n'était donc pas encore imminente. Dès que Raj Krichna serait en possession de ses dollars, le Syrien rappliquerait ventre à terre.

Malko regarda l'*Armaggeddon* sagement à quai. Son capitaine devait le prendre pour un fou furieux.

Louer un bateau cinq mille dollars par jour pour venir s'ancrer à Gibraltar...

Malko ne s'attarda pas. Remontant par Queen's Way qui longeait de l'extérieur les remparts jusqu'à Europa Road. En face du *Queen's Cinema,* il trouva une cabine téléphonique rouge, comme celles de Londres, et appela le *Rock Hotel.*

— Mr Krichna est-il chez vous? demanda-t-il. C'est la société Avis.

La standardiste répondit presque aussitôt :

— Oui, mais il n'est pas dans sa chambre. Je crois qu'il est à la piscine.

— Quel est son numéro de chambre?

— 453, Sir. Je lui laisse un message?

— Non, je vais venir le voir. Merci.

Ladite piscine se trouvait trois cents mètres plus haut que le *Rock Hotel* de l'autre côté d'Europa Road, presque en face du casino. Malko descendit et laissa la Honda Civic à Elko Krisantem.

— Vous ne le lâchez pas, dit-il. Je vous relève dans deux heures environ.

Le Turc jouait déjà avec son lacet au fond de sa poche. Malgré la chaleur écrasante, il était fou de joie. Malko regagna sa chambre où c'était l'apocalypse. La climatisation était tombée en panne, Alexandra avait cru apercevoir un rat dans la salle de bains et l'ascenseur ne marchait plus.

— Je vais à la piscine, annonça la jeune femme.

— Impossible, dit Malko. Krichna y est. Il pourrait te reconnaître. Il t'a vue à Vienne.

— C'est gai, soupira-t-elle. Je vais cuire vivante.

— Je redescends en ville téléphoner, dit Malko. Courage. Mets-toi sur la terrasse.

— Tout est maintenant en place, annonça Malko, coincé dans une cabine crasseuse où régnait une chaleur de bête. L'acheteur de l'héroïne, le vendeur et le *Kapitan Yakovlev*.

— Bravo ! exulta l'Américain. Et Greg Bautzer qui les attend à Rotterdam.

— Ce n'est pas gagné, remarqua Malko. Je suis tout seul avec Elko Krisantem, et je ne peux pas demander d'aide aux Cousins. Il n'y a que votre COS.

— C'est un ancien Béret Vert, fit Ron Clark, et, s'il faut aller au charbon, il ira... Je lui envoie immédiatement un télex dans ce sens. Confirmant mes instructions.

— Quelles instructions ?

— Détruire la drogue, si possible en mouillant les Soviétiques, et récupérer l'argent de Tony Pool empêchant ainsi la livraison d'armes..., énuméra Ron Clark.

— Vous ne voulez pas que je rase Gibraltar en prime ? demanda Malko.

Le chef de Station viennois eut le bon goût de rire.

— Allons, vous savez bien que si vous arrivez à détruire cette satanée drogue, le reste n'est qu'académique...

Académique ! Avec une poignée de tueurs décidés à tout...

Il pensait au sourire éblouissant de Raj Krichna. Qui pouvait soupçonner un terroriste sans pitié sous cette écorce joviale et saine. Ses épaules de débardeur et sa bonne tête inspiraient confiance. Seuls ses yeux étaient inquiétants, avec leur mobilité et leur absence d'expression.

— Je peux vous expédier des baby-sitters, proposa Ron Clark.

— Vous voulez mettre les Cousins en ébullition ?

fit Malko. Sans parler des autres. Plus on garde un profil bas, plus on a une chance de réussir.

— Vous avez un plan ? demanda anxieusement l'Américain.

— Je n'ai pas encore assez d'éléments. Il me semble impossible que Tony Pool reparte pour les USA avec 255 kilos d'héroïne dans ses valises. Donc, il a monté un système similaire à celui de Rotterdam pour exfiltrer la drogue d'une autre façon. Il faut que je le découvre. Cela me donnera peut-être une idée opérationnelle...

— Vous avez sûrement raison, confirma l'Américain. Tony Pool n'a jamais un gramme de drogue sur lui. Mais il a peut-être demandé à Selim Attalah...

— Cela m'étonnerait. Attalah ne voudrait sûrement pas s'en mêler. D'ailleurs, il est reparti. Je pense maintenant qu'ils ont choisi Gibraltar parce que c'est à une heure de Marbella et que la douane n'y est pas féroce.

— Bien analysé, approuva Ron Clark. Mais cela ne nous donne pas la clef du problème.

— Priez pour moi, fit sobrement Malko. Un dernier point : pouvez-vous ne pas communiquer à la DEA l'escale du *Kapitan Yakovlev ?*

— Mais je n'y avais même pas pensé ! Seulement, ils le trouveront peut-être tout seuls.

— Merci, dit Malko. Je n'ai pas envie de voir débarquer Greg Bautzer et ses gros sabots.

Il ressortit de la cabine, à tordre. Mais plutôt satisfait. Contrairement à ce qu'imaginait la DEA, les trafiquants avaient réagi vite et habilement. S'appuyant sur la logistique de leur marchand d'armes qui ne pouvait pas refuser son aide sous peine de voir son affaire lui passer sous le nez...

*
**

Raj Krichna, allongé sur un matelas au bord de la piscine du *Rock Hotel,* Lucia enroulée autour de lui, se conduisait avec la même impudeur charmante que les fameux singes de Gibraltar, peuplant les grottes les « upper caves (1) » du Rock.

Les serveurs, accoutumés à voir de paisibles retraités dont la plus grande privauté consistait à se prendre la main, n'en croyaient pas leurs yeux. Horrifiés. En d'autres temps, le gouverneur les aurait fait fouetter. Toutes les grandes traditions de l'Empire se perdaient au soleil de cette satanique Espagne corrompue par les Maures.

La splendeur sulfureuse de Lucia les fascinait. En sus de son slip microscopique elle ne portait qu'un cache-maillot en soie imprimée transparente dissimulant à peine les pointes aiguës de ses seins.

La tête sur le torse puissant de son amant, elle picorait espièglement ses mamelons avec une habileté qui arrachait au Tamoul des soupirs d'aise et de temps à autre un brusque sursaut... La serviette qu'il avait jetée en travers de son ventre avait des bosses des plus suspectes. Au moment où un des garçons apportait des orangeades, il entendit Lucia demander :

— *Fuck me. Now.*

Le garçon battit en retraite pour avertir ses collègues de ne pas rater cette ultime abomination. Hélas, Raj Krichna consulta sa montre avec un soupir :

— Pas maintenant. J'ai un rendez-vous. Reste là, je reviens te chercher.

Il s'arracha à l'étreinte de Lucia et reprit difficilement une tenue convenable, avant de s'éloigner. Il se sentait bien. Jusque-là l'opération avait marché comme sur des roulettes. S'il réussissait ce coup-là, il franchirait encore un degré dans le PLOT.

Il se glissa dans sa Toyota Starlet de location transformée en fournaise et prit la direction des rochers escarpés qui dominaient le Rock.

(1) Grottes supérieures.

*
**

Elko Krisantem essuya la sueur qui lui piquait les yeux et lança son démarreur. Enfin cela bougeait. La Starlet de Raj Krichna émergea du parking de la piscine du *Rock Hotel.* A la surprise du Turc, Raj Krichna tourna vers le haut, au lieu de prendre la direction de la ville...

Trois cents mètres plus loin, le Tamoul s'engagea à gauche dans une route étroite grimpant en zigzag dans le désert caillouteux constituant la partie supérieure du Rock. Le paysage était de plus en plus aride. Un panneau indiquait « Engineer Road-Upper Caves ». Elko faillit se faire aplatir par un énorme bus de touristes négociant difficilement un virage en épingle à cheveux.

La vue était magnifique, avec les rochers à pic dominant la petite ville hispano-anglaise blottie contre les remparts. Dans le lointain, on distinguait dans la brume de chaleur les maisons et le port d'Algesiras. Le *Kapitan Yakovlev* n'était plus qu'un point minuscule dans la baie. La balade classique de tous les touristes. Encore un virage en épingle à cheveux. Raj Krichna se gara dans un petit parking en face de « St-Michael Cave ». Un singe tordait avec application les antennes des voitures en stationnement, les unes après les autres. On était à mille pieds d'altitude et l'air était nettement plus frais. En contrebas un groupe de touristes britanniques contemplaient avec émotion la plaque apposée à l'endroit où la reine d'Angleterre avait daigné s'arrêter pour admirer la baie en juillet 1987. Plusieurs chemins piétonniers partaient de là, sillonnant les rochers arides, desservant les « upper caves » et le parc aux singes. D'énormes pancartes avertissaient les promeneurs : « Attention aux réactions des singes. Ils peuvent mordre. »

Elko se gara à son tour et rejoignit les gens accoudés à la rambarde de O'Hara Road, surveillant Raj Krichna. Ce dernier s'était mêlé aux touristes. Parfaitement inoffensif en apparence. Pourtant, Elko Krisantem remarqua que le Tamoul dévisageait attentivement ceux qui l'entouraient. Il cherchait quelqu'un avec qui il avait rendez-vous. Ou il vérifiait que personne d'inquiétant ne se trouvait dans les parages. Krisantem réalisa que le regard de Krichna allait arriver vers lui. A côté, les membres d'une famille se photographiaient consciencieusement. Avec un sourire bonhomme, il s'approcha et par gestes, leur proposa de les prendre tous ensemble...

Quand le Tamoul l'aperçut, il ne vit qu'un photographe amateur en train d'immortaliser une scène de vacances...

Son tour d'horizon terminé, Raj Krichna se dirigea sans se presser vers un sentier rejoignant l'habitat des singes où de petits groupes de touristes déambulaient, les nourrissant ou les regardant jouer. Elko emprunta un chemin parallèle en surplomb, desservant les ruines du Moorish Wall.

La montagne était trouée comme une écumoire, de grottes, de tunnels, de passages étroits. Le soleil tapait furieusement. Elko Krisantem aboutit au bord d'une plate-forme rocheuse dominant le sentier d'en bas où Raj Krichna, le Tamoul, venait de rejoindre un homme en chemisette, blond, avec des lunettes noires, une sacoche à la main. Ils ne se parlaient pas, mais tout indiquait qu'ils se connaissaient. Ils attendirent que les touristes qui se trouvaient avec eux rebroussent chemin pour échanger quelques mots et s'éloigner pour traverser la réserve des singes, passant sous le grand téléphérique qui se terminait au point culminant de Gibraltar.

Elko se mit à progresser, se dissimulant derrière les ruines du Moorish Wall. Heureusement que les deux hommes ne levaient pas la tête... Ils franchirent un court tunnel creusé dans le roc pour aboutir à une plate-forme où se dressait un vieux canon de DCA rouillé, vestige de la Seconde Guerre mondiale où était juché un singe. Peu de gens venaient jusque-là car le sentier se terminait en cul de sac. Tapi derrière son mur, le Turc les observait, le cœur battant. Se demandant qui était l'interlocuteur de Raj Krichna.

Les deux hommes discutaient avec animation, sans que le Turc, trop loin, puisse saisir leurs paroles... Cela fut assez bref. Puis, l'homme blond tendit sa sacoche au Tamoul qui la prit. Ils se serrèrent longuement la main, et Raj Krichna revint sur ses pas tandis que son contact allumait une cigarette et s'approchait du singe juché sur le canon, attendant un peu pour qu'on ne les voie pas repartir ensemble.

De vrais professionnels.

L'homme blond jouait avec le singe. Tout à coup, un de ses congenères surgit à côté du mur où se dissimulait Elko Krisantem, en poussant des cris aigus. Machinalement, le « contact » de Raj Krichna leva la tête, prenant Elko Krisantem dans son champ visuel.

Sa réaction fut instantanée. Il jeta sa cigarette et un quart de seconde plus tard, démarra comme un coureur de cent mètres !

CHAPITRE XII

L'instinct du tueur revint au galop chez Elko Krisantem. Il bondit de son abri, oubliant son âge et ses anciennes blessures, dévalant comme une avalanche, et il rattrapa le fuyard à l'entrée du petit tunnel, lui barrant la route. Le chemin faisait un coude les mettant à l'abri de la masse des touristes. L'homme blond évalua Krisantem, la bouche serrée, tassé sur lui-même, sans un mot. Elko l'enroba d'un regard connaisseur : Impossible qu'il porte une arme, avec son pantalon collant et sa chemisette. Ses doigts jouaient déjà avec son lacet, au fond de sa poche. Sa raison discutait encore, mais son instinct lui disait que cet homme devait mourir.

S'il parlait à Raj Krichna, maintenant ou plus tard, toute l'opération tombait à l'eau.

L'homme blond fit un pas en avant, la main droite posée sur sa ceinture, comme pour protéger son ventre. Lui aussi avait compris qu'il fallait affronter Krisantem. S'il fuyait de l'autre côté, il serait vite rattrapé. Et derrière le Turc, il y avait les touristes, sa meilleure protection... Elko hésitait. Celui qu'il avait en face de lui avait un physique d'homme entraîné aux sports de combat. Tout à coup, l'homme blond arracha la boucle de sa ceinture. En un éclair, Elko vit que le cuir dissimulait une courte lame triangulaire capable de l'éventrer. Son adversaire fit un pas en avant, se fendit, balayant l'air de son arme.

Elko évita de justesse d'un saut de côté et l'autre se rua aussitôt vers le tunnel. Il lui restait moins de dix mètres à parcourir. N'ayant pas vu le lacet, il devait croire Krisantem désarmé. Celui-ci réunit toutes ses forces pour un bond puissant qui l'amena sur le dos de son adversaire ! Dans la foulée, il avait sorti son lacet. Le fin cordon cisailla la gorge de l'homme blond qui perdit ses lunettes noires. Il poussa un grognement rauque, essayant de frapper Krisantem.

En vain, Elko était collé à son dos comme une sangsue. A son affaire. Il avait peu de temps. Des touristes amateurs de vieux canons pouvaient surgir à chaque seconde et cette scène ferait désordre. On étranglait très peu à Gibraltar où la criminalité était voisine de zéro. Krisantem se mit à serrer de toute sa puissance. Mais son adversaire se débattait, raidissant les muscles de son cou, se secouant furieusement pour se débarrasser de lui. Soudain, il partit à reculons, essayant d'écraser Elko Krisantem contre la paroi rocheuse. Le Turc en vit trente-six chandelles, mais ne lâcha pas son lacet. A son souffle court, il sentait que l'autre usait ses dernières forces. Soudain, il entendit des bruits de voix, des rires. Une famille approchait, de l'autre côté du tunnel.

Il n'avait plus que quelques secondes.

Utilisant la même tactique que son adversaire, il le poussa brutalement contre le rocher, dans une anfractuosité invisible de l'autre extrémité du tunnel. Le visage de l'homme blond percuta le roc avec un bruit mou et il poussa un cri sourd, lâchant son poignard. Elko lui donna un violent coup de genou dans le dos et serra violemment. Il eut une sorte de hoquet mouillé, un spasme violent et son corps devint tout mou. Il se serait effondré à terre sans la prise du Turc.

Elko Krisantem se redressa, les poumons en feu. Il entendait les cris des enfants qui s'approchaient.

Certes, il avait le temps de filer, mais on allait immédiatement donner l'alerte.

D'un geste décidé, il traîna le corps jusqu'à la rambarde, le fouilla rapidement, retirant son portefeuille et, d'un effort puissant, le fit basculer le long de la paroi à pic sur plus de cent mètres. Le cadavre rebondit et disparut dans les buissons qui entouraient le Moorish Castle, superbe vieux fort où flottait l'Union Jack... Quand les enfants arrivèrent, ils virent un touriste de plus en train de contempler la vue, appuyé à la rambarde.

***

Malko examinait, soucieux, les papiers pris sur le corps de l'homme assassiné par Elko Krisantem. C'était ce qu'il avait prévu et craint, après le récit du Turc.

Sergueï Kalinine, second-maître à bord du *Kapitan Yakovlev.*

C'était le gros pépin. Très gros même. On risquait de découvrir le corps. De retrouver des témoins. On remonterait à Krisantem. Les Britanniques ne plaisantaient pas avec les meurtres. Pourtant, il ne pouvait donner tort à Elko. Si le Turc avait réagi différemment, les autres « démontaient » immédiatement.

Seulement, il n'y avait plus rien à faire. Sinon, prendre dcs mesures de sûreté immédiates.

— Vous partez ce soir sur Londres, dit Malko. Avec la comtesse Alexandra.

— Mais vous avez encore besoin de moi, fit Elko.

— Je me débrouillerai, assura Malko. Je ne veux pas vous envoyer en prison pour dix ans.

Il ne restait plus qu'à avertir Alexandra partie dans Main Street faire du shopping. Et aussi, annoncer la bonne nouvelle à John Falcon. Elko, qui s'était approché de la fenêtre, se tourna vers Malko.

— On dirait qu'il se passe quelque chose sur le bateau.

***

Malko rabaissa ses jumelles, intrigué et fasciné. Une barge avait abordé le *Kapitan Yakovlev* et un container était en train de descendre doucement le long d'un mât de charge. Alors que le porte-containers était supposé décharger la cargaison à Rotterdam.

— Elko, je vais voir de plus près ce qui se passe. Ne bougez pas d'ici...

Il dévala Europa Road, longeant les remparts pour rejoindre le port. Il laissa à sa droite la Marina, s'engageant dans le North Mole qui tournait ensuite à angle droit, avançant vers le sud pour protéger le port. C'était une bande de ciment assez large où s'élevaient différents entrepôts. Le bassin central était presque vide, à part une demi-douzaine du vieux cargos à quai, amarrés aux jetées du North Mole et un mini-pétrolier en train de vider ses cuves. Peu de gens, des entrepôts fermés, des amoncellements de caisses même pas gardées. Malko s'arrêta au bout du quai Western Arm, observant ce qui se passait sur le *Kapitan Yakovlev*.

On en était au troisième container ! Et la grue remontait pour en prendre un quatrième.

Les quatre containers empilés sur son pont, la barge s'éloigna lentement du *Kapitan Yakovlev*, regagnant le port. Droit vers l'endroit où se trouvait Malko. L'engin poussif mit près d'une demi-heure à parcourir les quelques centaines de mètres. Plusieurs ouvriers étaient allongés sur les containers, prenant le soleil. La barge entra dans le bassin et vint se coller contre le Western Arm, en face d'une grue de déchargement. L'opération inverse recommença. En une heure, les quatre containers furent rangés sur le quai, à côté d'autres similaires. Tous étaient fermés par des cadenas et portaient des numéros de code. Puis la barge repartit, les laissant sans aucune surveillance !

Malko contemplait les parallélépipèdes métalliques, fasciné. Chacun d'eux portait une identification, des lettres et des chiffres peints au pochoir. Il s'approcha, les examinant un à un. Celui de droite avait le numéro 92 UT SP. D'après le manifeste du *Kapitan Yakovlev*, c'était celui qui abritait l'envoi de raisins secs chargé en Afghanistan. Et l'héroïne destinée à Raj Krichna. Comme les autres, il contenait environ 25 mètres cubes de marchandises.

Il reporta son regard sur le porte-containers soviétique toujours à l'ancre. Il avait rempli sa mission et pouvait reprendre sa route, vers Rotterdam où l'attendait Greg Bautzer... Evidemment, Sergueï Kalinine n'était pas revenu à bord. Comment allait réagir le commandant du *Kapitan Yakovlev ?*

Malko regagna sa voiture. Il avait besoin de voir John Falcon d'urgence. Pour plusieurs raisons. Sans lui, il ne mènerait jamais à bien la phase finale de sa mission.

***

Dire que John Falcon était préoccupé était une litote. Il n'essayait pas d'essuyer son crâne chauve, couvert de sueur bien que la climatisation fasse régner une température agréable dans son bureau.

Le chef de Station de Gibraltar regardait les papiers du Soviétique, comme s'il s'agissait d'un flacon de cyanure.

— Ça s'est passé vers quelle heure ?

— Il y a deux heures environ, dit Malko.

— Pas de réaction de votre Tamoul ?

— Pas que je sache. Tout à l'heure, il était encore à la piscine, avec Lucia. Il ne paraissait pas nerveux.

Mais nous ignorons combien de temps ce Sergueï Kalinine devait rester à terre. L'équipage du *Kapitan Yakovlev* ne s'inquiétera peut-être pas avant ce soir...

— Sauf si on découvre le cadavre avant, fit d'une voix lugubre l'Américain. Dans ce cas-là, je vous conseille de démonter à toute vitesse.

— C'est en cours, expliqua Malko, le mettant au courant.

— Bien, fit John Falcon, mais renvoyez aussi l'*Armaggeddon*. Il va finir par attirer l'attention. Ce n'est pas vraiment la peine en ce moment.

— Et si je dois m'exfiltrer en catastrophe ?

John Falcon eut un pâle sourire.

— Je m'en chargerai. J'ai une « Cigarette » qui peut vous emmener en Espagne ou au Maroc. J'espère que nous n'en arriverons pas là. En attendant, je vais communiquer à Langley l'identité de ce Sergueï. Voir s'ils ont quelque chose.

— Il faut savoir ce qui se passe avec ces containers, dit Malko. A qui sont-ils destinés ?

Quelque chose le tracassait. Pourquoi laisser la drogue pratiquement abandonnée ? Pourquoi Raj Krichna perdait-il du temps ainsi ? Chaque heure augmentait les chances d'un contrôle douanier...

*
**

Malko regarda l'*Armaggeddon* qui sortait de la Marina. Il avait dans la poche deux billets sur Europa Air pour Londres seule destination desservie à partir de Gibraltar, aux noms d'Alexandra et d'Elko Krisantem. Il s'était attendu à revoir le Cougar de Selim, mais le Syrien n'était pas revenu. Signifiant que le stade final de l'opération n'était pas arrivé. Ce qui laissait quelques heures de répit. Il reprit sa voiture. Mais la boule dans sa gorge ne se dénouait pas : sur ce rocher, il se sentait pris au piège.

*
**

Alexandra dormait nue sur le lit quand Malko revint. Sur le côté, sa merveilleuse croupe dans le soleil. Il se déshabilla silencieusement, s'allongea et se colla contre elle, l'épousant de tout son corps. La jeune femme s'étira dans son demi-sommeil et ses reins pressèrent le ventre de Malko, expédiant un flot d'adrénaline dans ses artères et déclenchant une érection immédiate. Il se redressa sur un coude et du genou, ramena une de ses cuisses en avant, découvrant son sexe. Il y plongea lentement jusqu'à la garde et demeura ainsi quelques instants, savourant cette prise de possession. Puis, la prenant par les hanches, il la fit mettre à genoux et commença à la labourer à lents coups de reins. Alexandra se laissait faire, les bras allongés devant elle, la tête dans les draps, ponctuant de gémissements les coups de boutoir, la croupe haute comme une chatte qui se fait saillir.

Quand ils s'accélèrent, elle tourna un peu la tête et gémit :

— Viens ! Viens !

Malko, d'un ultime coup de reins, se déversa dans son ventre et ils retombèrent sur le côté, enlacés. Il caressa ses seins encore durcis par le plaisir tandis qu'elle s'étirait, comme pour mieux sentir le sexe encore fiché en elle. Malko se demandait quand il lui referait l'amour. Dans quelques heures, ils seraient séparés de nouveau.

— Prépare-toi, dit-il, il faut que je te conduise à l'aéroport.

Il se releva et, machinalement, regarda par la fenêtre. Eprouvant aussitôt un choc au cœur. Le *Kapitan Yakovlev* était en train de quitter son mouillage !

Le porte-containers soviétique avait déjà levé

l'ancre. Il s'éloignait vers le sud, en direction du détroit et de l'Atlantique. Donc, la disparition de Sergueï Kalinine était passée aux pertes et profits. Malko n'ignorait pas que les Soviétiques avaient horreur de se trouver mêlés à des affaires de drogue. Le commandant du *Kapitan Yakovlev* pouvait croire qu'il avait eu un problème avec la police.

Il en saurait plus, de toute façon, par John Falcon. Il lui manquait le principal : le sort des containers débarqués.

Il allait conduire Alexandra et Krisantem à l'aéroport. Tout de suite après, il se consacrerait à ce problème.

*
**

Un gros bombardier Vulcan, avec encore son camouflage de guerre, veillait comme un ptérodactyle assoupi sur la piste coupée par la route menant de la frontière à Algesiras. A part le Boeing 737 en partance pour Londres, c'était le seul appareil. Les Anglais se refusaient catégoriquement à autoriser une compagnie non britannique à desservir le Rock. Bloquant temporairement les accords de dérégulation entre les compagnies européennes.

Les clignotants à l'entrée de la piste étaient au vert. Lorsqu'un avion allait décoller ou se poser, ils passaient au rouge et le trafic était interrompu, comme à un passage à niveau.

La petite aérogare évoquait l'Amérique du Sud, avec ses bâtiments minuscules et décatis, sans la moindre enseigne. Une foule de touristes, rouges comme des homards, se pressaient dans le hall, croulant sous le poids des bouteilles « duty free ». Une dernière fois, Alexandra se colla contre Malko au milieu de la foule.

— Reviens vite ! dit-elle.

Elko Krisantem faisait carrément la gueule,

furieux d'être ignominieusement exfiltré comme une taupe percée à jour.

Malko resta jusqu'au moment où on ferma les portes du 737. Craignant un incident de dernière minute. Elko continuait de Londres à Vienne et Alexandra prenait un vol Air France sur Paris. Dès que le 737 commença à rouler, il fonça vers le parking, de l'autre côté de la route.

John Falcon l'attendait, avec les réponses aux questions qu'il se posait.

***

L'Américain fumait un énorme cigare, les traits impassibles lorsqu'il ouvrit à Malko. Ce n'est que dans son bureau qu'il s'anima.

— J'ai bien travaillé pour vous, dit-il.

— Vous savez que le *Kapitan Yakovlev* a levé l'ancre ?

— Je sais, fit John Falcon. J'ai un ami à la capitainerie. Ils ont averti que leur avarie était réparée et qu'ils continuaient leur route.

— Et Sergueï Kalinine ?

— Le commandant a signalé qu'un de ses hommes ne s'était pas présenté à l'heure prévue et a chargé la police de Gibraltar de prendre contact avec le consulat soviétique à Madrid dès qu'ils l'auraient retrouvé.

— Bizarre, fit Malko, d'habitude, les Soviétiques sont plus virulents.

John Falcon eut un sourire en coin et agita son cigare.

— Il y a une bonne raison à cela. Langley l'a identifié, je viens de recevoir le télex. Sergueï Kalinine s'appelle en réalité Ivan Groussof et a le grade de capitaine dans le GRU (1). Il a servi deux

(1) Branche militaire des services spéciaux soviétiques.

ans sur un chalutier soviétique qui suivait la Sixième Flotte à la trace. Ensuite, on l'a retrouvé attaché militaire à Delhi. De là, il a été rappelé à Moscou, à sa Centrale et on ignorait ce qu'il était devenu. Il semble donc qu'il était l'OT (1) de Raj Krichna.

Voilà pourquoi le commandant du *Kapitan Yakovlev* n'avait pas fait de vagues. Dans le combat feutré et féroce qui opposait Malko à ses adversaires tamouls-américano-soviétiques, on en était déjà à deux morts. Que personne ne revendiquerait. La présence de l'officier du GRU sur le *Kapitan Yakovlev* démontrait que toute l'opération avait la bénédiction et l'aide des Services soviétiques. Qui, en l'occurrence avaient comme allié objectif un trafiquant de drogue américain...

Tout était parfaitement cohérent. Les Soviétiques faisaient d'une pierre trois coups. Ils aidaient leurs alliés tamouls, ils vendaient des armes polonaises en engrangeant des devises et en prime, affaiblissaient un peu plus la société occidentale par le biais de l'héroïne. Comme Lenine l'avait préconisé...

Somptueux.

Mais entre grands Services, on ne se tuait pas...

Cette bavure risquait de provoquer des remous.

— Que dit Langley ? demanda Malko.

— Ils sont extrêmement contrariés..., dit prudemment John Falcon.

— Rien n'a été découvert ?

— Non, heureusement. Je connais l'endroit où se trouve le corps. Il peut y rester pas mal de temps. J'espère quand même que vous ne serez plus ici quand on le trouvera.

— Moi aussi, dit Malko.

Le vrai problème était de savoir si les Soviétiques avaient pu avertir le Tamoul qu'il était arrivé quelque chose à son contact. Les heures suivantes allaient

(1) Officier traitant.

être cruciales : si Raj Krichna ne bronchait pas c'est qu'il n'était pas au courant. S'il disparaissait, il n'y aurait plus qu'à faire saisir la drogue.

— Et les containers ? demanda Malko.

Le visage de l'Américain s'éclaira.

— J'ai un contact à la douane. Il s'occupe du problème. Nous avons rendez-vous avec lui à l'*Angry Friar,* un pub de Main Street.

— C'est prudent de me montrer ?

— Willy gagne autant d'argent avec moi qu'avec son administration, c'est une tombe, affirma John Falcon. Sa femme est américaine et il sait que je ne lui demanderai jamais rien contre sa sacro-sainte Queen. Et vous, vous connaissez cette affaire mieux que moi, votre présence est indispensable.

*
**

L'*Angry Friar,* juste en face de la résidence du gouverneur, était un pub anglais où il faisait noir comme dans un four et relativement frais... Dans le coin le plus sombre, un gros rougeaud aux cheveux gris était en grande conversation avec une énorme chope de bière brune comme du cirage. Il secoua la main de John Falcon et salua Malko d'un signe de tête, sans poser aucune question. L'Américain entra tout de suite dans le vif du sujet.

— Alors, Willy, vous avez trouvé quelque chose ?

Le Gibraltarien sortit un papier de sa poche avec un sourire malin.

— Oui, il n'y a pas de mystère.

— Mais encore ?

— Le *Kapitan Yakovlev* a eu une avarie. D'après son commandant, il a reçu un télex d'un des destinataires de sa cargaison, lui demandant de décharger certains containers qui seront récupérés par un autre navire qui doit passer dans le coin. Il l'aurait raté à Rotterdam à cause de son retard.

— Et à qui doit-on les remettre ?

— On ne sait pas encore, expliqua le douanier. Ils sont sous la responsabilité d'un transitaire, la Med-Shipping Co qui a un correspondant ici. Celui-ci va remplir demain les formalités douanières. Il nous a téléphoné. Nous plomberons les containers et ils resteront là jusqu'à ce qu'ils soient rechargés sur l'autre navire.

— Votre transitaire ne sait pas sur lequel et quand ?

— Non. Il a reçu un télex d'un autre transitaire, américain, je crois. Qui lui précisera les instructions plus tard.

— C'est une pratique courante ? interrogea Malko.

Le douanier lui adressa à peine un regard.

— Absolument. Parfois, il y en a qui restent là des mois, oubliés par leurs propriétaires.

— Et où va-t-on les mettre ?

— Sur Western Arm, là où ils ont été débarqués. Si cela durait trop longtemps, on réclamerait au transitaire de les rentrer dans un entrepôt. Mais il n'y a pas beaucoup de vols, ici.

— Vous avez une idée de ce qu'ils contiennent ? demanda Malko.

— Pas encore. Le transitaire viendra nous voir avec le manifeste communiqué par son client.

Satisfait, le gros Willy avala d'un coup la moitié de sa chope de bière.

— Merci, Willy, dit John Falcon, tout cela est très utile. Je me posais des questions. Avec ces Russes, n'est-ce pas, on ne sait jamais.

Le douanier éclata de rire.

— En tout cas, ce ne sont pas des armes ! Ceux qui les ont déchargés ont dit que les containers étaient assez légers...

John Falcon laissa un billet de cinq livres sur la table et se leva. Ils n'en apprendraient pas plus. Le douanier replongea dans sa bière. Une fois dans Main Street, l'Américain demanda à Malko :

— Vous êtes content ?

— Bien sûr, dit Malko. Au pire, nous sommes en mesure de détruire cette drogue.

— D'ici demain, je peux vous trouver ce qu'il faut pour transformer cette héroïne en chaleur et en lumière, affirma John Falcon.

— Prenez vos dispositions, dit Malko.

Ce n'était pas la solution la plus satisfaisante. Seul Raj Krichna serait touché. Mais la mission accomplie pour l'essentiel. Malko cherchait dans sa tête s'il ne pourrait pas faire mieux. Et venger Ann Grimm au passage. Récupérer les dollars de Tony Pool ne serait pas mal non plus...

— Je vous laisse surveiller tout cela jusqu'à demain, dit l'Américain. Si vous avez besoin de moi, appelez-moi n'importe quand.

Ils s'écartèrent devant un car bourré de touristes. Un Pakistanais essaya de les happer pour leur vendre des dentelles fabriquées en Corée du Sud.

Ils se quittèrent au coin de Convent Lane, une ruelle dont les murs se touchaient presque. Le centre de Gibraltar ressemblait un peu à l'ancienne casbah d'Alger...

Il faisait encore jour. Malko décida d'aller vérifier si Selim Attalah n'avait pas réapparu. Son retour signifierait que l'héroïne était sur le point de changer de mains.

*
**

Sous le soleil couchant, la yacht *Marina* bruissait des rires des yachtmen profitant d'une fraîcheur relative. Ils bavardaient à la terrasse des cafés en bas des immeubles d'un blanc neigeux qui entouraient les bassins. Malko examina longuement toutes les jetées, sans rien voir qui ressemble au Cougar de Selim Attalah.

Il aperçut soudain un homme qui se dirigeait vers le restaurant *Da Paolo*, dont la silhouette lui était familière.

Georgiu Ayotis !

Le Chypriote atteignit la terrasse et s'installa à une table où se trouvaient déjà un couple : Raj Krichna ses cheveux noirs soigneusement peignés en arrière et Lucia, superbe dans une robe à volants hypercourte, qui découvrait ses jambes fines et brunes ainsi que sa poitrine grâce à un décolleté vertigineux.

Malko battit en retraite. L'arrivée de Giorgiu Ayotis, l'homme de confiance de Selim Attalah et de Raj Krichna donnait le départ du compte à rebours.

Le poids du « 38 » fixé à sa cheville lui parut soudain rassurant.

CHAPITRE XIII

Georgiu Ayotis s'inclina devant Lucia et prit place à la table. Malko aurait donné cher pour pouvoir glisser un micro sous la table... Il se rabattit jusqu'au petit parking derrière le restaurant où il repéra la Starlet de Raj Krichna.

C'est Ayotis qui l'intéressait. Où était-il basé ? Il s'attendait à voir surgir Tony Pool et Diana Mangan, mais les Américains ne se montrèrent pas. Prudents. Visiblement, ils n'interviendraient qu'au tout dernier moment. De temps à autre, Malko allait vérifier où ils en étaient. Le service était d'une lenteur désespérante. Ce n'est que presque deux heures plus tard que le trio apparut dans le parking. Malko eut juste le temps de plonger sous son tableau de bord. Lorsqu'il se redressa, il vit la Starlet s'éloigner vers la ville. Georgiu Ayotis était aussi à bord.

Queen's Way, la voie longeant les remparts de l'extérieur, était déserte et Malko dut rester à distance. La nuit, Gibraltar évoquait plus un cimetière de campagne que le Lido... La Starlet dépassa le *Rock Hotel* et s'arrêta devant le casino. Le temps de débarquer Georgiu Ayotis et de faire demi-tour.

De loin, Malko vit Raj Krichna et Lucia rentrer, grimper le perron du *Rock Hotel*, la main dans la main. Visiblement pressés d'aller jouer à la bête à deux dos... Il hésita à suivre le Chypriote à l'intérieur du grand casino. Il allait s'y décider lorsqu'il aperçut soudain, garée en face, la BMW bleue immatriculée à Malaga de Tony Pool. Tout se mettait en place. Il avait le choix : soit planquer devant le casino, soit aller voir de près les containers pour y tendre une souricière. Il choisit la seconde solution. Cinq minutes pour retraverser la ville endormie, il passa devant un bureau de douane encore éclairé juste avant le North Mole et atteignit l'extrémité du Western Arm.

Les containers n'avaient pas bougé. Pas un chat. A gauche, le bassin, à droite, la mer.

Malko gara sa voiture entre deux entrepôts et éteignit ses phares. La mer clapotait doucement et l'air était d'une agréable tiédeur. Il coupa son moteur et prit son « 38 » dans son holster de cheville. Les trafiquants avaient choisi l'endroit. La nuit, personne ne se trouvait dans cette partie du port. Le seul signe de vie venait de quelques vieux cargos ancrés le long des jetées du North Mole d'où filtrait un peu de musique.

Il se demanda quand Tony Pool allait venir chercher la drogue.

***

Une centaine de mémères entassées dans la salle du bingo à l'extrémité du casino cochaient scrupuleusement leurs chiffres lancés d'une voix atone par le meneur de jeu. Quelques retraités traînaient autour des machines à sous dans le grand hall dominant Europa Road où on parvenait par un ascenseur... Le restaurant était vide. A part sa vue, le casino de Gibraltar n'avait pas grand-chose à offrir à de vrais joueurs...

Georgiu Ayotis poussa la porte de la salle de roulette et de black jack. Aussitôt un maître d'hôtel malingre en smoking taché le harponna pour lui extorquer un droit d'entrée. Le Chypriote s'exécuta en maugréant. Il venait d'apercevoir Tony Pool et Diana à une table de roulette. Raj Krichna les lui avait assez décrits pour qu'il n'y ait pas d'erreur possible. En plus, ils étaient les seuls dans la salle à avoir moins de cent ans...

Il s'approcha d'eux. Le croupier anémique lançait sa boule pour une douzaine de clients. Ayotis s'y mêla, sans adresser la parole à l'Américain, mais en échangeant un regard avec lui.

Celui-ci, quelques minutes plus tard, s'éloigna vers la rangée de machines à sous. Là, personne ne pouvait les entendre.

— Raj est OK ? demanda Tony Pool anxieusement.

— Oui, annonça Ayotis, tout va bien.

Leur conversation continua dans le fracas de la machine à sous actionnée par Diana, pour couvrir le bruit de leurs voix. Quand elle n'eut plus de pièces de 10 pences, elle se tourna vers Tony.

— Tu as fini ?

— Oui.

Un dernier regard pour Ayotis et le Chypriote fila ostensiblement vers une table de roulette. Diana et Tony Pool regagnèrent le hall désert, puis l'ascenseur. Sans se presser, ils redescendirent vers le *Holiday Inn.*

— Tout est réglé ? demanda Diana.

— En principe, fit Tony, toujours méfiant.

— C'est pour quand ?

— La nuit prochaine.

— Et le type de Vienne ?

— Je crois qu'on l'a semé.

— Il est toujours à Marbella ?

— Non, il est parti. Au *Marbella Club,* il a fait faire une réservation dans un hôtel d'Ibiza...

Diana eut un sourire ironique.

— Je t'avais bien dit qu'on les baiserait...

Il trouva une place juste en face de l'hôtel, sur Governor's Parade et ils regagnèrent leur suite.

La première chose que fit Tony Pool en arrivant fut d'ouvrir la penderie. Les quinze millions de dollars étaient dans deux sacs en cuir. L'Américain ne voulait pas attirer l'attention en louant un coffre dans une banque. Diana regarda les sacs, les yeux brillants.

— J'ai envie de m'amuser, fit-elle.

— Ah oui ! fit Tony Pool en se versant un J and B, après avoir ôté sa chemise.

— Ouvre les valises.

Il lui jeta un regard étonné.

— Pour quoi faire ?

— Je veux les voir.

— Laisse tomber.

— Fais ce que je te dis, ordonna Diana d'une voix cassante. Je te rappelle que cet argent est à Donald et que tu travailles pour lui.

Ses yeux vert-jaune avaient pris une expression glaciale. Tony soutint son regard quelques instants, puis la bouche mauvaise, se leva et ouvrit un des sacs. Diana plongea aussitôt les mains dedans et commença à jeter les liasses de billets de cent dollars sur le lit, les défaisant en même temps.

— Tu es folle ! sursauta Tony Pool. On a mis des heures à les compter.

Sans un mot, Diana Mangan continua, jusqu'à en faire un tapis qui devait représenter un bon million de dollars.

Puis elle se tourna vers Tony et lui lança :

— Maintenant, baise-moi.

— Va te faire foutre !

Sans un mot, elle prit le verre vide de J and B et le lui jeta à la tête, flamboyante de rage. Il l'évita de justesse et se dressa, les yeux fous, avec un grondement de rage.

— Salope !

La gifle claqua à lui arracher la tête, défaisant son chignon. Elle revint à la charge, le griffant sur toute la longueur de son torse nu. Il essaya de l'attraper, mais, souple comme une liane, elle s'accrocha à lui, se frottant de tout son corps, tandis qu'il tentait de la frapper.

Ils basculèrent sur le grand lit couvert de billets. Diana frottait son sexe contre la cuisse musclée de Tony, comme une chienne en chaleur. Elle prit encore quelques coups, mais la rage de l'Américain tombait sous ses caresses. Elle le sentit et arrachant son pantalon de toile, plongea la main dans son slip, en sortant un sexe déjà dur. Sa bouche s'abattit dessus comme un épervier, le pompant à toute vitesse. Tony essaya de la repousser, lui tordant méchamment les seins, mais capitula très vite.

La folie de Diana, nymphomane sophistiquée, lui faisait tourner la tête. Il se redressa et lui arracha sa robe de toile.

— Tu veux que je te baise, hein ! Eh bien, tu vas voir.

Ses grandes mains la retournèrent sur le ventre, soulevant sa croupe. Les cheveux noirs défaits, Diana couinait de bonheur, ouverte, molle, heureuse.

— Oh oui ! Soumets-moi ! murmura-t-elle.

Tony, sans un mot, appliqua son sexe contre l'ouverture de ses reins et sans même lui faire d'abord l'amour s'y enfonça avec violence. Diana poussa un hurlement dément, sous le coup de la douleur réelle et du plaisir, tout aussi réel, qui lui brouillait la tête. Ses doigts aux longs ongles rouges se refermèrent sur des poignées de billets de cent dollars, les déchirant, les réduisant en confettis, tandis qu'elle s'aplatissait sous les quatre-vingts kilos de son amant, enfoncé dans ses reins de toute sa longueur.

— Tiens ! gronda Tony.

Il se retira presque entièrement, puis retomba sur elle, la violant de plus belle. Et ainsi de suite, avec des grognements et des injures. Les cris de Diana se modifièrent peu à peu, baissant de tonalité jusqu'à se transformer en un feulement continu et un murmure soumis et ravi.

— Oh oui, tu me défonces bien ! murmura-t-elle. C'est bon.

Les mains énormes de Tony Pool glissées sous son torse lui pétrissaient les seins à les lui arracher. Quand elle le sentit se vider dans ses reins, sa croupe monta, le soulevant et elle cria une dernière fois, tandis qu'il s'arrachait d'elle brutalement. Diana roula sur le lit et les billets de cent dollars se collèrent sur sa peau couverte de transpiration. Les yeux clos, elle resta sur le dos. Tony Pool profita de ses dernières forces pour se ruer sur elle et cette fois la cloua jusqu'au fond de son ventre. Il avait l'impression de gagner le gros lot avec tous ces billets entre eux.

Il leur fallut un long moment pour retrouver leur calme. Il se reversa une rasade de J and B et Diana remplit un verre de cubes de glace et de Cointreau. Après des sensations aussi fortes, c'était fabuleux. D'une voix posée, elle demanda alors :

— Dis-moi ce que tu as convenu, je dois téléphoner à Donald qu'il soit au courant.

C'était la règle. Quand Diana était là, Tony ne parlait pas directement à son patron.

— C'est simple, dit-il. Ayotis a rencontré Krichna qui lui a remis la clef et le numéro du container où se trouve la came.

— Pourquoi seulement demain ? objecta Diana. C'est dangereux de laisser tout ça sur le quai.

— Parce qu'ils ne seront dédouanés et plombés

que demain matin, expliqua l'Américain. D'ici là, les douaniers risquent de tourner autour. Ayotis ira tout seul effectuer le transbordement. C'est facile, tous les paquets sont dans le même container par sacs de dix kilos. Ils sont comprimés et cela ne tient pas beaucoup de place. Il les mettra dans le coffre de sa voiture et les emmènera à notre bateau.

— Comment vas-tu vérifier la qualité ?

— Ce sera fait par nos gens, sur le bateau. Ensuite, ils me téléphoneront. Krichna sera ici, avec nous. Si la qualité est correcte, je lui remets l'argent.

— Et si elle ne l'est pas ?

Tony Pool fit tourner ses glaçons dans son J and B. Paisible.

— Elle le sera. On a déjà eu un échantillon. C'est de la belle grise. Ce sont des gens sérieux et ils ont besoin d'un débouché pour de grosses quantités. Ils ne vont pas se griller bêtement.

— Il sera tout seul ? demanda Diana, l'air gourmand.

— *Yeah !*

Un ange passa et s'enfuit épouvanté par tant de noirceur. Ils pensaient tous les deux à la même chose.

— Ce type est un tueur, fit Tony Pool. Et il a une organisation derrière lui. On ne peut pas s'amuser à le baiser.

Diana se massait les seins, rêveusement. Economiser quinze millions de dollars n'avait jamais fait de mal à personne.

— Ecoute, fit-il, conciliant, on va y réfléchir. On verra comment les choses se présentent.

***

Malko avait du mal à garder les yeux ouverts. Il sortit de sa voiture et l'air frais le réveilla. Sa Seiko-quartz indiquait trois heures du matin. Tout était toujours aussi calme. Il se dit que l'échange n'était pas pour cette nuit. Par contre, sa longue attente lui avait permis d'ébaucher un plan.

Il ne pouvait pas continuer à jouer avec le feu. Si la drogue lui filait sous le nez, on n'avait pas fini d'entendre la DEA. De plus, en réalisant ce qu'il voulait, il mettait en route une machine infernale dont les effets pouvaient être extrêmement réjouissants, étant donné les protagonistes.

Remontant dans sa voiture, il fila dans le port désert jusqu'au centre. Il lui fallut dix secondes pour vérifier que la BMW de Tony Pool était garée devant le *Holiday Inn*.

Il repartit pensant à la jeune Lucia. Que faisait ce petit animal sauvage au milieu de ces forbans ? Car le Tamoul, en dépit de son apparence pacifique, était un tueur fanatique, redoutable, un poseur de bombes. Quelle naïveté d'en être amoureuse comme elle le paraissait...

Il remonta au *Rock Hotel* par les rues désertes, croisant une seule voiture de police blanche patrouillant sans conviction. A part les singes, personne ne volait personne, à Gibraltar.

Les prochaines vingt-quatre heures allaient être cruciales. Les trafiquants ne laisseraient pas longtemps quinze millions de dollars de drogue sécher au soleil, sans surveillance.

Avant de s'endormir, il se demanda si John Falcon allait se montrer vraiment efficace.

*
**

Lorsqu'il ouvrit les yeux, un soleil radieux entrait dans la chambre et il avait tout juste le temps de filer chez le chef de Station de la CIA.

Certain que rien d'important ne se passerait

pendant la journée, il ne vérifia même pas si Raj Krichna et Lucia étaient là. Se demandant ce que Tony Pool avait manigancé pour faire sortir l'héroïne de Gibraltar.

Elle devait repartir de Gibraltar d'une façon ou d'une autre. Il pensa à Greg Bautzer. Etait-il toujours à Rotterdam ou la DEA avait-elle eu vent de l'escale imprévue du porte-containers soviétique ? Malko était étonné de ne pas avoir de nouvelles du special agent. C'était une gageure de mener cette affaire en dehors de la DEA et même des autorités locales. Mais il savait que la CIA avait raison. Les Britanniques ne voudraient probablement pas se mouiller dans une affaire où un officier soviétique du GRU avait trouvé la mort. Et où ils n'étaient pas partie prenante.

*
**

John Falcon avait l'air sombre. Il offrit quand même un thé à Malko avant d'annoncer :

— La police a trouvé le cadavre de Sergueï ce matin. Il va falloir vous exfiltrer dare-dare.

Malko sentit un picotement désagréable le long de sa colonne vertébrale. Cela pouvait être le début de sérieux ennuis. Parce que si les journaux ou la télé en parlaient, Raj Krichna allait tout comprendre et réagir.

— Que dit la police ?

— Les flics sont perplexes, fit l'Américain. La « Special Branch » a pris l'affaire en mains. Ils savent que le mort est soviétique, à cause des vêtements et ont fait bien entendu le rapprochement avec le disparu du *Kapitan Yakovlev*.

Malko but une gorgée de thé brûlant.

— J'ai besoin de vingt-quatre heures, dit-il.

John Falcon leva un sourcil roux et inquiet.

— Je sais que vous êtes slave, mais ce n'est pas une raison pour jouer à la roulette russe. Nos homologues vous ont déjà repéré, dès votre arrivée. Ils vont découvrir que le mort fait partie du GRU. C'est assez pour avoir envie de vous interroger... Alors, ce soir, allons faire sauter ce fichu container et tirez-vous. J'ai ce qu'il faut.

— Je voudrais essayer de faire mieux, dit Malko. Donnez-moi encore quelques heures.

John Falcon soupira.

— OK, OK, j'ai toujours su qu'un jour j'aurais des problèmes.

— Il me faut deux choses, en plus de l'explosif, dit Malko.

L'Américain l'écouta sans mot dire, crayonnant sur son buvard. Finalement, il hocha la tête pensivement.

— Si jamais on a un problème, nous pouvons partir tous les deux... S'il est encore temps. OK, je vais essayer de me procurer tout cela. Revenez vers six heures.

L'Américain le raccompagna jusqu'à l'ascenseur. Les bureaux ressemblaient à une ruche. L'infrastructure de la CIA tournait rond.

Malko émergea dans la rue inondée de soleil et, instinctivement, regarda autour de lui. Rien d'inquiétant.

Depuis le départ d'Alexandra, il se sentait vraiment seul. Il regagna sa voiture bouilloire. Les rues étaient encombrées de touristes et il mit vingt minutes pour rejoindre le Yacht Marina. Un vieux Comet militaire était en train de se poser sur la piste de l'aéroport et la route de l'Espagne était coupée, gardée par des policiers. Des files de véhicules s'allongeaient de chaque côté. Dieu merci, il n'y avait pas beaucoup de trafic.

Il n'eut pas besoin d'aller très loin. Le Cougar de Selim Attalah se balançait à quelques mètres de *Da Paolo* et le Syrien était à l'avant en train d'aider à l'amarrage.

Attalah revenait à Gibraltar chercher ses quinze millions de dollars.

CHAPITRE XIV

Malko essayait de tromper son anxiété en faisant la navette entre le *Rock Hotel*, le port et la Marina. Le Cougar était à l'ancre, Selim Attalah, invisible. Raj Krichna et Lucia avaient dû passer la journée à la piscine du *Rock Hotel* car la voiture du Tamoul s'y trouvait. Idem pour la BMW de Tony Pool garée devant le *Holiday Inn*.

Quant à Georgiu Ayotis, il n'avait pas réapparu.

Remontant Europa Road pour la énième fois, il jeta un coup d'œil à sa Seiko quartz. Trois heures et demie. Le rendez-vous avec John Falcon était à six heures. Il s'arrêta en face du parking de la piscine. La Starlet de Krichna avait disparu. Il descendit et alla jeter un coup d'œil. Pour se heurter à Lucia, son walkman aux oreilles qui surgissait à la sortie du parking. Elle s'approcha de lui et demanda en mauvais anglais :

— Est-ce que vous allez au *Rock Hotel* ?

— Oui, dit Malko.

— Vous pourriez me déposer ?

C'était jouer avec le feu, mais il était difficile de refuser. Il lui dit de monter. De près, elle était encore plus excitante, avec des sourcils noirs fournis, ce visage enfantin et sensuel et l'extraordinaire poitrine qui crevait le maillot.

Le trajet dura trois minutes. Elle n'avait pas ôté

son walkman et ne le retira que pour dire au revoir à Malko et lui adresser un sourire carnassier et éblouissant. Cette petite gitane dégageait une sexualité à faire abjurer tous les ayatollahs du monde, avec ce corps gracile, ces seins de bronze, cette bouche qui semblait prête à happer un sexe et cette lueur trouble dans le regard.

Lolita, le phantasme absolu.

— Merci, fit-elle.

Elle se pencha et l'embrassa sur la joue, à la commissure des lèvres, innocente et perverse. La pointe d'un sein dur effleura sa main et il eut l'impression de recevoir une décharge électrique.

*
**

John Falcon semblait de meilleure humeur. En bonnes Britanniques, ses secrétaires s'étaient envolées à cinq heures pile et l'immeuble de Secretary's Lane était silencieux comme une crypte.

— J'ai trouvé ce qu'il vous fallait, dit-il, mais cela va coûter cinq cents livres à la Company...

Une lueur gaie brillait dans ses yeux. Malko eut l'impression qu'on lui enlevait un gros poids de l'estomac.

— Et la collaboration extérieure ?

— C'est compris dans les cinq cents livres, dit l'Américain.

— J'ai peur d'être encore obligé de vous demander quelque chose, dit Malko.

— *My God,* quoi ?

— Vous, fit Malko.

Le chef de Station devait s'y attendre car il ne sauta pas au plafond, caressant son crâne chauve d'un geste distrait, avec une expression lointaine, nostalgique.

— Ça va me rajeunir, laissa-t-il tomber.

*
**

Selim Atallah, bronzé, portant une chemise coquille d'œuf et des Gucci blancs, accueillit Raj Krichna et Lucia à la coupée du Cougar, les étreignant tous les deux avec un égal enthousiasme.

Selim flatta la croupe de Lucia avec un clin d'œil égrillard.

— Tu ne t'ennuies pas au moins ?

— Non, je m'amuse beaucoup, fit-elle d'une voix agressive.

Selim ne releva pas. Ce n'était pas le moment. Il attira le Tamoul à l'écart.

— Nous pourrons repartir demain matin ?

— Oui.

— Bien, nous irons directement à Malaga. Mon avion est prêt. De là, nous partirons pour Varsovie. La marchandise pourra quitter la Pologne après-demain de Gdansk. Dans trois semaines, elle sera à Nagapattinam. Vous êtes certain qu'il n'y aura pas de problème avec les autorités indiennes ? Il y en a quand même cinq cents mètres cubes...

— Certain, assura le Tamoul. Le responsable du port est membre de notre mouvement.

— Alors, allons dîner, suggéra Selim Attalah. J'ai retenu à *Da Paolo*. C'est le seul restaurant à peu près convenable de Gibraltar.

— Je dois vous laisser maintenant, dit Raj Krichna, il faudrait que Lucia reste avec vous.

— Pas de problème.

Lucia tapa presque du pied.

— Je veux venir avec toi.

— Non, fit sèchement Krichna, c'est impossible.

Le Syrien lui adressa un regard stupéfait. C'était la première fois qu'elle se rebellait. Décidément, les voyages ne lui valaient rien.

— Si tu n'es pas sage, dit-il, mi-figue mi-raisin,

je te refile à tes parents et tu continueras ta vie de merde.

— Je m'en fous ! jeta-t-elle. Je vais partir avec Raj.

Selim Attalah fut si étonné qu'il ne répondit pas, puis choisit de sourire. On réglerait cela plus tard. Le Tamoul, lui non plus, ne voulait pas d'esclandre.

— Tu resteras avec Selim, dit Krichna, je te retrouverai plus tard.

Boudeuse, Lucia se laissa entraîner vers le restaurant. Selim regarda son corps mince moulé par la robe d'été.

***

Raj Krichna n'était pas joueur et fixait les machines à sous alignées dans le hall du casino d'un regard indifférent. Mais il fallait bien tuer le temps. Le casino était parfait pour cela. Il alla s'installer au bar quasiment vide et commanda un Gaston de Lagrange qu'il réchauffa longuement entre ses doigts. Pour faire fondre la boule qui lui obstruait la bouche. De cette affaire dépendait son avenir au PLOT.

Du côté soviétique et avec Selim Attalah, il n'y avait pas de problème, mais il se méfiait de Tony Pool. L'Américain pouvait être tenté d'avoir le beurre et l'argent du beurre... Raj Krichna avait envisagé froidement cette éventualité. Il était prêt à y faire face. Depuis des années sa vie se déroulait dans un univers sanglant où la vie humaine n'avait guère de valeur. Celle de Tony Pool pas plus qu'une autre. Mais il ne se faisait aucune illusion : l'Américain était de la même race que lui. Et Diana Mangan pouvait être tout aussi dangereuse...

Il acheva son cognac pensant à Lucia. Quel étrange petit animal ! Jamais il n'avait trouvé un équilibre sexuel avec une femme comme avec elle. Dommage qu'elle ne soit pas tamoul. Cela allait faire grincer des dents. Il commanda un café : le onzième de la journée. Il aurait donné beaucoup de roupies pour être plus vieux de quelques heures.

*
**

Lucia chipotait son gâteau, les yeux dans le vague, dans le brouhaha de *Da Paolo*. Selim Attalah demanda l'addition et se leva. La lune brillait sur la Marina et les occupants des voiliers se promenaient sur les jetées. Une ambiance bon enfant et relax. Le Syrien se dirigea vers le Cougar ancré au bout de la jetée.

Lucia s'arrêta net :

— Où vas-tu ?

Il revint sur ses pas et la prit par la taille, enfonçant les doigts dans la chair élastique de ses hanches.

— Tu m'as manqué...

— Je veux rentrer à l'hôtel, fit-elle butée.

Selim, pris d'un brusque accès de rage, l'attrapa par le poignet, la tirant violemment sous l'œil outré de quelques yachtmen britanniques. Il siffla entre ses dents.

— Tu vas me suivre, petite conne !

Il l'entraîna le long de la jetée déserte vers le Cougar. Muette de terreur, Lucia se laissa faire. Arrivés devant le bateau, il la fit sauter à bord, ouvrit la porte de la spacieuse cabine qui occupait tout l'avant et, d'une bourrade, expédia Lucia sur le lit. Elle resta à plat ventre, inerte. En un clin d'œil, Selim se déshabilla et la rejoignit, la retournant comme une crêpe.

— Alors, qu'est-ce que tu attends ?

Il n'en revenait pas. D'habitude, à peine étaient-ils sur un lit, elle s'enroulait docilement autour de lui. Comme elle ne réagissait toujours pas, il s'assit à califourchon sur sa poitrine, son sexe entre ses seins, effleurant la bouche de Lucia.

— Vas-y !

Elle ouvrit la bouche et mordit.

Avec un hurlement de fureur, Selim roula sur le lit, tétanisé de douleur. Puis il sauta sur ses pieds, enleva la ceinture de cuir de son pantalon et se mit à en cingler Lucia qui se débattait sur le lit, criant sous les coups. Il jeta ensuite sa ceinture et arracha la robe de la petite gitane, puis son slip. Serrant ses longs cheveux d'une seule main, il les torsada brutalement, pour amener le visage de Lucia tout près du sien.

— Si tu recommences, dit-il, je t'arrache les yeux avec mes mains.

Terrifiée, et sachant qu'il en était capable, elle ouvrit docilement la bouche et fit ce qu'il voulait mais avec une sorte de détachement qui gâcha en partie l'efficacité de sa fellation. Selim en bouillait de fureur. Il arracha son sexe de sa bouche pour se masturber furieusement. Lucia attendait, assise sur ses talons. Sur un regard furieux du Syrien, elle recommença. Un peu plus motivée. Selim malaxait sa jeune poitrine férocement, pinçant, tordant, enfonçant les ongles dans la chair fragile, marmonnant des obscénités. Où était la chatte en chaleur qui se frottait de toute sa longueur contre lui, en le prenant dans sa bouche, l'agaçant de ses seins aigus, la croupe haute ? On aurait dit une professionnelle blasée, pressée d'en finir.

Frustré, il se dégagea et la fit tomber sur le sol de la cabine, pour la prendre de la façon qu'il préférait. Agenouillée sur la moquette blanche, comme un animal. Hélas, la croupe nerveuse demeura rigide, morte et il eut même toutes les peines du monde à la pénétrer. Lucia était sèche comme de l'amadou !

Ce qui augmenta encore la rage du Syrien. Il se mit à la pilonner comme une brute, violant ses reins, revenant dans son ventre, sans lui arracher une goutte de plaisir. Il explosa finalement, dégoûté, frustré, puis jeta hargneusement :

— Qu'est-ce qui te prend ?

Elle qui était toujours une coulée de miel.

Lucia lui lança, butée :

— Je ne veux plus faire ça avec toi.

— Et pourquoi ?

— Je suis amoureuse.

C'était le comble. Automatiquement, Selim la gifla de toutes ses forces et lança :

— Tu verras quand on sera à Marbella ! Je te ferai ramoner par tous ceux qui ont envie de toi. Y compris le jardinier. Tu sais, celui qui a un manche de pioche...

Un jardinier érotomane qui se masturbait dans la serre en regardant Lucia se baigner... La petite gitane resta muette, recroquevillée sur le lit, son visage d'enfant fermé...

Selim se rhabilla, un peu calmé par son coït brutal. Il fallait ramener Lucia au *Rock Hotel.* Tandis qu'ils roulaient dans Queen's Way, longeant les remparts, Selim lui serra le sein gauche avec méchanceté.

— Si tu dis un mot à Krichna, je te tue !

Il y avait une telle tension dans sa voix qu'elle en eut une nausée de terreur. Il la déposa en haut de la rampe du *Rock Hotel* et démarra aussitôt.

La clef de sa chambre était là. Raj Krichna n'était pas rentré. Le hall vide, avec, au fond le petit bar placard lui parut sinistre. Elle avait envie de parler à quelqu'un. Elle pensa soudain à l'homme blond qui l'avait ramenée. Il avait l'air gentil. S'approchant du concierge, elle le lui décrivit.

— Il n'est pas rentré, fit l'employé après un coup d'œil au tableau des clefs. C'est le 426.

Dépitée, Lucia décida d'aller se coucher. Elle avait mal partout et des bleus marbraient sa peau délicate là où Selim l'avait pincée ou battue.

Le concierge du *Rock Hotel* la suivit des yeux avec

envie. Il y avait des gens qui avaient de la chance. Mettre une petite bombe sexuelle comme ça dans son lit ! Toujours des étrangers, bien entendu.

***

Raj Krichna traversa le hall du *Holiday Inn,* un sourire de commande aux lèvres. Ils entraient dans la phase finale de l'échange. La plus dangereuse et la plus délicate. Il sonna à la porte de la suite et Diana Mangan ouvrit aussitôt avec un rictus qui se voulait chaleureux. Elle portait une robe fourreau noire très décolletée, des bas assortis et son maquillage habituel qui faisait ressortir ses yeux jaunes. Les cheveux bien tirés sur la nuque accentuant le profil d'oiseau de proie... Tony Pool était dans le sitting-room, regardant la télé en mâchant du chewing-gum. Il y avait une bouteille de Moët et Chandon dans un seau. Diana lança gaiement :

— Nous allons fêter notre deal !

Le Tamoul eut son sourire mécanique. Tout cela était trop détendu. Il n'aimait pas le silence de l'Américain. Machinalement, il regarda Diana sous toutes les coutures. Impossible qu'elle cache une arme sur elle... Il s'installa près de la télé, l'esprit ailleurs. Il avait les mains moites en pensant aux millions de dollars dont son organisation avait besoin. Ils étaient là, à portée de sa main... Diana virevoltait autour d'eux, entrant et sortant de la pièce. Son sixième sens disait au Tamoul que le danger viendrait de là, d'abord. Ce ne serait pas la première fois qu'une affaire de drogue se terminerait dans le sang.

— Où est l'argent ? demanda-t-il.

Tony Pool tourna à peine la tête pour dire :

— Montre-lui.

Diana passa dans la pièce voisine et revint avec un des deux sacs qu'elle ouvrit. Juste aux pieds de Raj

Krichna. Ce dernier aperçut les liasses de billets de cent dollars. Chacune grosse comme une brique.

— Elles font cent mille dollars, expliqua Tony Pool. On les a comptées à la machine.

— On en recomptera quelques-unes, fit froidement le Tamoul. J'espère qu'ils sont bons.

Il n'y avait rien de plus facile à imiter que des dollars. Mais les faux laissaient des traces de couleur quand on les frottait très fort. Il avait suivi des cours là-dessus au KGB. Tony Pool hocha la tête et laissa tomber sèchement :

— Nous ne faisons pas ce genre de connerie.

Diana n'arrêtait pas de passer derrière le Tamoul, se penchant parfois sur lui, comme pour lui montrer ses seins, mais Raj Krichna était de glace. Même Lucia était sortie de son esprit. Quelque chose le gênait, sans qu'il sache quoi. Il se leva, inspectant les lieux. Contre le mur, derrière lui, se trouvait une commode. Il en ouvrit tous les tiroirs. Dans le troisième, il y avait un Smith et Wesson 357 Magnum au canon de quatre pouces. Il le prit et se retourna, armant le chien. L'arme braquée sur Tony Pool.

— Alors, on ne fait pas de conneries ?

L'Américain crut qu'il allait appuyer sur la détente.

— Arrêtez ! lança-t-il d'une voix étranglée. Je ne savais pas qu'il était là.

Les pensées s'entrechoquaient dans la tête de Raj Krichna. Deux balles et ils étaient morts. Il pouvait récupérer l'héroïne. Et partir avec les quinze mille dollars. Tony Pool lança :

— Si tu fais ça, tu n'auras pas un coin dans le monde pour être tranquille. Donald te fera bouffer tes couilles...

Raj Krichna baissa lentement le revolver. La tension tomba d'un cran. Diana Mangan retenait son souffle, le regard mort comme celui d'un crocodile. Tony Pool se leva et s'approcha d'elle. Sa gifle envoya Diana contre le mur où elle s'écrasa avec un regard de haine.

— Je t'avais dit de ne rien faire !

Raj Krichna observait la scène, pas convaincu. Il se rassit, ouvrit sa sacoche de cuir et en sortit un Beretta 92 tout neuf, puis un silencieux qu'il vissa au bout. L'arme que lui avait remise Sergueï Kalinine, avec la clef du container.

— Vous allez vous asseoir devant moi, ordonna-t-il. Et ne plus bouger, en attendant Georgiu. Si vous faites les cons, je vous tue, tous les deux. Sinon, tout ira bien.

La joue écarlate, Diana Mangan se laissa tomber dans un fauteuil. Raj Krichna s'était vidé le cerveau. Essayant de ne pas penser à ce qui se passait en ce moment sur les quais. Il avait déjà procédé ainsi des dizaines de fois, mais jamais pour des quantités si importantes. La drogue voyageait dans des valises à double fond ou des filtres à huile de moteur.

Dans une heure tout serait fini.

La sonnerie du téléphone les fit tous sursauter. L'appareil était posé sur la télévision. Tony Pool décrocha sans dire un mot, écouta quelques instants, mit la main sur le récepteur.

— C'est Ayotis, dit-il. Il téléphone d'une cabine. Les bureaux de la douane du port sont encore allumés. Il attend.

— Ça va, fit Krichna, nous attendons aussi.

*
**

La grosse Rover de John Falcon glissa silencieusement entre le bâtiment des douanes situé à l'entrée du port et le quai de la Bland Line, pour s'engager sur le North Mole. John Falcon eut un petit gloussement heureux et dit à Malko :

— Notre ami Willy fait des heures supplémentaires...

Ils tournèrent au bout, continuant jusqu'à l'extrémité de Western Arm. L'Américain gara la Rover entre deux hangars et les deux hommes descendirent. Les quatre containers déchargés du *Kapitan Yakovlev* se trouvaient devant eux.

John Falcon braqua dessus sa lampe à faisceau directionnel. Examinant le marquage des containers. Il s'arrêta sur celui où on pouvait lire en grosses lettres : 92 UT SP.

— C'est celui-là, dit Malko.

Il se retourna. Personne en vue. La lampe éclaira un gros cadenas et par-dessus des fils métalliques entortillés, dans un cachet de cire rouge : le sceau de la douane de Gibraltar. Avec des pinces, Malko écrasa le sceau, écartant les fils.

— A moi, fit John Falcon.

Il tenait un trousseau de passes. Délicatement, il entreprit de les essayer sur le cadenas. A la cinquième, il y eut un « clic » et le cadenas se souleva.

La porte du container s'écarta en grinçant. Il contenait des cageots de bois empilés les uns sur les autres. Malko braqua dessus le faisceau de la lampe, le pouls à 150. L'héroïne destinée à Raj Krichna était quelque part là-dedans. John Falcon avait ouvert le coffre de la Rover. Il était rempli à ras bord d'espèces de briques grisâtres.

Le plus dur commençait.

CHAPITRE XV

Malko plongea les mains dans une caisse ajourée en bois, éclairé par John Falcon. Il tâtonna un peu avant d'en extraire un sac en linge blanc très lourd. Le faisceau de la torche fit apparaître des inscriptions en caractères indiens, des motifs fleuris et deux mots anglais imprimés au tampon : *Golden Flower*.

— Ça doit être ça ! souffla John Falcon.

Malko défit le lacet fermant le sac et en sortit une plaque grisâtre et dure, de la taille d'un livre, une sorte de poudre amalgamée sur laquelle était gravé en creux « 999 ». De l'héroïne comprimée. Il vida le sac à terre. Il contenait dix plaques. Chacune pesait un kilo environ et valait 70 000 dollars... Les deux hommes se regardèrent. Tout était d'un calme absolu, à part le clapotis des vagues se brisant sur le Western Arm.

— On y va, dit Malko.

John Falcon prit dans le coffre de sa Rover les briques de ciment qu'il avait récupéré dans la journée. Impossible de connaître leur provenance. Il en enfourna dix dans le sac vide, le referma et le mit de côté. Malko était déjà en train de sortir le second du container. Les deux hommes travaillaient à toute vitesse, sans un mot, se retournant sans cesse vers North Mole, vérifiant que personne n'arrivait.

En vingt minutes, ils eurent extrait les vingt-deux

sacs contenant l'héroïne pour la remplacer par les morceaux de ciment. En sueur, malgré la fraîcheur, ils prirent une pause de quelques secondes. Le quai était jonché de « pains » d'héroïne. Ils remirent les sacs en place dans le container et refermèrent le cadenas. John Falcon tira alors de sa poche le sceau des douanes de Gibraltar prêté par le gros Willy, et un bâton de cire. Malko tint le briquet pour faire fondre la cire et remettre les plombs en place. Ensuite ils examinèrent le tout à la lueur de la torche. Impossible de voir que le container avait été ouvert.

John Falcon regarda le tas d'héroïne à leurs pieds. Quinze millions de dollars. Il y avait de quoi avoir le vertige.

— Qu'est-ce qu'on en fait ?

— Une seconde, dit Malko.

Il prit un des pains, s'allongea sur le quai et le trempa dans l'eau, puis le remonta. Il le gratta et l'héroïne commença à s'effriter.

— Ça va, dit-il, ce n'est pas de l'héroïne-base insoluble dans l'eau.

Prenant une brassée de pains d'héroïne, il les jeta dans l'eau sombre qui clapotait contre le quai. Ils coulèrent aussitôt. En cinq minutes, ils firent place nette. Dans quelques heures, il ne resterait plus rien des deux cent vingt kilos d'héroïne. Mais il y avait de quoi donner une overdose à tous les requins de la Méditerranée... Malko consulta sa Seiko-quartz. Le cadran lumineux indiquait onze heures trente. Ils avaient mis tout juste une demi-heure. Maintenant, la bombe était armée, il suffisait d'observer la suite des événements.

Malko avait repéré dans la journée, un peu plus loin, une grue dont la cabine se trouvait à une dizaine de mètres au-dessus du sol. Un observatoire parfait... Laissant la Rover dans l'ombre du hangar, Malko et John Falcon y montèrent, et s'installèrent tant bien que mal dans l'étroite cabine encombrée de leviers.

De là, ils voyaient parfaitement les containers. Il n'y avait plus qu'à attendre.

***

Les douze coups de minuit avaient sonné depuis un moment à l'église de la King's Chapel et le port était toujours aussi silencieux. Malko commençait à être sérieusement ankylosé. Pourquoi Raj Krichna ne venait-il pas récupérer son héroïne ?

— Regardez ! dit soudain John Falcon.

Une voiture tournait le coin de North Mole, roulant lentement. Une grosse Japonaise. Elle continua et mit soudain plein phares, éclairant tout le Western Arm, puis, aussitôt, se remit en veilleuse. Elle contourna les containers et s'éloigna, longeant le bassin, sans s'être arrêtée. Impossible de voir qui se trouvait à l'intérieur.

— Je suis sûr que c'est lui ! dit Malko.

— Il est reparti, remarqua l'Américain.

— Simple reconnaissance.

Dix minutes s'écoulèrent. Puis, de nouveau la voiture. Même manège. Mais cette fois, le conducteur stoppa, et éteignit ses phares. Encore plusieurs minutes, personne n'était sorti. Malko et John Falcon retenaient leur souffle. Et tout à coup, la voiture redémarra, tous feux éteints, et manœuvra pour venir coller son arrière contre les containers. Le coffre s'ouvrit, actionné de l'intérieur. Puis la portière. A la faible lueur des lampadaires, Malko identifia la silhouette squelettique de Georgiu Ayotis.

Le Chypriote s'approcha du container q2 UT SP, arracha les plombs de la douane et ouvrit le cadenas, puis la porte latérale à deux battants. Il plongea à l'intérieur et sortit un cageot qu'il posa à terre.

Ayotis travaillait à toute vitesse maintenant. Sortant un cageot après l'autre. Dans chaque, il prenait un des sacs, contenant les blocs d'héroïne et le jetait dans le coffre de sa voiture.

En moins de dix minutes, il eut terminé. Le coffre débordait presque. Le Chypriote referma le cadenas, le coffre et se remit au volant. Il repartit sans allumer ses phares et Malko le vit tourner dans North Mole. Mais, au lieu de continuer vers la sortie du port, il stoppa en face d'un des navires ancrés entre les jetées de North Mole. Gêné par ses superstructures, Malko ne put voir exactement ce qui se passait. Mais, quelques minutes plus tard, les phares de la voiture du Chypriote se rallumèrent et le véhicule s'éloigna vers la sortie du port.

Déjà, Malko et John Falcon dégringolaient de leur grue. L'Américain reprit le volant de sa Rover et ralentit en passant devant le cargo où s'était arrêté Georgiu Ayotis.

Bahia Blanca. Les lettres étaient à moitié effacées et le reste à l'avenant. Un vieux cargo rouillé, qui semblait prêt à couler, battant pavillon panaméen.

John Falcon ne s'attarda pas.

— Ramenez-moi au *Rock Hotel,* demanda Malko. Il n'y a plus qu'à attendre.

***

Le coup de sonnette fit sursauter Raj Krichna et le couple d'Américains. Le Tamoul pivota et dit calmement à Diana Mangan :

— Allez ouvrir la porte et arrangez-vous pour que je voie celui qui entre.

Elle obéit et il éprouva un soulagement immense en reconnaissant le visage grêlé et maigre de Georgiu Ayotis. Le Chypriote adressa un sourire un peu figé à Tony Pool.

— Voilà, fit-il, tout est en ordre. Tous les sacs se trouvent sur le *Bahia Blanca.* Il y en a vingt-deux.

Raj Krichna dissimula son soulagement. Dans ces affaires-là, on pouvait craindre le pépin jusqu'au dernier moment.

Le *Bahia Blanca* appareillait à l'aube. Il serait dans l'Atlantique quand on risquait de s'apercevoir qu'un des containers avait été forcé.

— OK, fit-il, tu peux rentrer chez toi.

Le Chypriote ne se le fit pas dire deux fois. Il n'aimait pas l'ambiance de la suite.

Tony Pool l'examinait d'un œil inquisiteur.

— Tu as l'air d'avoir chaud, fit-il d'un ton plein de sous-entendus.

Georgiu Ayotis eut un rire qui ressemblait au croassement d'une très vieille grenouille.

— J'aurais voulu vous y voir. C'était lourd, ces putains de sacs...

Il était déjà à la porte. Il l'entrouvrit et se glissa dehors, laissant derrière lui un silence minéral. Raj Krichna lança un regard froid à Diana Mangan :

— Le reste de l'argent.

— Hé, attendez ! fit Tony Pool, ils doivent me téléphoner du bateau pour me dire que la marchandise est OK.

Raj Krichna eut un léger haussement d'épaules et un sourire presque joyeux.

— Il n'y a aucun problème. On va commencer à compter.

Il se pencha et prit deux liasses au hasard dans le sac. Il les jeta à Diana Mangan qui apportait le second.

— Comptez ça. Ici, devant moi. Il y a combien dans celui-là ?

— 8885000, fit Tony Pool.

— Et dans l'autre ?

— 7350000...

Diana s'était mis à compter la liasse. Pendant un

long moment, on n'entendit que le froissement des billets et les respirations. Le regard de Raj Krichna allait des sacs aux deux Américains. Ses jointures avaient blanchi, tellement il serrait fort la crosse de son Beretta 92. La sonnerie du téléphone lui envoya une décharge d'adrénaline fulgurante dans les artères, suivie aussitôt d'un profond soulagement. Enfin, c'était le dernier contrôle.

Dans quelques heures, il voguerait vers Marbella, avec l'argent et Lucia. Diana s'était arrêtée de compter et Tony avait répondu au téléphone. Le Tamoul vit ses traits se rétrécir, ses prunelles devenir fixes. Le sang abandonna son visage, il marmonna :

— *You're pulling my leg ?* (1)

Avant de raccrocher, son regard se posa sur Raj Krichna avec une fureur qui le faisait étinceler.

— *Motherfucker ! Son of a bitch !* Tu crois que tu vas t'en tirer ?

Sa rage semblait tellement sincère que Raj Krichna en fut désarçonné quelques secondes. Puis, il reprit son sang-froid, de nouveau glacé comme un cobra.

— Qu'est-ce qu'il y a ?

Il crut que malgré l'arme braquée sur lui, Tony Pool allait se jeter sur lui.

— Petit enculé, rugit-il, tu m'as livré du ciment. C'est tout ce qu'il y a dans tes putains de sacs.

Ce fut au tour de Raj Krichna de sentir le sol se dérober sous ses pieds. C'était impossible. L'Américain lui mentait. Mécaniquement, il secoua la tête et dit d'une voix blanche :

— Non, non, l'héroïne y était. J'en suis sûr. C'est mon second qui a assisté au chargement. On a veillé dessus, pendant tout le trajet. Ce sont vos amis sur le bateau...

Il se leva. Un peu tassé sur lui-même. De la main gauche, il attira vers lui un des sacs. Tony Pool rugit :

(1) Vous vous foutez de moi ?

— Si tu touches à ça, je te tue !

Raj Krichna ferma à demi les yeux. Il sentait la transpiration coller sa chemise à son dos. Le cerveau vidé, il ne pensait plus qu'à une chose : sortir de cette pièce avec l'argent. Quelle que soit la vérité, il ne pouvait pas se représenter devant les gens de son mouvement, sans armes ou sans argent. Se penchant en avant, il réussit à attraper les anses des deux sacs dans sa main gauche.

Le Beretta était braqué sur le ventre de Tony Pool. Les deux hommes avaient aussi peur l'un que l'autre.

— Je m'en vais, fit Krichna.

Il recula lentement vers la porte, suivi par le regard fou de haine de Tony Pool. Et soudain, Diana Mangan se jeta vers lui, ses yeux jaunes étincelant comme des topazes. Raj Krichna bougea à peine. Son poignet droit eut deux secousses, il y eut deux « plouf » étouffés et Diana Mangan s'arrêta net, puis tomba à genoux, le regard vitreux. Touchée en pleine poitrine.

Traînant les sacs pleins de dollars, Raj Krichna était déjà dehors. Il claqua la porte et gagna l'ascenseur. Il courut jusqu'à la Starlet garée en face du *Holiday Inn,* y jeta les sacs et prit le volant. Chaque seconde comptait. Il aurait dû foncer vers la Marina, réveiller Selim Attalah et filer avec le Cougar séance tenance. Seulement, il y avait Lucia. Il imaginait ce que Tony Pool pouvait faire...

Pied au plancher, il dévala Main Street, rattrapa Line Wall Road, remontant vers Europa Road.

*
**

Ses mains tremblaient tellement que Tony Pool dut s'y reprendre à deux fois pour remplir les six alvéoles du barillet de son « 357 Magnum » de balles à charge creuse.

Chacune d'elles pouvait faire un cratère grand

comme une soucoupe dans un corps humain. Il glissa une poignée de cartouches dans sa poche, mit son arme dans un holster et ferma sa veste. Sa rage était telle qu'il marmonnait tout seul des injures. Il se pencha deux secondes sur le corps de Diana. Pas besoin de la toucher pour voir qu'elle était morte. La moquette commençait à s'imprégner de son sang.

Il claqua la porte derrière lui, traversa le hall de l'*Holiday Inn* en courant et sauta dans sa BMW. Direction Europa Road.

Se demandant encore pourquoi le Tamoul l'avait épargné. Les meilleurs professionnels ont des moments d'absence. Lui ne lui laisserait pas une chance, après avoir récupéré son argent. Il salivait déjà à l'idée de ce qu'il allait lui faire. Sa haine le rendait invulnérable.

CHAPITRE XVI

Raj Krichna se demandait encore pourquoi il n'avait pas abattu Tony Pool en montant quatre à quatre les escaliers du *Rock Hotel.* L'ascenseur était en panne. Il se rua dans la chambre poisseuse de chaleur : la climatisation ne fonctionnait pas. Il alluma. Lucia était allongée sur le lit, en slip.

— Lucia !

Elle se tourna et il aperçut son visage bouffi de coups, les hématomes sur ses cuisses et sur ses seins. Un rage horrible tordit la poitrine de Tamoul.

— Qu'est-ce qui est arrivé ?

— Selim, dit-elle. Il m'a battue et prise de force.

Brusquement, elle se jeta à son cou, se serrant contre lui violemment.

— Tue-le ! supplia-t-elle. Tue-le si tu m'aimes.

C'était vraiment le moment. Tony Pool était sur ses talons. Il lui caressa les cheveux.

— Calme-toi. On s'en va. Vite.

Elle enfila sa robe mécaniquement et le regarda.

— Où va-t-on ?

— On quitte Gibraltar. Avec le bateau.

— Le bateau de Selim ?

Les yeux noirs le fixaient, plein d'incompréhension.

— Oui.

— Pourquoi ?

— Je ne peux pas faire autrement. Dépêche-toi.

Enervé, il avait élevé la voix.

Lucia bondit comme un chat, ouvrit la porte et s'enfuit dans le couloir sombre. Raj Krichna courut à sa poursuite, fit cinq mètres, jura et revint sur ses pas. Ivre de frustration, de peur et de colère. Tant pis pour cette petite conne. Saisissant les sacs, il reprit l'escalier, le Beretta passé dans sa ceinture.

Le veilleur de nuit dormait. Raj Krichna traversa le hall et poussa la porte donnant sur Europa Road. S'immobilisant. La BMW de Tony Pool était en face. Elle devait aller deux fois plus vite que la Starlet. Il n'avait aucune chance de parvenir au Cougar. Aucun moyen non plus de prévenir Selim Attalah. Et Tony ne lui laisserait aucune chance. Il fallait attendre Selim. Avec le Syrien, il s'en tirerait.

Traînant toujours ses deux sacs, Raj Krichna retraversa le hall et remonta. Il dégoulinait de sueur en arrivant dans sa chambre. Toujours pas de Lucia. Il cala une chaise contre la porte, posa les sacs près du lit, s'y étendit, le Beretta à portée de la main. Il fallait tenir jusqu'au matin. En attendant, il essaya de se vider le cerveau et de ne pas penser à Lucia.

***

Malko entendit d'abord un froissement dans le couloir, puis un coup léger contre sa porte. Il se leva tout doucement, son « 38 » au poing. Rentré depuis une heure, il ignorait ce qui avait pu se passer entre Tony Pool et Raj Krichna.

Il attendit et on frappa de nouveau.

S'écartant du battant, il demanda :

— Qu'est-ce que c'est ?

— Ouvrez.

C'était une voix de femme, timide, étouffée.

— Qui est-ce ?

Cela sentait le piège à plein nez.

— Lucia.

Son pouls s'accéléra. Que faisait la maîtresse de Raj Krichna dans les couloirs du *Rock Hotel*, à deux heures du matin ?

— Que voulez-vous ? demanda-t-il à travers le battant.

— Ouvrez-moi.

Il y avait un sanglot dans sa voix.

— Vous êtes seule ?

— Oui.

Elle se mit soudain à tambouriner sur la porte. A réveiller tout l'hôtel. Si Raj avait été avec elle, il l'en aurait empêchée. Malko entrouvrit le battant et Lucia se rua dans sa chambre comme une tornade, le visage ravagé par les larmes. Il vit tout de suite les hématomes, les yeux gonflés.

— Qu'est-ce qui vous arrive ?

Elle baissa la tête, les cheveux dans les yeux, pitoyable et fragile.

— Je ne veux pas en parler. Je veux dormir ici.

— Mais...

Elle tapa du pied.

— Vous êtes la seule personne que je connaisse ici. Je m'en irai demain matin.

— Si vous voulez, dit Malko.

Sans un mot, elle fit passer sa robe par-dessus sa tête, ne gardant que son slip et s'allongea. Comme Malko restait debout, elle lui jeta un regard aigu et lança :

— Venez.

Sans se déshabiller, il la rejoignit. Tout cela était fou. Il avait tout prévu, sauf ce développement. Lucia se serra contre lui, la tête nichée au creux de son épaule, ses longs cheveux le chatouillant. Son corps brûlant et ferme aurait, en toutes autres circonstances, réveillé son désir. Il resta les yeux ouverts, tandis que Lucia s'endormait avec de petits soupirs et de brusques sursauts comme un chat qui rêve.

Que s'était-il passé entre Tony Pool et Krichna ? Elle pourrait peut-être l'éclairer quand elle se réveillerait.

***

Tony Pool ruminait sa rage dans sa BMW. Il avait vu Raj Krichna faire demi-tour. Le Tamoul ne sortirait pas avant le jour maintenant. Pas fou. Quelque chose le tracassait. Si Krichna avait vraiment voulu le doubler, il l'aurait abattu en même temps que Diana... Mais s'il était de bonne foi, un seul homme pouvait avoir opéré la substitution.

Georgiu Ayotis.

Bien sûr, le Chypriote ne semblait pas avoir l'estomac de commettre une telle escroquerie, mais l'appât de quinze millions de dollars vous change un homme... Il se souvint de la sueur qui coulait de son visage lorsqu'il était arrivé au *Holiday Inn*...

Le temps d'effectuer un demi-tour, Tony Pool dévalait Europa Road. Le *Bristol,* où demeurait Ayotis, était dans une petite rue donnant dans Main Street. Pas un chat. L'Américain sonna jusqu'à ce qu'un veilleur de nuit arrive, ébouriffé et affolé. Tony Pool lui raconta une vague histoire de bateau et l'autre le conduisit à la réception. Le Chypriote devait dormir à poings fermés, car il mit plus d'une minute à répondre.

— C'est moi, Tony, fit l'Américain. Il y a un problème. Descends. Je suis en bas.

Le Chypriote surgit en un temps record, l'air affolé et suivit Tony Pool dans la rue. Ce dernier le poussa dans sa BMW.

— Qu'est-ce qui se passe ? gémit l'autre. Tu m'as fait peur.

Tony conduisait à toute vitesse dans les rues

désertes. Il fit un crochet par la Marina pour s'assurer que le Cougar était bien là, puis remonta North Mole pour s'arrêter près des containers. Il sortit alors son Magnum et l'enfonça dans le flanc d'Ayotis. Sa voix tremblait de fureur contenue :

— Où as-tu mis la came ?

— La came ? Quelle came ? gémit le Chypriote. Tu es fou, elle est sur ton bateau.

— Y avait du ciment dans les sacs. C'est toi qui l'as mis.

— Tu es fou, Tony, fit Ayotis, blême. J'aurais jamais fait un truc pareil.

Liquéfié de terreur, il ouvrit la portière et sauta à terre. Tony Pool en fit autant et lui décocha un violent coup de pied, lui brisant net la cheville.

Georgiu Ayotis tomba en hurlant de douleur.

Tony Pool le redressa et lui fourra le canon de son « 357 Magnum » dans la bouche, lui brisant plusieurs dents.

— Si tu gueules, je te fais sauter la tête. Où as-tu mis cette came ?

Le Chypriote pouvait à peine parler. Des yeux et de la tête, il fit signe que Tony se trompait. Ce dernier voulait en avoir le cœur net. Il traîna Ayotis jusqu'au mur de l'entrepôt et l'y appuya. Puis, il remonta au volant et manœuvra la BMW pour la placer face à Ayotis. Ce dernier gémissait doucement, en équilibre sur une jambe, la bouche en sang.

D'un seul élan, il lança la voiture sur le Chypriote, lui écrasant les jambes entre le pare-chocs et le mur... Il y eut un bruit horrible d'os brisés, un cri inhumain et le moteur cala. Effondré sur le capot, Georgiu Ayotis hurlait, essayant en vain de se dégager, les tibias broyés.

Tony Pool descendit tranquillement de voiture et lui releva la tête.

— Ou tu me dis ce qui s'est passé, fit-il calmement, ou je recule et cette fois, je te passe sur la tête.

— Je n'y suis pour rien, Tony. Arrête, arrête. Je comprends pas.

— OK, fit Tony Pool.

Convaincu. L'autre était trop abîmé pour mentir. Il reprit son volant et fit reculer la voiture. Georgiu Ayotis tomba aussitôt à terre, rampant comme une chenille coupée en deux, laissant une traînée de sang sur le ciment. L'Américain redescendit de la BMW, prit Ayotis par un bras. Malgré ses supplications, arrivé au bord du quai, il le projeta dans l'eau noire d'un coup de pied dans les reins.

Cela fit un plouf discret, perdu dans le clapotis des vagues.

Georgiu Ayotis remonta une fois, la bouche déjà pleine d'eau, puis disparut dans les profondeurs du port, se noyant paisiblement. Observé par un Tony Pool au visage de marbre. Au fond, il n'avait pas cru à la culpabilité d'Ayotis, mais cela l'avait calmé. C'était bien le Tamoul qui l'avait baisé. Raj Krichna n'allait pas l'emporter au paradis. D'autant que l'unique chance de survie de Tony était de ramener les quinze millions de dollars à son patron Donald Mills.

Il remonta dans la BMW et prit la direction d'Europa Road. Dans deux heures, il ferait jour.

***

Malko n'avait pas dormi. Il jeta un coup d'œil à sa Seiko-quartz : huit heures. Il faisait grand jour. Lucia dormait, sur le ventre, avec une respiration régulière. Elle ouvrit soudain les yeux, bâilla et dit :

— J'ai faim.

Comme si elle avait toujours vécu avec Malko. Ce dernier commanda deux petits déjeuners puis la fixa, étonné.

— Vous n'êtes pas seule à Gibraltar ?

Elle secoua ses longs cheveux noirs.

— Non.
— Pourquoi êtes-vous venue ?
— Je me suis disputée avec mon ami, Raj.
— Qui est Raj ?
— Celui avec qui je suis ici. Un étranger.
— Pourquoi cette dispute ?
— Il voulait me forcer à repartir sur le bateau de l'Arabe.

Elle prononçait le mot avec un mépris sidéral, ajoutant aussitôt :

— Je le tuerai, ce salaud ! Il m'a battue.

Sa détermination fit froid dans le dos à Malko. Un mélange de colère enfantine et de férocité raisonnée.

— Vous allez retourner avec Raj ? demanda-t-il.
— Oui.

On frappa à la porte et Malko s'assura que c'était bien le breakfast. Lucia le bouda, se contentant d'une tasse de thé et de plusieurs morceaux de sucre qu'elle croqua à la queue leu-leu.

— Quand je dansais le flamenco, expliqua-t-elle à Malko, je devais rester mince, alors je me nourrissais comme ça.

Elle se rhabilla et embrassa Malko sur la joue.

— J'y vais, sinon il va être inquiet.

Il la regarda disparaître, frustré. Il ignorait toujours ce qui s'était passé. Mais Krichna semblait avoir l'argent, puisqu'il avait voulu partir en pleine nuit.

*
**

Raj Krichna sursauta : on grattait à sa porte. Il se leva, son Beretta à la main et se plaça le long du mur. Selim Attalah aurait déjà dû lui téléphoner. Lucia n'avait toujours pas réapparu et Tony Pool devait le guetter en bas.

— Qui est-ce ? demanda-t-il.
— C'est moi, fit la voix de Lucia.

Il entrouvrit, s'assurant qu'elle était seule, puis la tira à l'intérieur. Ses yeux étaient rougis par la fatigue et la tension nerveuse, mais le soulagement de retrouver Lucia balayait une partie de ses problèmes.

— Où étais-tu ? gronda-t-il.

Elle baissa les yeux.

— Cela n'a pas d'importance.

— Où as-tu passé la nuit ?

— Avec un ami.

— Tu te fous de moi !

Elle se jeta dans ses bras.

— Non, je te jure. J'étais malheureuse, tu étais méchant, j'ai dormi avec un homme que j'avais rencontré à la piscine, mais il ne m'a pas touchée. Je te jure.

Il n'eut pas le temps de continuer son interrogatoire.

Le téléphone sonnait. Il décrocha, fit « allô » et aussitôt, on raccrocha.

— Qui est-ce ? demanda Lucia.

— Je ne sais pas.

Il n'avait plus maintenant qu'une idée : mettre les quinze millions de dollars en lieu sûr. C'est-à-dire sous la protection de Selim Attalah à qui ils étaient destinés.

Il prit le téléphone et appela la réception.

— Ici la chambre 453, j'aurais besoin d'un taxi.

Il ne pouvait pas attendre que Selim Attalah se décide à lui donner signe de vie... A peine avait-il raccroché que le téléphone sonna à nouveau. Cette fois, c'était le Syrien.

— Tout s'est bien passé ?

— Oui et non, fit prudemment Raj Krichna.

— C'est-à-dire ?

— Je vous expliquerai. Le bateau est prêt à partir ?

— Oui.

— Nous arrivons.

En plein jour, Tony Pool n'oserait pas l'attaquer.

Il raccrocha, coupant court à toute discussion. La demi-heure suivante allait être la plus longue de sa vie. Il glissa son Beretta sous son polo, le rabattit dessus et lança à Lucia :

— On s'en va. Prends un des sacs.

Il laissait tout le reste dans sa chambre. L'autre sac dans la main gauche, la droite sur la crosse du Beretta, il ouvrit la porte de sa chambre et avança la tête.

Juste à temps pour apercevoir la haute silhouette de Tony Pool embusqué dans un couloir. Il rentra aussitôt, le pouls à 150 et se tourna vers Lucia.

— Tu vas descendre la première. Par l'escalier de gauche. Il y a un taxi qui attend. Tu le prends et tu vas au bateau. Je te rejoins tout de suite.

— Pourquoi tu ne viens pas ?

— J'ai quelqu'un à voir. Vas-y vite.

Devant son ton pressant, elle ne discuta pas. Il rouvrit la porte, inspecta le couloir. Personne, sauf une femme de chambre. Heureusement, l'escalier que devait emprunter Lucia se trouvait à droite, à l'opposé de l'endroit où il avait vu Tony Pool. Il poussa Lucia.

— Va vite.

Elle se retourna avant de disparaître et il lui adressa un sourire crispé.

Il lui restait à régler le compte de Tony Pool.

CHAPITRE XVII

Selim Attalah regardait le téléphone qu'il venait de raccrocher, posé sur le bar du *Da Paolo*. Perplexe. La nervosité de Raj Krichna l'avait surpris. Elle paraissait sans raison. L'héroïne livrée, l'affaire était bouclée et il n'y avait plus qu'à sortir l'argent de Gibraltar, ce qui était, pour lui, une formalité. Il s'apprêtait à regagner le Cougar lorsque la radio posée sur l'étagère au-dessus du comptoir se mit à donner les nouvelles. Une voix à l'accent britannique prononcé annonça :

— La police a trouvé le cadavre d'une touriste américaine, Mrs Diana Mangan dans sa chambre à l'hôtel *Holiday Inn*. D'après les premières constatations, il s'agirait d'un meurtre. Le compagnon de Mrs Mangan a disparu.

Le Syrien eut l'impression de recevoir le ciel sur la tête. La réponse ambiguë de Raj Krichna lui avait laissé prévoir un problème, mais pas à ce point.

Il lança une pièce d'une livre sur le comptoir, fonça vers le Cougar pour y prendre une arme. Ayant récupéré son Herstall, il sauta dans sa voiture de location : jamais la circulation de Gibraltar ne lui avait paru aussi exaspérément lente.

*
**

Lucia descendit l'escalier de service comme une folle en se cognant contre les murs, croulant sous le poids des deux sacs. Elle se précipita à la réception.

— Où est le taxi ?

— Cela va prendre vingt minutes pour avoir un taxi, fit l'employé débordé. C'est la mauvaise heure. Vous devriez plutôt sortir dans Europa Road. Il y en a souvent qui descendent à vide...

Désorientée, Lucia hésita. Elle avait peur, sentant qu'il se passait quelque chose de grave. Raj Krichna avait dit qu'il était urgent de gagner le Cougar. Elle pensa soudain à l'homme avec qui elle avait passé la nuit et qui semblait si gentil... Reprenant ses sacs, elle repartit, empruntant cette fois l'horrible ascenseur de service.

***

Raj Krichna, en sueur, collé contre le mur à côté de la porte, guettait les bruits du couloir, son Beretta 92 à bout de bras. Quelques minutes s'étaient écoulées depuis le départ de Lucia. Il jugea qu'elle avait eu le temps de prendre son taxi. Maintenant, il fallait liquider Tony Pool.

Il tourna doucement la poignée de la porte, décidé à partir à sa recherche. A peine le battant fut-il écarté de quelques millimètres qu'il lui sauta au visage ! Raj Krichna entrevit l'Américain, reçut un coup de genou qui lui fit lâcher son Beretta et se retrouva acculé au mur par la masse de Tony Pool dont les prunelles semblaient presque transparentes, à force de haine.

En même temps, la pointe d'un couteau s'appuya sur son sternum et la voix de Tony lança, contenue et vibrante de fureur :

— Salope ! Tu pensais que tu allais me baiser.

Raj Krichna, furieux de s'être laissé surprendre,

ne bougea pas : l'autre tremblait de rage, il pouvait l'éventrer d'un seul coup de poignet.

Tony Pool appuya un peu la lame contre la peau, l'y faisant pénétrer. Krichna, entraîné jadis dans un camp du FPLP, avait été préparé à ce genre de situation et ne paniqua pas.

— La drogue était dans les sacs, répéta Krichna, tous les muscles tendus. Je n'y ai pas touché.

— Ordure ! s'étrangla Tony Pool, le Chypriote a parlé avant de crever. Ce n'est pas lui. Donc, c'est toi. Ou tes potes dans ton pays de merde.

Raj Krichna se sentit glacé. Ainsi Ayotis était mort.

— C'est impossible, dit-il, personne de l'organisation n'a voulu te doubler.

— Alors, c'est toi. Et tu vas me rendre l'argent.

Raj Krichna banda tous ses muscles. On y était. Il chercha désespérément une solution. Comment avait-il été assez stupide pour se laisser désarmer !

— Je ne peux pas, dit-il. Ce qui est arrivé ne me regarde pas. Calme-toi.

Il poussa un cri. Le poignard venait de s'enfoncer d'un centimètre dans son ventre. Son T-shirt s'imprégna de sang et Tony Pool menaça :

— Tu vas crever tout de suite, si tu ne me rends pas l'argent. Où est-il ?

— Je ne l'ai plus.

Tony Pool regarda autour de lui.

— Tu mens.

— Non. Je l'ai donné à Selim Attalah. Et de toute façon, j'ai été correct. Si tu me tues, les gens de mon organisation me vengeront...

— Je me fous de ton organisation de merde, gronda l'Américain. Ou tu me rends l'argent maintenant, ou tu crèves. Tout de suite.

Le silence retomba, troublé seulement par le chuintement du climatiseur qui s'était remis en route. Raj Krichna vida son cerveau. Tony Pool n'était pas un homme avec qui on discutait. Il y avait une chance minuscule de sauver sa vie, il fallait la courir.

— Bon, je vais te donner l'argent, dit-il d'un ton conciliant.

Tony Pool se relâcha l'espace d'une fraction de seconde.

Aussitôt Raj Krichna plongea de côté pour tenter de récupérer son Beretta.

Il n'en eut pas le temps. L'Américain s'était tout de suite repris. De tout son poids, il plongea le poignard dans le sternum de son adversaire, en remontant pour lui déchirer le diaphragme. Raj Krichna poussa un grognement sourd, et tituba sous la douleur abominable.

— Salope ! Salope ! hurla Tony Pool. Tu veux encore me doubler.

Il retira la lame et l'enfonça de nouveau, libérant un flot de sang. Un voile noir passa devant les yeux du Tamoul en train de se vider. Le Beretta se brouilla devant ses yeux.

Instinctivement, il jeta ses mains puissantes autour du cou de Tony Pool et se mit à serrer. C'était une course de vitesse entre la mort et lui : il avait dans ses épaules de débardeur une force herculéenne, acquise au temps où il transportait des sacs de riz sur les docks de Colombo. Et la rage de rester en vie décuplait sa puissance... Les deux hommes oscillaient à travers la petite chambre, renversant les meubles, cassant une lampe, laissant une traînée de sang derrière eux. Un autre que Raj Krichna serait mort depuis longtemps. Tony Pool enfonçait son poignard comme un sourd, avec des « hans » de bûcheron, dans le ventre d'où les entrailles du Tamoul s'échappaient. Une odeur fade et écœurante avait envahi la pièce. Peu à peu, l'étreinte de Raj Krichna se fit moins féroce. Il titubait, vidé de son sang, ne distinguant même plus son adversaire. Tony Pool le sentit. Sa main se referma autour du poignet gauche de Raj Krichna et parvint à arracher les doigts de sa gorge. Il aspira alors une grande goulée d'air et recula pour porter le coup de grâce. Le T-shirt de Raj Krichna n'était plus qu'une plaque de sang. De toutes ses forces, Tony Pool enfonça pour la vingtième fois son poignard et remonta, tenant le manche à deux mains, ouvrant le Tamoul en deux, comme un porc.

Celui-ci, les yeux vitreux, s'effondra d'abord à genoux, puis sur le côté.

Tony Pool reprit son souffle, sa haine en train de retomber. Il s'était fait plaisir, mais maintenant, il fallait retrouver les quinze millions de dollars. Il fouilla rapidement la pièce et prit soudain conscience de l'absence de Lucia. Etait-il possible qu'un homme aussi prudent que Raj Krichna ait confié cette fortune à la petite gitane ? Et, dans ce cas, où était-elle ?

Le destinataire de l'argent étant le Syrien, c'est de ce côté qu'il fallait chercher. Il se rua hors de la chambre, sans même faire attention à ses vêtements maculés de sang : Raj Krichna était mort salement.

Tony était maintenant un fauve aux abois. Gibraltar étant minuscule, la police le retrouverait vite. Il fallait récupérer l'argent avant. Il dévala l'escalier pour déboucher dans le hall et dégringola les marches du perron. Au moment où il allait grimper dans sa BMW, il s'arrêta net. Un homme blond était en train de monter dans une voiture garée sur la rampe, où se trouvait déjà une femme.

L'homme de Vienne.

L'homme de Marbella.

Qui était censé se trouver aux Baléares. L'agent de la CIA ou d'une autre calamité.

C'était lui le responsable. Il ignorait comment, mais c'était évident. La rage le clouait sur place. Il avait tué deux hommes pour rien et surtout, il s'était fait manipuler ! Lui, Tony Pool; l'homme de confiance de Donald Mills. Il éclatait de rage.

Avec un grondement rageur, il arracha presque la

portière de sa BMW et se rua à l'intérieur, à la poursuite de l'homme blond. Décidé à le tuer. Il ne raisonnait plus, la haine brouillait son cerveau. Il ne voyait plus que l'arrière de cette voiture qu'il mourait d'envie de tamponner, d'écraser. Même l'argent passait au second plan. Accroché à son volant, les yeux fous, il hurlait tout seul :

— *Motherfucker ! Motherfucker !*

*
**

Selim Attalah qui remontait Europa Road eut à peine le temps de voir passer les deux voitures lancées dans une course folle. Dans l'une, il reconnut Lucia et un inconnu et, dans l'autre, le visage figé de haine, Tony Pool.

Mais où était Raj Krichna et les quinze millions de dollars ?

Il grimpa le perron du *Rock Hotel* quatre à quatre, bouscula quelques clients et fila vers l'ascenseur. La chambre de Raj Krichna n'était même pas fermée. Il comprit immédiatement pourquoi en voyant le corps recroquevillé sur le sol, dans une mare de sang. Vingt secondes pour fouiller la chambre. Au passage, il ramassa le Beretta du Tamoul et le glissa à sa ceinture.

Si l'argent n'était pas là, il ne pouvait se trouver qu'avec Tony Pool ou Lucia.

Tout cela commençait à sentir très, très mauvais. Avant une heure, la police de Gibraltar serait sur les dents. Il fallait retrouver l'argent avant. Ce n'était pas tous les jours qu'on pouvait mettre la main sur quinze millions de dollars en billets de cent. Sans contrepartie, sinon un peu de sang...

Un rapide demi-tour et il plongea lui aussi vers Main Street, passant devant un cinéma où on jouait un James Bond. Il aperçut à temps le ralentissement devant lui. C'était l'heure du changement de la garde en face de Convent House, la résidence du gouverneur. La circulation était interrompue dans Main Street pour permettre aux touristes de se goinfrer de photos-souvenirs. Il tourna aussitôt dans Convent Lane, une ruelle étroite, qui lui ferait rattraper Lane Wall Road, la voie longeant les remparts. De cette façon, il attendrait les deux autres au rond-point du cadran solaire, au bout de Churchill Avenue où ils étaient obligés de passer, où qu'ils aillent : le port, la Marina ou l'Espagne.

***

Malko ne quittait pas son rétroviseur des yeux : trois voitures derrière lui, la BMW de Tony Pool se traînait dans la foule des touristes.

Lucia regardait fixement les balcons en surplomb à l'espagnole de Main Street. Elle ne lui avait pas dit grand-chose. Sinon que son amant lui avait demandé de transporter les deux sacs de cuir jusqu'au bateau de Selim Attalah où il devait la rejoindre.

Les quinze millions de dollars étaient dans les deux sacs qu'elle transportait. Or, Tony Pool était visiblement à ses trousses. Donc, il s'était aperçu de la substitution de la drogue et il voulait récupérer son argent. Pour que le Tamoul soit absent, il fallait qu'il soit mort...

Avec une lenteur exaspérante, un constable bronzé comme un Marocain enleva enfin les barrières bloquant la circulation. Malko écrasa l'accélérateur. Lucia trépignait.

— Dépêchez-vous !

Un peu plus, elle continuait à pied.

***

Tony Pool rongeait son frein, son « 357 Magnum » sous son siège. Il y avait un constable tous les dix mètres. Impossible dans cet environnement d'assouvir sa vengeance et de récupérer l'argent. Au milieu de cette foule compacte, il ne ferait pas cent mètres.

La présence de Lucia à côté de l'homme blond le déboussolait. Quelque chose lui échappait. Ou alors, Raj avait été manipulé aussi... Et où se trouvait l'argent? Il n'arrivait pas à croire que le Tamoul l'ait confié à cette gamine. La voie se dégagea enfin et la voiture qu'il poursuivait fila vers les remparts. Tony Pool fit rugir son moteur et fonça derrière, se défoulant à grands coups de klaxon. L'un derrière l'autre, ils se faufilèrent dans Lane Wall Road, puis sur Churchill Road.

Une chose l'étonnait. L'homme de Vienne s'était rendu compte de sa présence. Pourquoi n'avait-il pas demandé l'aide de la police? Donc, il n'était pas de la DEA. Avec un special agent, il aurait déjà toute la police de Gibraltar à ses trousses. Conclusion : il n'avait pas plus envie que lui de mêler les flics à leur problème.

La voiture qu'il poursuivait tourna autour du rond-point avant la poste de l'aéroport et revint sur ses pas, reprenant immédiatement Glacis Road, menant à la Marina et au port.

Tony Pool rugit tout seul : ils allaient rejoindre le Cougar! Une fois sur le bateau, c'était fichu. Il fallait coûte que coûte les en empêcher. Il accéléra comme un fou et réussit à doubler sur la droite. Au passage, il aperçut le visage tendu de Lucia. Gêné, le conducteur ne put virer à droite et dut continuer tout droit, passant le bâtiment des douanes et s'engageant dans North Mole.

Tony Pool en cria de joie. C'était un cul de sac. Il pouvait déjà sentir l'odeur de la vengeance. Une question de minutes. Et, de jour, le quai était presque aussi désert que de nuit. Il allait les tuer tous les deux, récupérer l'argent s'ils l'avaient et, ensuite, liquider Selim Attalah. Il avait besoin du Cougar pour fuir Gibraltar.

***

Lucia était hystérique.

— Mais qu'est-ce que vous faites ? cria-t-elle, on va à la Marina. Raj doit me rejoindre.

— Lucia, dit Malko, nous sommes poursuivis par un homme extrêmement dangereux qui veut vous tuer et me tuer. Il faut d'abord nous débarrasser de lui. Vous le connaissez, c'est Tony Pool.

— Tony Pool ! Mais...

— C'est compliqué, fit Malko.

Il vira brutalement au bout de North Mole, s'engageant dans Western Arm. Lucia fut projetée contre la portière. Elle se retourna, terrifiée, dépassée. Malko dut freiner, un camion était en train de manœuvrer en travers de Western Arm. Il ralentit et se faufila de justesse entre le bord du quai et l'arrière du semi-remorque.

Lucia poussa un hurlement de terreur.

— Attention ! Nous allons tomber à l'eau !

Quelques mètres derrière lui, la BMW arrivait en trombe. Tony Pool freina, écrasa son klaxon. Surpris, le conducteur du camion pila et la BMW parvint à passer. A ce moment, le conducteur du poids lourd avança de nouveau. Son énorme pare-chocs heurta l'arrière de la BMW, la faisant pivoter, l'avant vers la mer. Tony Pool s'accrocha à son volant, écumant de rage, son pied glissa, écrasant involontairement l'accélérateur et il percuta la voiture de Malko de côté. Sous le choc, celle-ci fut déportée et ses deux roues droites partirent dans le vide. Malko ne put redresser. Le véhicule, déséquilibré, bascula dans l'eau. Tony Pool parvint tout juste à stopper à quelques centimètres du bord. Il sauta hors de la BMW, regarda autour de lui. Le quai était désert et le camion s'éloignait, sans demander son reste. Derrière lui, il y avait le mur aveugle de l'entrepôt qui le protégeait des regards. En face, en mer, un pétrolier brésilien. Même si son équipage avait vu ce qui s'était passé, le temps qu'il donne l'alerte, ce serait terminé.

Il s'approcha du bord, son « 357 Magnum » au poing et regarda avec un sourire mauvais les bulles d'air qui montaient de l'eau boueuse.

De deux choses l'une : ou les occupants de la voiture se noyaient ou ils réussissaient à faire surface. Dans ce cas, il avait dix fois le temps de leur loger une balle dans la tête. Il se pencha en avant, gourmand, croyant distinguer une silhouette remontant entre deux eaux. D'un geste sec, il ramena en arrière le chien de son « 357 Magnum », attendant que les cheveux blonds de l'homme de Vienne affleurent la surface.

Il allait lui faire exploser la tête.

CHAPITRE XVIII

Lorsqu'il vit que la chute était inévitable Malko s'accrocha d'instinct à son volant, les oreilles vrillées par le hurlement de terreur de Lucia. Il y eut un « plouf » assourdissant, la voiture bascula, l'eau monta le long des glaces. Il fut projeté contre Lucia, puis se retrouva au plafond, comme la voiture descendait doucement vers le fond, les roues en l'air.

Les glaces étant toutes fermées, l'air demeurait dans l'habitacle. Il y eut un choc léger : la voiture venait de toucher le fond, à six ou sept mètres de profondeur. On y voyait à peine. L'eau commençait à suinter par tous les interstices. A tâtons, Malko saisit la main de Lucia qui se débattait en glapissant de terreur.

— N'ayez pas peur ! N'ayez pas peur ! cria-t-il.

— Je ne sais pas nager ! hurla Lucia.

Elle se jeta à son cou, l'étranglant presque. Ils se débattaient sur ce qui avait été le pavillon. L'eau envahissait l'habitacle, il fallait faire vite. Malko essaya d'ouvrir une portière, mais la pression de l'eau l'en empêchait. La seule façon de s'en tirer était d'ouvrir une des glaces et de sortir par là.

Lui saurait contrôler sa respiration. Mais pourvu que Lucia, au bord de l'hystérie, ne craque pas.

— Retenez votre souffle ! cria-t-il. Je vais vous aider.

Il ignorait si elle l'avait compris. Il tourna la manivelle de la glace et l'eau s'engouffra aussitôt dans la voiture avec une violence inouïe, giflant le visage de Malko, déclenchant les hurlements hystériques de Lucia. Malko demeura stoïque sous la douche froide, achevant de baisser sa glace.

L'eau atteignit son visage et il prit une profonde inspiration, se projetant en dehors les pieds les premiers. De cette façon, il ne lâchait pas la main de Lucia. Il parvint à sortir et, arc-bouté sur la carrosserie, tira sur le poignet de la gitane. Plus question de communiquer, il distinguait à peine sa silhouette dans l'eau boueuse du port. Il eut l'impression qu'elle résistait. Ses poumons commençaient à lui faire mal. Le sang battait à ses tempes. Il savait que s'il l'abandonnait elle se noierait à coup sûr.

Mais dans quelques secondes, lui aussi allait se noyer, s'il demeurait dans cette position...

Enfin, le corps de Lucia sembla se dérouler comme une liane et elle se faufila à travers la glace. Il était temps. Malko rejeta le peu d'air qui demeurait encore dans ses poumons et nagea vers la surface, traînant derrière lui le corps inerte de Lucia.

C'est seulement à cette minute qu'il pensa à Tony Pool qui l'attendait peut-être sur le quai. Mais, avec Lucia, pas question d'émerger plus loin. Il fallait réanimer la jeune femme coûte que coûte.

S'il était encore temps.

***

Selim Attalah avait suivi les deux véhicules retrouvés au bout de Churchill Road. Perplexe. Une chose semblait certaine. Le physique de l'homme qui se trouvait avec Lucia correspondait à la description de l'agent de la CIA qu'il croyait avoir semé. Et il y avait beaucoup de chances pour que l'argent se trouve avec lui ou avec Tony Pool. Il ignorait ce qui s'était passé entre Diana Mangan, Tony Pool et le Tamoul, et le rôle exact de l'agent de la CIA. Mais Tony Pool avait liquidé Raj Krichna, et volé les dollars. Il devait maintenant chercher à éliminer les témoins gênants : l'homme de la CIA et Lucia.

Le Syrien s'engagea à la suite des deux voitures sur le North Mole et ralentit. De plus en plus surpris. Il ne vit pas l'accident, mais entendit le choc des deux véhicules. Laissant sa voiture à l'angle du Western Arm, il s'approcha en courant, contournant l'entrepôt et surgit dans le dos de Tony Pool.

L'Américain était penché sur le quai, un revolver à la main. Pas besoin d'être polytechnicien pour deviner ce qu'il s'apprêtait à faire... Selim Attalah hésita, regarda la BMW. Les dollars risquaient de s'y trouver et, de toute façon, Tony Pool représentait un problème. Le Syrien prit sa décision en quelques secondes. Il ne retrouverait jamais une occasion pareille.

*
**

Malko émergea la bouche ouverte, les poumons en feu et aperçut le visage grimaçant de Tony Pool et le bras tendu dans sa direction avec le « 357 Magnum ». L'Américain hurla :

— Tiens, salaud !

Malko, seul, aurait pu replonger, mais le corps de Lucia le poussait vers le haut. Il pria le ciel pour que Tony Pool vise mal. Cela lui donnerait peut-être le temps de s'éloigner.

Une détonation claqua et il raidit ses muscles.

*
**

Selim Attalah s'approcha, le bras tendu. Il appuya sur la détente de son Herstall, retenant son souffle, prenant soin de ne pas donner un « coup de doigt », comme le lui avait appris son instructeur du KGB.

La première balle frappa Tony Pool à côté de la colonne vertébrale et se logea dans le poumon en sectionnant plusieurs artères. Projeté en avant sous le choc, il réussit à se retourner, tirant au jugé. Le second projectile du Syrien entra en pleine tête et pulvérisa le cervelet de l'Américain. Ce dernier titubait encore quand il reçut le troisième projectile qui acheva de le faire basculer en avant. Il tomba dans la mer et disparut aussitôt.

Selim se ruait déjà sur la BMW. Il lui fallut une seconde pour voir que les sacs contenant les quinze millions de dollars n'étaient pas là ! Il arracha la clef du tableau de bord, ouvrit fiévreusement le coffre : il n'y avait qu'une roue de secours... Ivre de rage, il se retourna pour apercevoir la tête de Malko émerger de l'eau.

Frustré et fou de fureur, il s'éloigna en courant. Il arriva à sa voiture, essoufflé et s'y laissa tomber, en sueur. Comme un automate, il démarra en direction de la Marina. Cinq minutes plus tard, il sautait sur son bateau. Son premier réflexe fut de mettre les gaz et de filer.

Il se retint. Difficile d'abandonner quinze millions de dollars... Il prit une douche pour se calmer et planqua son Herstall à l'endroit habituel dans sa cabine, prêt à filer à la première alerte. Encore sous le choc, il essaya de faire le point.

Où étaient les dollars ?

Diana Mangan était morte. Tony Pool aussi. Raj Krichna également. Il ne restait plus que l'agent de la CIA et Lucia.

Quel lien y avait-il entre eux ? Depuis Ann Grimm, il se méfiait de tout. Sa seule chance de savoir ce qui était arrivé était de remettre la main sur Lucia. Beaucoup de choses lui échappaient dans les derniers événements.

Il décida d'attendre jusqu'au lendemain pour retourner à Marbella. En écoutant la radio. Après tout, il n'avait tué que Tony Pool et il n'était pas certain qu'on retrouve son cadavre immédiatement. Bien sûr, on pouvait l'avoir vu. Mais toutes les voitures de location se ressemblaient et, d'où il était sur la Marina, il apercevrait de loin des policiers et aurait le temps de larguer ses amarres. Une fois en mer, personne ne le rattraperait. Il alluma une cigarette, obsédé par l'unique question.

Qui était en possession des quinze millions de dollars ?

***

Malko mit plusieurs minutes à se hisser sur le quai, à cause de Lucia qui se débattait, terrifiée et à demi noyée. Son regard balaya Western Arm désert. A part la BMW, portes ouvertes, les clefs sur le coffre, également ouvert. Tony Pool avait coulé et Selim Attalah avait disparu.

Il eut un mal fou à sortir Lucia de l'eau. Toussant et crachant de l'eau salée. Ils avaient piteuse allure. Il regarda le fond du port. Impossible de savoir que sa voiture s'y trouvait avec deux sacs contenant quinze millions de dollars. La BMW lui donna une idée.

Il entraîna Lucia par la main et l'installa à l'avant, avant de récupérer les clefs et de mettre en route. L'impression des vêtements trempés était horriblement désagréable mais cela valait mieux que d'être mort.

Lucia était en état de choc.

— Que s'est-il passé ? demanda-t-elle.

Elle tremblait de tous ses membres, le regard fixe, les cheveux collés à son visage, pitoyable.

— Je vous expliquerai, dit Malko. Allons d'abord nous sécher.

Cinq minutes plus tard, il s'arrêtait devant l'immeuble de Secretary's Lane et appuyait sur l'interphone. Miracle, John Falcon était là. L'Américain descendit lui-même leur ouvrir et poussa une exclamation stupéfaite.

— *My God,* qu'est-ce qui vous est arrivé ?

— Beaucoup de choses, dit Malko. D'abord, il nous faut des vêtements secs.

— Je vous emmène chez moi, dit l'Américain.

Le temps de sortir sa Rover et ils filaient sur Rosia Road, vers le sud de Gibraltar. Ils garèrent les deux voitures dans le jardin du cottage de l'Américain où ils pénétrèrent. Sur l'ordre de John Falcon une bonne marocaine surgit de la cuisine, entraîna Lucia pour lui donner un bain chaud. Malko se déshabilla, prit une douche, se sécha et enfila un jeans et une chemise prêtés par son hôte. John Falcon attendait dans le salon. Malko lui raconta sa course-poursuite. L'Américain soupira :

— Vous ne savez pas tout. Raj Krichna est mort. Diana Mangan aussi.

Le plan de Malko avait marché au-delà de toute espérance : ils s'étaient entretués...

Il avait à peine fini que Lucia réapparut, drapée dans une sorte de sari ; elle avait repris un peu de couleurs, mais elle tremblait toujours.

— Il faut que je prévienne Raj, dit-elle timidement, il doit être très inquiet. Il doit m'attendre au bateau.

Malko et John Falcon échangèrent un regard et l'Américain quitta la pièce.

— Lucia, dit Malko, Raj ne vous attend pas. Il est mort.

Lucia le fixa, les yeux agrandis d'horreur.

— Raj est mort ?

Malko inclina la tête affirmativement.

La gitane demeura muette, choquée, puis leva des yeux flamboyants de haine.

— C'est ce salaud de Selim !

— Non, dit Malko, c'est Tony Pool.

— C'est à cause de Selim ! répéta la jeune fille, butée.

— Même pas, dit Malko. C'est à cause de l'argent contenu dans les deux sacs qu'il vous avait confiés.

— L'argent ! fit Lucia d'un air absent.

Brutalement, elle se mit à sangloter sans pouvoir s'arrêter.

*
**

John Falcon donna un léger coup de klaxon en franchissant la grille. Il était parti une heure plus tôt aux nouvelles. Lucia dormait dans une chambre, abrutie par un calmant.

La moustache rousse triomphante, l'Américain pénétra dans la pièce.

— *Good news,* fit-il, le CID n'a pas eu vent de votre petit épisode portuaire. D'ailleurs tous leurs inspecteurs sont sur l'affaire Mangan et le massacre de Raj Krichna. Sans rien y comprendre. Ils ne sont pas habitués, ici. Mais cela risque de ne pas durer.

— Alors, on va pouvoir récupérer l'argent ? demanda Malko.

— Je le pense, fit prudemment l'Américain, s'il n'y a pas de nouveaux développements. J'ai trouvé un copain nageur de combat qui a déjà accompli des missions pour la Company dans le coin. Son dernier job a consisté à racler le fond du détroit pour récupérer des bouts d'un sous-marin popov qui avait tamponné un cargo. Aller chercher les deux sacs au fond du port, c'est un jeu d'enfant pour lui.

— Vous êtes certain que le CID ne soupçonne rien ?

— Ils se posent des questions. Sergueï Kalinine,

Diana Mangan, Raj Krichna. On n'a jamais vu autant de cadavres à Gibraltar en aussi peu de temps. Il vaut mieux que Lucia ne revienne pas au *Rock Hotel.* Ils la cherchent pour l'interroger.

— Et Selim ?

— Il est toujours à la Marina. Seul sur son Cougar. Bon, j'y vais. Retrouvez-moi dans deux heures au *British Pub* dans Main Street.

A peine était-il parti que Lucia surgit, mal réveillée, taraudée par l'angoisse. Elle voulait savoir, comprendre. Pendant une heure Malko dut lui expliquer ce qu'elle n'avait pas compris des liens entre les trois hommes. Plus son rôle à lui. Elle ouvrait de grands yeux incrédules et conclut :

— On dirait les feuilletons qu'on voit à la télévision... Au fond, tu voudrais que Selim soit mort aussi ?

— Il n'a pas beaucoup d'avenir, répondit Malko. Le patron de Tony Pool le fera tuer. Sinon, ce sont les Tamouls qui s'en chargeront. Persuadés qu'il a assassiné Raj pour lui voler l'argent sans livrer les armes.

Lucia hocha la tête.

— Selim est très intelligent, très méchant. Ils ne l'attraperont pas.

— Je crois que si, dit Malko. Mais toi, que vas-tu faire ?

La petite gitane haussa les épaules :

— Je ne sais pas. Je vais recommencer à danser.

— Nous allons récupérer cet argent, dit Malko. Tu m'as aidé. Je t'en donnerai assez pour que tu sois tranquille, que tu puisses acheter une boutique...

— Je ne veux pas de boutique, dit Lucia. Je veux tuer Selim.

Ses prunelles sombres brûlaient d'une flamme presque démente.

*
**

John Falcon était en compagnie d'un homme basané, aux cheveux très courts, athlétique, qu'il présenta sous le nom de « Mike ». Autour d'eux, il n'y avait que des Britanniques bruyants se gorgeant de bière brune.

— Tout a bien marché, annonça sobrement l'Américain. Mike a trouvé les sacs. Un était déjà parti au fond du port.

— Et le contenu ?

— Il ne les a pas ouverts...

Le nageur de combat sirotait sa bière. Ignorait-il que le chargement récupéré au fond du port valait quinze millions de dollars ?

— Où sont-ils ? demanda Malko.

— Dans le coffre d'une voiture garée à côté, dit John Falcon. Voici les clefs. Je l'ai louée à mon nom. De toute façon, vous n'en aviez plus.

Malko prit les clefs.

— Qu'allez-vous en faire ?

— Les ramener à Vienne, dit Malko. C'est la propriété de la Company...

— Vous avez fait un sacré beau boulot, remarqua John Falcon.

— Je regrette que Selim Attalah en soit sorti, dit Malko, mais je crois que ce n'est pas pour longtemps...

***

Lucia avait remis sa robe repassée et sèche quand Malko regagna le cottage de John Falcon.

— Nous partons, annonça-t-il.

— Où ?

— Toi, à Marbella, puisque tu le souhaites. Mon ami John va te faire ramener. Quant à moi, j'ai un avion ce soir.

— Tu as retrouvé l'argent ? demanda-t-elle.

— Oui, dit Malko. Il est un peu mouillé, mais c'est tout.

Elle hocha la tête.

— C'est bien, alors ? Tu es content. Et Selim ?

— Il était encore à la Marina, il y a une demi-heure.

Lucia ne répondit pas. Docilement, elle suivit Malko et prit place dans la voiture de location. Ils redescendirent vers le centre de la ville. La petite gitane semblait absente. Ils stoppèrent devant l'immeuble abritant l'infrastructure de la CIA. Malko se tourna vers Lucia.

— Tu m'attends deux minutes. Je redescends tout de suite.

*
**

John Falcon passa sa veste, prévint sa secrétaire qu'il s'absentait et dit à Malko :

— Je connais un taxi sûr qui va la ramener. Avec lui, il n'y aura pas de problèmes pour franchir les contrôles d'émigration...

Le passeport de Lucia était resté dans la chambre de Raj Krichna. Ils descendirent et Malko ouvrit la porte de la rue. Sa voiture n'était plus devant. Il inspecta rapidement la petite place avec l'église, puis les ruelles avoisinantes.

— *Himmel Herr Gott !* explosa-t-il.

— Qu'est-ce qui arrive ?

— Lucia est partie avec la voiture et l'argent.

Il ne comprenait plus. Qu'est-ce qui s'était passé dans la tête de la jeune gitane ?

— Où peut-elle être ? demanda l'Américain.

— La seule personne qu'elle connaisse, c'est Selim Attalah.

John Falcon était déjà en train d'ouvrir fiévreusement la porte de son garage.

*
**

Selim Attalah n'en crut pas ses yeux quand il vit Lucia descendre d'une voiture à quelques mètres du Cougar, en ouvrir le coffre et venir vers lui avec les deux sacs de cuir contenant les quinze millions de dollars. Un fantasme ! Un rêve.

Il sauta sur le quai, courut vers elle.

— Lucia ! Où étais-tu ?

— Je te raconterai, dit-elle. Il faut partir. On me cherche.

Déjà, il lui prenait les sacs des mains et courait vers le Cougar. Elle suivit. Il jeta les sacs à l'intérieur, commença fiévreusement à défaire les amarres. Le cœur battant la chamade, surveillant la route menant à la Marina. Tant pis pour Hussein qui se trouvait encore à terre. Lucia était très calme, détachée.

— Pourquoi n'es-tu pas venue plus tôt ?

— On m'en empêchait, fit-elle. Mais Raj m'avait dit de t'apporter ces deux sacs. Il est mort.

— Je sais, fit Selim, c'est ce salaud de Tony Pool qui l'a tué. Mais je l'ai vengé, tu sais...

— C'est bien, fit Lucia, tu es...

Le reste de sa phrase se perdit dans le grondement des trois moteurs qui démarraient l'un après l'autre. Le Syrien ne les fit même pas chauffer et se détacha du quai. Traversant la Marina à près de dix nœuds, faisant s'entrechoquer les voiliers. Il attrapa Lucia par la taille, ivre de joie :

— Tu es une fille formidable !

*
**

Lorsque Malko et John débouchèrent en trombe dans la Yacht Marina, ce fut pour apercevoir le Cougar de Selim Attalah en train de filer vers le large... La voiture volée par Lucia était abandonnée sur le quai. Il leur fallut une seconde pour vérifier que les sacs de dollars ne s'y trouvaient plus...

— Quelle petite garce ! explosa Malko.

John Falcon lui tapa sur l'épaule.

— *Don't worry.* Je préviens la police espagnole, par l'intermédiaire du CID. Il a sûrement à bord l'arme avec laquelle il a tué Tony Pool. Avec ça et l'argent qui fournit le mobile, il aura du mal à s'en sortir.

Malko fit la moue.

— Les Espagnols n'aiment pas tellement les Anglais et Selim a des appuis sérieux là-bas.

— Que voulez-vous faire ?

— Régler l'affaire moi-même.

— Alors, prenez mon bateau. Essayez de les suivre. C'est un Skarab qui file 45 nœuds. Il est ici et j'ai les clefs.

— Je vais essayer.

C'était trop rageant de voir les quinze millions de dollars récupérés par Selim, à la dernière seconde.

Ils coururent à la jetée où se trouvait le Skarab à la coque blanche. John Falcon défit les amarres et fit rugir les deux moteurs. Puis, tandis que Malko montait à bord il alla chercher dans la Rover un automatique Colt 45 qu'il lui donna.

— Le plein est fait, dit-il. *Good luck.*

Malko était déjà aux commandes. Bien décidé à régler lui-même ses comptes avec Selim Attalah et Lucia.

CHAPITRE XIX

Le Cougar laissait derrière lui un énorme sillage d'écume blanc, visible à plusieurs milles. La mer était d'huile et ses trois moteurs de 650 chevaux pouvaient donner leur maximum. Malko calcula qu'il devait foncer à plus de cinquante nœuds, puisqu'il le distançait régulièrement. Il avait pourtant mis les gaz à fond et le Skarab vibrait de toute sa structure.

Il abaissa ses jumelles. Il allait si vite que le vent semblait glacé bien qu'il fasse 35°...

Malko pensa à Lucia. Finalement, elle n'avait pu résister à l'attrait des quinze millions de dollars. Mais elle se faisait des illusions en s'alliant avec Selim Attalah. Il s'en débarrasserait peut-être même avant d'arriver à Marbella...

Il pesa encore plus sur les commandes des moteurs. Le Skarab vibrait sous la poussée de ses hélices. Sans pouvoir rattraper le Cougar qui n'était qu'un point loin devant lui. A cette allure-là, ils atteindraient Porto Banus dans moins d'une heure.

*
**

Lucia était étendue sur la plage arrière du Cougar, fouettée par le vent. Uniquement vêtue d'un micro-slip, les cheveux dans les yeux, cachés par des lunettes noires, un walkman aux oreilles. Selim, debout, pilotait. Il se retourna et adressa à la jeune gitane un sourire joyeux. Il se sentait bien. Il avait récupéré quinze millions de dollars, allait encore profiter un peu de cette belle garce avant de lui mettre une balle dans la tête et de l'enterrer dans la montagne. Elle en savait beaucoup trop. Ensuite, il quitterait l'Espagne pour quelque temps.

Il baissa les yeux, pour regarder encore une fois les deux sacs de cuir qui contenaient les dollars.

Lucia se leva et vint se coller à lui, appuyant son ventre brûlant contre ses reins. La sensation de ses seins aigus dans son dos lui donna le tournis. Cette petite garce était toujours aussi chaude... Elle se frottait avec lenteur, aidée par les mouvements du Cougar. Dressée sur la pointe des pieds, elle cria dans son oreille :

— Viens dans la cabine !

— Tout à l'heure, à la maison, fit le Syrien.

Mais Lucia demeura contre lui, passant ses mains manucurées autour de son torse, elle atteignit les mamelons de ses seins et commença à les torturer savamment. Une caresse à laquelle le Syrien ne pouvait résister. Il tint pourtant le coup plusieurs minutes. Jusqu'à ce que les doigts sataniques quittent sa poitrine pour son sexe en érection. Lucia se mit à le caresser lentement, régulièrement. Selim grogna, se tortilla, mais elle était impitoyable.

— Viens !

D'un coup, Selim Attalah ramena les trois manettes de gaz en arrière. Il y eut un gros bouillonnement d'écume blanche à l'arrière et le Cougar ralentit, courant sur son erre. Fou de désir, Selim voulut entraîner Lucia sur les coussins de l'arrière.

— Non, fit-elle en lui résistant, il y a des bateaux, viens dedans...

Elle le tirait vers la grande cabine qui occupait tout l'avant jusqu'à l'étrave, presque entièrement remplie par un immense lit carré en laque verte.

Le Syrien l'y suivit. Le sang battait à ses tempes. Comme un forcené, il se jeta sur Lucia, lui arracha son slip en le déchirant et fit descendre le sien sur ses jambes poilues, libérant une érection impressionnante. Lucia le poussa en arrière avec un rire et l'enjamba aussitôt. Elle tâtonna à peine pour le mettre en elle et descendit lentement sur le pal improvisé, la tête rejetée en arrière, le corps balancé par la houle. Puis, elle s'arrêta, pour recommencer à monter jusqu'à se laisser tomber, d'un coup cette fois. Selim, allongé sur le dos, se laissait faire. Ayant hâte de jouir. Il la prit par les hanches et la fit monter et descendre sur son énorme sexe, jusqu'à ce qu'il se vide en elle avec un grognement ravi.

Il rouvrit les yeux. Lucia le regardait avec une expression bizarre.

— Qu'est-ce qu'il y a ? demanda-t-il.

— Rien, fit-elle, j'ai soif.

Elle avait parfois de ces phrases abruptes, inattendues. D'un geste parfaitement naturel, elle se souleva, glissa sur le côté et se dirigea vers le mini bar situé à l'avant à côté de la chaîne Akaï. Mais elle ne l'ouvrit pas : sa main plongea dans le tiroir où Selim Attalah gardait son Herstall et ressortit en tenant l'arme. D'un geste rapide, elle ramena le cran de sûreté en arrière. Depuis qu'elle était avec le Syrien, elle savait que le Herstall était toujours prêt à servir.

Selim Attalah se dressa d'un coup en hurlant :

— Qu'est-ce que tu fais !

Ses pupilles s'étaient rétrécies, ses veines étaient prêtes à éclater. Il se prépara à bondir, mais Lucia lança :

— Ne bouge pas !

Pour donner plus de force à ses paroles, elle appuya sur la détente du Herstall ; la détonation fut assourdissante dans le petit espace. La balle pulvérisa une lampe et Selim demeura figé, là où il était, comme un chien en arrêt...

Lucia recula à l'extérieur et, de la main gauche, ouvrit un des deux sacs contenant les dollars, puis l'autre. Sans jamais quitter des yeux le Syrien. Ce dernier regardait, les yeux écarquillés de stupéfaction et de fureur. Sans comprendre vraiment ce que Lucia voulait. Si elle avait désiré lui prendre l'argent, elle l'aurait abattu ou forcé à sauter par-dessus bord... Elle semblait très relax, mais le canon de l'arme était toujours braqué sur lui. Le Syrien fit un effort dément pour dire d'une voix calme, presque enjouée :

— Arrête ! A quoi joues-tu ?

Elle ne répondit même pas. Reculant d'un pas, elle tourna la clef de contact de la main gauche. Un des moteurs rugit. Puis le second. Enfin le troisième. D'où elle était, il lui était possible de surveiller la cabine tout en pilotant. D'un geste violent, elle poussa les trois manettes en avant et le Cougar s'ébranla avec un rugissement puissant.

Déséquilibré, Selim Attalah roula sur le lit avec un hurlement de rage. Il en sauta, glapissant :

— Arrête, nom de Dieu ! Arrête !

Sans même viser, Lucia balança le Herstall à bout de bras et tira deux fois. Selim, terrifié, s'aplatit. La jeune fille semblait se moquer totalement de ce qui lui arrivait... Un sourire vague flottait sur ses lèvres, elle était entièrement nue, une traînée brillante de sperme coulant le long de sa cuisse... Toujours de la main gauche, elle remit en place les écouteurs de son walkman et aussitôt les accents du flamenco lui emplirent la tête. Machinalement, elle se mit à taper du pied. Le Syrien n'osait plus bouger. Si elle tirait encore, elle risquait de le tuer, même involontairement.

Qu'est-ce qui lui prenait ?

— Lucia ! hurla-t-il. Calme-toi !

Mais Lucia, isolée avec son walkman, n'entendait pas. Avec son sourire de folle, elle plongea la main dans le premier sac de dollars, en retira une liasse qu'elle jeta par-dessus bord, aussitôt emportée par le vent.

Selim Attalah poussa un cri de bête blessée et se rua vers la porte. Du même geste naturel, Lucia balança le Herstall. Cette fois, la balle frappa le Syrien en haut de l'épaule, le faisant pivoter sous le choc et retomber à terre.

Il regarda stupidement le sang jaillir de sa blessure, médusé, marmonnant pour lui tout seul :

— Elle est dingue ! Elle est dingue !

Lucia s'en foutait. Bien calée sur ses pieds nus, la musique dans la tête, elle appuya sur les trois manettes des gaz. Le Cougar déjaugea et accéléra, volant sur les vagues.

Selim Attalah tituba jusqu'à la salle de bains, arracha une serviette et en tamponna son épaule. Il n'avait même pas très mal. Juste une sorte de brûlure aiguë et un engourdissement. Mais il était terrifié. Que voulait Lucia ?

Les yeux agrandis d'horreur, il la regardait plonger la main dans le sac avec régularité et jeter les billets de cent dollars au vent... Il fallait l'arrêter, l'empêcher de commettre ce sacrilège. Tamponnant sa blessure, Selim avança à genoux, un bras tendu vers elle, des larmes plein les yeux.

— Lucia, Lucia ! cria-t-il. Je t'en prie, arrête de jeter cet argent...

Elle lui adressa un regard glacial et pour la première fois lui répondit, en hurlant, à cause du bruit et de la musique dans ses oreilles :

— Il n'est pas à toi, il est à Raj !

— Raj est mort ! glapit Selim. Si tu veux, je t'en donne la moitié.

Lucia haussa les épaules avec un sourire plein de décision, plongea la main dans le sac noir et sema au vent dix ou vingt mille dollars !

Selim se frappa la tête par terre. C'était dingue,

incroyable. Il se maudissait, la haïssait de tout son être. Soudain, il aperçut assez loin derrière le Cougar un bateau qui allait dans la même direction. Il se mit à agiter le bras, comme si on avait pu le voir. Pris soudain d'un fol espoir. Avant tout, il fallait empêcher cette folle de dilapider tous les dollars du Tamoul. Indifférente, Lucia continuait le geste auguste du semeur...

*
**

Malko avait vu le Cougar stopper et avait pu enfin se rapprocher sans apercevoir personne sur le bateau.

Que se passait-il dans la cabine ?

Il ralentit à son tour et il vissa les jumelles à ses yeux. Juste à temps pour voir la jeune Espagnole ressortir de l'intérieur du Cougar, nue comme un ver, une arme à la main.

— *Himmel !*

Elle l'avait tué.

Mais il aperçut presque aussitôt Selim gesticuler et Lucia tirer dans sa direction. Puis le Cougar se remit en route et prit de la vitesse. Les gaz à fond, Malko ne put empêcher le Skarab de se faire distancer. Quand il vit la main de Lucia plonger dans le sac des dollars et en jeter le contenu au vent, il ne put en croire ses yeux... En arrivant dans le sillage du Cougar, il distingua les billets verts qui flottaient dans la Méditerranée avant de s'y enfoncer doucement comme des leurres de pêche...

Il avait atteint sa vitesse maximum, mais le Cougar était beaucoup trop rapide. Inexorablement, la distance se creusait entre les deux bateaux. Dans le lointain, on apercevait le port de Porto Banus et la tour de la capitainerie. La brise glaciale qui lui fouettait le visage lui semblait tout à coup un vent de mort. Il enfonça le bouton de sa sirène qui se mit à hululer. En vain. Cahoté par le roulis, il avait du mal à garder les jumelles stables. Quand il attrapait l'image de Lucia, il voyait sa main plonger inlassablement dans le sac aux dollars, les dispersant avec application. La seule trace de Selim, un bras qui s'agitait. Donc, le Syrien était vivant...

Tout à coup, Lucia se retourna. Elle avait aperçu son bateau. L'espace d'un instant, elle leva le bras avec le gros pistolet au bout et l'agita joyeusement, puis elle se retourna, sans plus se préoccuper de lui. Malko s'attendait à ce qu'elle ralentisse, mais il lui sembla au contraire que la vitesse du Cougar augmentait !

On commençait à apercevoir les dômes dorés de la Résidence *Grey d'Albion,* en face du port de Marbella.

Que voulait Lucia ?

Malko le comprit soudain en voyant le Cougar amorcer une courbe qui l'éloigna de l'entrée du port. Lucia, contre toute logique, avait insisté pour revenir avec l'homme qu'elle détestait. Elle aussi voulait régler ses comptes.

Il regarda le long sillage d'écume blanc derrière le Cougar. L'engin devait filer à plus de 60 nœuds. Il aurait fallu un destroyer pour le rattraper. Il comprit très vite que rien ne pourrait détourner Lucia de son destin.

***

Le flamenco dans les oreilles couvrant à peine le grondement des trois moteurs à pleine puissance, Lucia n'avait jamais été aussi bien dans sa peau. Pas heureuse, avec un goût amer dans le cœur, mais en paix avec elle-même.

Comme un automate, elle continuait à vider le second sac plein de dollars avec une jouissance aiguë. Tapi dans la cabine, abruti par sa blessure, les yeux exorbités, Selim Attalah regardait sa fortune s'envoler avec une résignation morose. Il n'avait plus osé bouger. Au moindre de ses déplacements, Lucia tirait au jugé. Cela se brouillait un peu dans sa tête, mais il y avait encore sept ou huit cartouches dans le chargeur du Herstall... Intérieurement, il trépignait, glacé de haine. Cette conne s'arrêterait bien. Il sentait qu'elle ne voulait pas le tuer, simplement passer son caprice. Il la ferait mourir dans des souffrances telles qu'elle regretterait d'être née.

Cela le paierait de la perte des millions de dollars.

Une traînée verte s'allongeait derrière le Cougar. Ironiquement, les billets de cent dollars s'obstinaient à ne pas couler tout de suite... Le Syrien ferma les yeux : il ne pouvait pas supporter ce spectacle.

Une secousse les lui fit rouvrir, ils étaient passés dans le sillage d'un autre bateau. Du coin de l'œil, il aperçut alors la place et le Grey d'Albion, avec ses dômes de mosquée.

Réalisant où ils se trouvaient. A quelques centaines de mètres du port de Porto Banus !

Et le Cougar continuait à filer à plus de soixante dans un rugissement d'enfer. Si elle entrait à cette vitesse dans le port, c'était le massacre. Il se mit à hurler :

— Lucia, Lucia, ralentis !

Lucia ne broncha pas. Elle plongea une dernière fois la main dans le sac, envoyant d'un seul coup dix mille dollars à la mer et adressa enfin un regard à Selim Attalah. Ce qu'il y lut le glaça.

— Lucia, non !

D'un geste désinvolte, elle lui jeta le gros Herstall à la tête. Il l'évita et l'arme fila dans un coin de la cabine. Selim Attalah plongea avec l'énergie du désespoir vers Lucia pour l'arracher des commandes, secoué par les cahots du Cougar.

Il allait l'atteindre lorsque l'étrave de l'*Alcazar* s'écrasa de plein fouet contre les rochers formant la digue de protection du port. Le bateau explosa en une fraction de seconde, s'enflammant instantanément avec les quatre cents litres d'essence qui restaient encore dans son réservoir.

Dans Porto Banus, c'était la panique.

Des sirènes hurlaient dans tous les coins et les touristes se ruaient vers le lieu de l'accident. Selim Attalah qui avait mené une vie flamboyante à Marbella partait d'une façon flamboyante. Dans la tour de la capitainerie, le responsable, fiévreusement accroché à son téléphone, appelait tous les pompiers de la région.

Le Skarab arriva cinq minutes plus tard sur les lieux.

Malko, la gorge serrée, regarda les flammes qui s'élevaient à plusieurs mètres, noyant dans une nuée rouge et noire ce qui restait du Cougar.

Rien n'avait pu survivre à ce brasier. Lucia avait terminé sa mission. A sa façon.

RÉPONSES AU CONCOURS
GERARD DE VILLIERS – PLON

SAS n° 4 – SAMBA POUR SAS. *Quel est le nom du correspondant de la CIA employé par Alvaro Cubna ?*
■ Gustavo Orrico.
□ Alvaro Barra. □ Bob Jaguarı.

AS n° 13 – L'ABOMINABLE SIRENE. *Quelle st l'adresse du Consul américain à Copenhague ?*
□ Strandvägen. ■ Dag Hammarskjöld Allee.
□ Bygdö Allee.

AS n° 15 – LA PANTHERE D'HOLLYWOOD. *uel est le surnom donné au véhicule de nction du shérif de Beverly Hills ?*
■ Bel Air Patrol. □ Buggy Police.
□ Squad Sheriff.

AS n° 19 – CYCLONE A L'ONU. *Quel est le om de la section du FBI chargée des mouvements subversifs ?*
■ Blue Squadron. □ Red Quartet United.
■ Red Squad.

AS n° 27 – SAFARI A LA PAZ. *Quel est le nom u quotidien de La Paz ?*
■ La Presencia. □ Corriere Journal.
■ Oggi Journal.

AS n° 38 – LES OTAGES DE TOKYO. *Quel est discothèque dont le bar est tapissé de vieux 78 tours" ?* ■ Black Cat.
□ American Tokyo Club. □ Sunset Bar.

AS n° 52 – PANIQUE AU ZAIRE. *Comment s Zaïrois appellent-ils dans leur langage la fane de manioc ?* □ Bumbaschi.
■ Tchiwange. □ Bujumbura.

AS n° 60 – TERREUR A SAN SALVADOR. *omment appelle-t-on à San Salvador le groupe rigé par Chacon ?*
■ La Mano Blanco. □ The White Hand.
■ The White Warrior.

SAS n° 68 – COMMANDO SUR TUNIS. *Quel est le nom de l'opposant marxiste au régime de Bourguiba ?*
□ Fahd Belkacem. □ Leila Kadouni.
■ Salah Ben Ribai.

SAS n° 74 – LES FOUS DE BAALBECK. *Quel est le nom du chef de station de la CIA à Baalbeck ?*
■ Robert Carver. □ Bob Anderson.
□ Ralph Schultz.

SAS n° 76 – PUTSCH A OUAGADOUGOU. *Quelle est l'adresse de l'hôtel Kilimandjaro à Ouagadougou ?*
■ Avenue Yennenga. □ Allée Sultan Hamud.
□ Avenue Loitokitok.

SAS n° 79 – CHASSE A L'HOMME AU PEROU. *Où se trouve le cinéma El Pacifio ?*
□ Rue Salvator Varga. □ Avenue des Senderos.
■ Avenue Pardo.

SAS n° 86 – LA MADONE DE STOCKHOLM. *Quelle est la nationalité de Natalya Kippar ?*
■ Estonnienne. □ Russe.
□ Suédoise.

LE CORSE n° 1 – ON VA TUER JOSEPHA. *Quel est le nom de la personne qui a kidnappé Josepha ?*
□ Elisabeth Picard. □ Stéphane Lomond.
■ Christian Michaud.

L'AVENTURIER n° 1 – JE FAIS MAIN BASSE SUR LES DIAMS' DES PAPOUS. *Comment dénomme-t-on en argot anglais les voyous de Port Moresby ?*
□ "Hooligan". ■ "Rascals".
□ "Blackguard".

→ 2 réponses possibles

Les gagnants seront prévenus directement

Achevé d'imprimer en septembre 1987
sur les presses de l'Imprimerie Bussière
à Saint-Amand (Cher)

— N° d'édit. 11713. — N° d'imp. 2031. —
Dépôt légal : octobre 1987.
Imprimé en France